復貴盈門 1

風文創 054

雲霓 著

風 文創 054

目錄

序

每寫一本新書，心情總是激動而又忐忑，激動於要創造新的故事、新的男主角女主角、男配角女配角，忐忑於生怕自己的想法不能準確地表述出來。

《復貴盈門》比自己前期的作品，在大綱和人物上花了更多心思。從前寫的每一本都略有遺憾，許多沒有言說的情感，想在這本書裡得到補償，也想透過這本書超過從前的自己。

《復貴盈門》的周十九聰明、算計縝密，勢必讓琳怡將他當作敵人一樣防範，現實的利益卻又讓兩人不停地相遇相知。周十九漂亮，卻像狐狸一樣狡猾，看起來溫潤，卻如同虎豹一樣狠厲，越瞭解他的人越不敢親近他。從周十九算計琳怡嫁給他開始，她注定要近情情怯。他的算計還在繼續，能讓琳怡嫁給他，也能讓琳怡愛上他，可代價也許就是賠上自己。

在琳怡眼中，周十九無論何時都風姿豐偉、從容淡定，最讓人琢磨不透，可是憑她再聰明，終究忘了，孔雀求偶時才會展開尾屏——周十九將最精心的算計都用在琳怡身上，何嘗不是將自己最值得讚美的地方展現給她看？

周十九和琳怡何時愛何時恨，都在即將看到的故事裡，希望看到這本書的你能夠喜歡。

這本書出版如此之快，遠超出了我的預想。狗屋對這本書的厚愛，同樣超出了我的預想，希望狗屋的讀者越來越多，接受雲霓的讀者也越來越多。

第一章

喜娘說：「奶奶再忍一會兒，坐福能保將來榮華富貴。」

琳怡點點頭應了喜娘。這是嫁進林家她第一次聽到有人這樣親切地和她說話。她父親獲罪尚在獄中，所有人都覺得林家能依照婚約娶她進門已是不易。

從前她是名門閨秀，如今她成了罪臣之女，林家這樣的態度她也不是沒想過，還是林家大爺再三登門說不負她的名聲，族中又說林郎可依託，她才安下心來待嫁。

喜娘整理床鋪，卻沒發現撒在床鋪上的棗子、栗子、花生，便笑著安慰她。「準是屋裡嬤嬤忙忘了，奶奶安心坐，一會兒嬤嬤來了，讓她們撒了就是。」

門一響，屋子裡傳來腳步聲，是林正青回來了吧！

喜娘奉上合巹酒，琳怡伸手接過去，對面的人遲遲不肯將手伸過來。

扇子伸過來挑開了她頭上的大紅金絲蓋頭，看到她的臉，林正青才讓喜娘扶著她和自己一起喝了合巹。

低沈的聲音吩咐喜娘退下去，琳怡抬起頭，看對面皺著眉頭的男人。

林家大郎才貌雙全，大周朝人盡皆知，她聽慣了耳邊對他的讚賞，也是今日才見真顏。

看他滿面愁容，她並沒有驚訝。她坐在閨中等著他來迎親時，已經聽到了他敷衍的笑聲，之後他的冷淡和刻意疏離更加證實了她的想法。

林正青不願意和她成親。

既然不情願，又何必迎娶她進門？

屋裡沒有了旁人，林正青疲憊地坐在錦杌上，上好的紅緞喜服在地上展開，他卻不知不覺地踩在腳底，冷淡的表情更是不加遮掩。

「陳六小姐素有賢名，有些話我也就直說了。陳大人雖尚在獄中，既然我和妳有了婚約，林家就養妳終老……」

林正青聲音冷漠，提到「終老」兩個字時特意停頓。

林家上門求娶才有今日的婚事，沒想到塵埃落定，林正青對她卻厭惡至深。此中因果她也想聽個清楚。琳怡抿著嘴唇並不開口，等林正青將餘下的話說完。

他露出嫌惡的表情。「我聽說妳病重在家，就想著給妳個名分……不妨告訴妳，妳父親受刑過重，已經撐不了兩日，妳既然是孝女，就該追隨父母才算盡孝。」

她終於明白他對自己的厭惡從何而來。林正青是怨恨她如今不是垂死的模樣，當時她心中惦念著父親的冤案，怎麼也不肯做北邙鄉女，這樣的舉動倒讓他算漏了。聽得林正青的話，她心裡反倒冷靜下來。「你不願意結這門親事，可以將我送回陳家。」

林正青沒想到一身嫁衣的女子不哭不鬧，竟然說出這樣一句話，他微微一怔，便又冷笑。「妳以為陳家若是容得下妳，會將妳匆忙嫁過來？我們林家顧及名聲只得娶妳，否則天下哪裡有這等的好事？以妳……不過老死閨閣罷了。」

世家公子向來會粉飾太平，凡事都會說得輕巧好聽，林正青面對她這樣的弱女，乾脆連裝模作樣也省了，既然話已經說到這裡，還不如就說個透澈。

喜冠壓在她頭上，幾乎將她細弱的脖頸壓斷，她的目光卻依舊堅韌。「不只是為了林家名聲吧？」世家名門表面上看著乾淨，背地裡哪個不是利益為先？

都說她賢良淑德，不過是個伶牙俐齒的蠢物！林正青徹底惱羞成怒。「大周朝那麼多絕色的女子我也未曾娶做正妻，妳還有什麼不滿意？聰明人就該想想怎麼了結更乾淨，說不得我會念及妳的伶俐，護妳聲名。」

聲名？琳怡不由得冷笑。既然想著讓她死，就不會留著她占著他正妻的名位，更何況……眼前這些在她心中不值一文。

看著琳怡譏誚的表情，林正青臉色更加難看。「說到底還是她善良溫婉，可憐妳才會應允委屈做繼室。依我看繼室倒是不必，妳這般女子不配進我林家宗祠。」

她……原來如此，琳怡聽得林正青的讚美，心中頓時一陣噁心，想要撐起身子脫離他的掌控，卻發現身上沒有半點力氣。

琳怡將目光落在合巹酒杯上。他們在酒裡下了藥——林家連這種事也做得出來。

「妳未給我林家留下一男半女，更未盡力服侍長輩，就算我不肯立妳為正妻，外面的人也不會說我薄情。」

她進門第一天就要將她害死的人，卻拿無後和未盡孝道來羞辱她，真是天大的笑話。林正青說到這裡，臉上露出被欺騙的神情。「更何況陳家的長輩已經說了，妳父親是庶出，妳更是一文不值的賤人。」

琳怡聽到這裡，眼前一花。族譜上嫡長子分明是父親，為了爭嫡長子，他們竟然顛倒黑白！

「不妨告訴妳，若不是妳陳家人幫忙，我又怎麼會想到這樣的法子，」林正青頓了頓。「成親前妳就得了失心瘋，陳家上下都能作證，瘋婆子成親當日縱火，損失的是我林家，陳家為了補償我，會讓我再納陳氏女。」

這樣周全的算計，林正青真是用盡了心思。這樣一來，她的死反而讓林家受盡了委屈。

「都說林家大郎少年俊才，何必要為難我這樣的弱女……」琳怡的聲音細弱，眼睛裡卻沒有半點怯意。

少年俊才，讓他得意的字眼從琳怡嘴裡說出來卻變了味道。

這時候還嘴硬。林正青冷冷一笑。「都是陳氏女，妳卻及不上她半分，她是可憐妳才答應讓我娶妳為正室，妳卻這樣說話，她恭儉賢良，妳不過是個毒婦。」

能被林正青稱作恭儉賢良的人……該是什麼模樣……

林正青起身提起大紅喜字的蠟燭點燃了幔帳，火焰沖天而起，頓時吞噬了喜帳，矮桌上盛開的牡丹花瓣被燒得蜷縮起來，帶著火焰掉落在地上。

林正青側臉在火光的照射下顯得更加俊逸，濃黑的眉毛飛揚起來，清高驕狂，一雙眼睛閃亮得如同璞玉。

她第一次聽到身邊人提起自己的婚事，林家大郎出身名門，十二歲考中秀才，十五歲中解元，十六歲中貢士，同年再中同進士，進入翰林院任庶吉士。多有人誇他才思敏捷，將來必為肱骨之臣。

當時她閨中羞澀不敢打聽太多，只是聽說林正青在前府作客時，不由得心中有些浮躁。她怎麼也沒想到，那個別人口中的林郎，和她面前的人竟有如此的差別。

林正青淡淡一笑。「我母親求娶妳的時候，聽說康郡王欲納妳為妃，」他表情不屑。「我以為康郡王看重妳的賢名，原來大家不過都是各有所圖。」說著，他轉過身去。

火燒到琳怡的頭頂，炙熱得讓她喘不過氣來。

康郡王。就因為有此傳言，她才讓京中女子豔羨，父親是怕她嫁入皇家受委屈，這才選了門當戶對的書香門第。

父親和康郡王有些交情，父親出事之後，她特意讓乳母去打聽康郡王那邊的消息，希望康郡王能幫父親伸冤，這才聽說康郡王在父親的案子中立了大功，皇上對康郡王大肆嘉獎，不但賜了康郡王婚事，還賜了康郡王府。

父親時刻掛在嘴邊讚嘆的人親手害了父親。

父親和她，都錯信了人。

誰能想到，讓女子求之不得的兩個男子流連她家門庭，不是她的福。

琳怡眼前漸漸模糊，她攥緊了拳頭苦苦支撐。她還沒想辦法為父親伸冤……

胸口越來越憋悶，耳邊終於傳來下人的尖叫聲。「救火啊！快救火……」

接著是林正青驚慌失措的聲音。「這……怎麼回事……快……快來人……」

琳怡努力睜大眼睛，面前只有越燒越旺的火焰，有人打開了門，冷風吹進屋子，助燃了火勢。

琳怡眼前頓時一片殷紅，那片紅色飄飄蕩蕩似是變成了一條紅綾。

第一次進京去清華寺祈福時，她將手上的紅綾繫在道樹上，只因為她聽說此樹祈願最準，她合上眼睛，願一家人平安康樂。

她才許好願，身畔忽然起了風，她伸手去按飄起的衣裙，不自覺抬起頭時，看到了她親手繫的紅綾在四散的花瓣中輕盈飛翔，恰有一片花瓣向她飄過來，她閉上眼睛。

花瓣落下，額頭上一片冰涼。

大家都說是佛祖顯靈，她的願望必定實現。

她卻不在意這些，只是捉住軟嫩的花瓣放入鼻端，微笑著聞那絲幽靜的香氣。

那一年，她十三歲。

第二章

京城陳家，半年前就開始籌備陳老太太的壽辰，眼見就要到了正日子，府裡到處張燈結綵。今年壽辰，陳老太太格外歡喜，只因正趕上朝廷三年考滿、外放福寧任職的陳家三老爺帶著繼室和一雙兒女進京賀壽。

一家人團聚其樂融融，只可憐了年幼的孩子，福寧到京城路途遙遠，南北水土驟換難服，陳三老爺十三歲的女兒陳六小姐剛到京裡就病倒了。

高燒了三天，陳六小姐總算醒了過來。

一連兩日天氣暖和，院子裡的桃花一下子都開了，小丫鬟正挑選枝頭的白桃花。開得最漂亮的花朵總是要先被摘下來，去掉多餘的枝葉，揀去花萼曬乾窖藏起來，留著將來做桃花水。

桃花水做香膏是她最喜歡的。

琳怡透過窗子看了一會兒，摘下額頭上的護額。

橘紅急忙放下手裡的湯藥。「小姐還是多戴一日，這病還沒好俐索呢。」

琳怡將護額遞給橘紅，聲音略微沙啞。「我好多了。」比起在大火裡不能動彈，現在的生活宛然天上地下。

她在那場大火中昏過去，再睜開眼睛，她竟回到了十三歲時。一開始，她還不敢相信，後來才發現這一切都是真的。

琳怡伸手摸向梨花木雕枝葉的炕邊，再看向床邊的矮桌，上面擺著大小花燈，花燈上畫著篙槳、戴斗笠的架娘撐船去接岸上的女眷遊園。這是她進京之後，祖母特意讓大伯母從庫裡幫她選的。

琳怡的母親生下哥哥和她就去世了，母親的同胞妹妹三姨娘嫁過來做了繼室，這些年，繼母帶著他們兄妹和父親在福寧上任，極少進京，這次也是大伯父寫信給父親，讓父親無論如何要將哥哥和她帶進京城，這才有了此行。他們一家人在福寧的日子平和，所有的榮辱和波折都是在這次進京之後發生。

進京前，父親和繼母不止一次提起兩位伯父和祖母。兩位伯父對他一家人向來疏遠，怎麼會突然熱絡起來？當時她沒多在意父母的談話，只是聽哥哥繪聲繪色說著京城該有多熱鬧，現在想想，讓他們一家人進京就是謀算的開始。

陳氏分兩房，琳怡所處的是二房。陳氏二房老太太董氏並非是她的親祖母，她父親和兩位伯父不是一母所出，父親是過世的趙氏所生，兩個伯父是現在的陳老太太董氏所生；按理說，她的親祖母才是正室，父親是長子嫡出，現在的董氏是繼室，她生下的孩子雖然是嫡生卻並非長子。

陳家二房爭長子名分已經不是一日、兩日，她臨死前，只知道親祖母被董氏從族譜中拿掉，父親也從嫡長子變成了庶出。

爭嫡長子只是第一步，她相信更大的利益在後面。

琳怡看向窗外，初春的陽光依舊刺人眼睛。

若是從前，她一定不會想到，幾年後會落得淒慘境地。

成親當日，她被夫婿害死。

一切就像張大網，將她收在其中，等她發現的時候，怎麼都掙脫不了。

至死，她也不知曉到底是誰在背後謀算。

現在她有了機會，不會再重蹈覆轍——

「六小姐，快喝藥吧！」橘紅將矮桌上的藥捧給琳怡。

橘紅和玲瓏是從小就跟著她的丫鬟，又隨著她一起嫁入林家，那天晚上，林正青讓人將兩個丫鬟哄騙了出去，大火燒起來那一刻，她隱約聽到橘紅在門外哭喊。

一切總算都過去了。

琳怡吁口氣，接過藥碗。

橘紅去矮桌上拿了蜜餞子。「小姐再忍忍，喝過這兩劑說不得就好了。」

她記得這場病只是個開始，從這往後，她斷斷續續地生病，直到她和林家有了婚約，身上的病才算真正好了。因要養病，她深居簡出，大部分時間是在這個院子裡度過，所以外面的事她鮮有聽聞。

在福寧時，她身體向來好，為什麼一進京就諸病纏身？

琳怡將藥放回桌上。

橘紅還要勸，琳怡已經伸手打開琥珀忍冬花痰盒將藥倒了進去。

「小姐……這……」

琳怡伸出手指在嘴邊「噓」了一聲。「我已經好了，不用再吃藥。」任誰長年纏綿病榻都只能任人擺布，她要想法子將這件事弄清楚，在一切沒有明瞭之前，她要小心謹慎，不能走錯一步。

雖然開始是盲人摸象，只要讓她看出些端倪，往後就會越來越容易。

看著小姐臉上明快的笑容，橘紅不自覺將要說出的話吞了回去。六小姐這一病之後彷彿是變了許多，到底是哪裡不同了，她說不上來，可眉目更加疏朗，人也更加沈穩了。

橘紅還沒回過神來，只聽門外傳來腳步聲。

玲瓏推門進了屋，看到琳怡神清氣爽地坐在床上，本來怒氣沖沖的眼眉頓時揚起來。

「小姐看起來好多了。」

橘紅笑著接過玲瓏手裡晾曬好的衣裙。「怎麼出去了那麼久？」

玲瓏的臉色頓時垮下來。吩咐小丫鬟收了衣裙，她就想著去廚房給小姐要些細軟的吃食，誰知道聽到廚娘好一陣數落，她辯駁了幾句，那廚娘的聲音越發大了，引得府裡的下人都過來看笑話。

「我們家也不是沒有規矩的，只是小姐病著身子虛弱，這些日子不過就吃些粳米粥，身子虛空不補補怎麼行？什麼過時不食，大家又不是光頭的和尚，要嚴守清規戒律。」玲瓏說到這裡，臉氣得紅起來，旁邊的橘紅也皺起了眉頭。

「後面的話更難聽，說我們將這裡當做了地頭上的歇馬涼亭……」

橘紅忍不住道：「這也太過分了。」

陳家沒有正式分家，可是父親長期外放做官，祖宅又有董氏把持，也難怪他們的處境猶如寄人籬下。口舌之爭都是小事，真正該在意的是被人算計還毫無察覺。

董氏現在能掌控整個陳家二房，族譜上，父親卻是正經的長子嫡出，董氏就算要改族譜也要買通族裡，也就是說，現在她還有時間改變將要發生的事。

琳怡剛想到這裡，只聽外面有人道：「六小姐起來沒有？」話音一落，穿著褐色半臂的陳二媳婦堆著滿臉的笑容進了屋，身後跟著兩個拿著托盤的丫鬟。

陳二媳婦見到琳怡立即躬下身賠禮。「都是奴婢們想得不周到，倒委屈了六小姐。」

剛才還囂張的人一下子就矮了身段。

玲瓏看著陳二媳婦低頭的模樣，嘴就彎起來。再怎麼說六小姐也是主子，她們做奴婢的不敢太過放肆。

一碗粥、一碟糕點和四個小菜擺上來，陳二媳婦臉上的笑容更深。「奴婢們是怕小姐身子弱，吃食也要有節制，否則府裡哪裡來的規矩呢？沒想倒讓小姐動了肝火。」

陳二媳婦是大伯母身邊陳嬤嬤的二媳婦，陳嬤嬤是大伯母身邊得力的，協理大伯母身邊的瑣事，陳二媳婦管著大廚房，平日裡儼然半個主子，怎麼會為這麼件小事來給她賠禮？

琳怡看向陳二媳婦領著的小丫鬟，兩個小丫鬟縮著脖子，彷彿是受盡了委屈般，再瞧向桌子上的小菜，都是極為精緻的福寧菜，米香四溢的糯米雞球、細膩精緻的六和豬肝、色澤紅潤的荔枝肉，連粥都有一股竹子的香氣，想來是用竹筒飯做的，這麼短的時間做出這麼多福寧菜，可真是煞費苦心。

重活一遍，仔細看著身邊所有人的一舉一動，倏然發現她們的手段也不過如此。

琳怡微微一笑。

看到琳怡的笑容，陳二媳婦心中也樂開了花。鄉下來的土包子就是好打發。

走出院子，陳二媳婦很快伸直了腰板，臉上也露出一絲不屑的笑容。三老爺將來指不定能不能保住嫡出的名分，六小姐倒擺出正經主子的款來……陳二媳婦這樣想著，心中不快起來，好在她是個心路寬的人，權當是餵了牲畜。

陳二媳婦轉頭去看身邊的小丫鬟。「一會兒妳給老太太屋裡送盤子，遇到老太太身邊的董嬤嬤該怎麼說，妳可知道？」

那小丫鬟忙低頭道：「奴婢知道，就說六小姐要吃福建菜，讓人來大廚房鬧，奴婢們都挨了罵。」

陳二媳婦又擰了小丫鬟兩下，小丫鬟疼得直吸氣。「奴婢還挨了打。」

陳二媳婦這才滿意地翹起嘴唇。「記住，不是給董嬤嬤看，是給長房來的姑奶奶看。」

要讓長房的人知道，從福寧來的六小姐是個驕橫跋扈的主，並不是長房老太太喜歡的那種溫婉的大家閨秀。

第三章

大周朝定都京城的時候，最早從陪都遷移過來的就有陳家，因此陳家祖宅就落在京城最好的地段，這些年，陳氏雖然分了幾次家，大部分族人還在東城居住。現在陳家以祖宅為正中擴建了幾個主院，祖宅留給長房，靠著長房最大院子就是現在的二房。二房的院落雖然不如長房大，這些年在董氏的操持下，也修葺得十分漂亮。

京城中達官顯貴喜歡引水入園，陳家也不例外，沿著碧水連天向前走，路過白玉拱橋，然後是八角亭，過了翠竹林就是月亮門，長廊的盡頭就到了陳老太太董氏的和合堂。

陳老太太董氏靠在羅漢床上和長房的三姑奶奶說話。

三姑奶奶握著粉彩梅花枝的茶杯喝了些茶。上好的碧螺春，在瓷碗裡蜷曲似螺，品起來味道醇香，這麼好的茶也就在二房老太太這裡能喝到……這次來二房，她可不是為了喝這杯茶，而是為了從福寧回來的三老爺一家。

三姑奶奶一邊和老太太說笑，一邊注意著房裡的動靜。三老爺自從外放福寧，這還是第一次舉家回京，二房老太太看起來因此高興，其實未必，畢竟隔著肚皮，二房老太太始終防著三老爺。

其中原因……三姑奶奶抿了一口茶。陳氏直系族人都知曉，二房老太太始終不肯承認自己是妾室抬了繼室。

二房老太爺在川陝任守備時，自作主張娶二房老太太董氏，雖然在外一直將董氏當作正室，卻不能規避長輩在祖宅已經給他迎娶了一房妻子趙氏，雖然當時尚未圓房，卻是經過父母之命媒妁之言，趙氏是名正言順的正室。

大周朝從來沒有亂妻之事，趙氏和董氏之間必然是一妻一妾。董氏父親是正三品城守尉，自然不肯讓自己女兒做小，二房老太爺欲休趙氏，趙氏出自書香門第，知書達禮、德行兼備，嫁入陳家沒有半點錯處，族裡長輩要顧及陳氏臉面，自然不肯答應二房老太爺休妻，二房老太爺乾脆帶著董氏在川陝不肯回京，趙氏和董氏沒有見面，也就沒有真正分出大小。本來這樣拖下去對董氏有利，畢竟董氏有了陳家子嗣，趙氏雖奉孝長輩卻一無所出……可人算不如天算，男人本是饞嘴的貓，二房老太爺回京公辦，架不住趙氏的溫婉，著實與趙氏做了一年的夫妻，趙氏肚子爭氣一舉得男，一下子就壓過了董氏。

董氏也是個能沈得住氣的，帶著兒女在苦寒之地堅持下來，一直等到趙氏死了，才跟著二房老太爺進京。這樣一來，董氏很快掌握整個二房。

即便二房老太太董氏在陳家要風得風要雨得雨，可是還不能規避從前的正妻之爭，要知道，趙氏是陳家長輩一手安排的，名諱早就寫在了陳氏族譜上，趙氏所生的陳三老爺也就成了嫡長子，但凡涉及嫡長子的事都要讓董氏頭疼。

三姑奶奶放下手裡的茶碗，正要提見見三老爺所出的六小姐，外邊已經傳來董氏身邊嬤嬤的呼喝聲。「怎麼這樣不小心？」

穿著碧色衣裙的小丫鬟不知道說了什麼，抬起頭來是一雙紅腫的眼睛。

三姑奶奶裝作不在意，挪開了視線，卻仔細地聽著外間傳來斷斷續續的說話聲。

「福建菜沒有做好，六小姐那邊……」

福建菜……三老爺一家就是從福寧回來的，該是不習慣京城的飯菜吧？比起福寧那邊，京城的口味略鹹了些。三姑奶奶看一眼身邊的欣嬤嬤，欣嬤嬤忙笑道：「我去將奶奶給二老太太準備的禮物拿上來。」

三姑奶奶笑著頷首。既然有了動靜，出去打聽打聽也是好的。母親從前和三老爺的母親趙氏關係不錯，所以母親一直惦念著三老爺一家，這次三老爺帶了一雙兒女回來，母親的意思是想要見一見。能打聽些消息，她回去也有個交代。

不一會兒，董嬤嬤從外面進來。

畢竟是老太太身邊的人，不論遇到什麼事都能不動聲色。「老太太，飯菜都準備好了。」

三姑奶奶站起身上前去扶陳老太太。

門口傳來小丫鬟的聲音。「四小姐來了。」

三姑奶奶轉過頭去，只見柳綠的簾子挑起來，穿著藕色褙子，外罩淺紫小八寶掛線細紗衫，頸上戴著精巧的牡丹鏤花歲歲如意鎖，凌燕髻，珊瑚飾，頭上編著金絲瓔珞流蘇的陳四小姐琳芳進了屋。

三姑奶奶頓時露出笑容來。

陳老太太道：「我知道妳喜歡琳芳，特意將她叫來陪妳。」

陳二老爺身下行四的小姐琳芳長得漂亮又溫婉大方，深得族裡的長輩喜歡，陳老太太更是早早給琳芳請了女先生教她詩書，這兩年，京中許多人都知曉陳家有位才貌雙全的四小姐。

琳芳迎過去扶起陳老太太另一隻手。

三姑奶奶表情親切。「早說想要將妳接去我那裡坐坐，只怕老太太不肯放手。」

陳老太太一笑。「快將她接去，勞累的又不是我。」

琳芳與三姑奶奶相視一笑，轉身從丫鬟手裡接過一把扇子。「我才繡的蓮花扇，正說要給三姑母送去。」

這樣一針一線用鮫絲繡的扇子要著實花些功夫，之前她只是看到二房老太太身邊有一把，誇讚了一番，沒想到琳芳這孩子倒放在了心上。三姑奶奶笑意更濃。「這孩子，不怕累壞了眼睛。」

琳芳笑容乾淨純粹，跟三姑奶奶更是熟絡。「姑母喜歡就好。」

琳芳長得漂亮，性子又好，三姑奶奶越看越喜歡。長房人丁衰落，母親又是個為人寡淡的，平日裡往來的親眷也就不多，琳芳倒是常常過去陪著母親說話。多少年了，這孩子從來沒變過。

大家正說著話，又聽外面的丫鬟道：「六小姐來了。」

眾人都有些驚訝。

三姑奶奶更是目光閃爍。六小姐不是病在床上嗎？怎麼倒能起身了。

陳老太太放下手裡的茶杯。「這孩子，身子還虛著怎麼倒來了？」

琳怡站在門口，隔著琉璃簾子先給陳老太太問安，又給旁邊眼生的婦人福了身。

陳老太太慈愛地笑著。「快進來。」

琳怡這才讓人撩開簾子走了進去。

三姑奶奶上上下下打量這位從未謀面的六姪女。六小姐琳怡穿著粉色妝花褙子，腰間束了一條碧色絲絛，梳著小女孩常見的雙螺髻，打扮也是家常，比不上琳芳的細緻，卻難得地清麗。

陳老太太指點琳怡。「這是妳三姑母，好些年不見了自然是生，日後多多走動也就好了。」

琳怡規矩地上前給三姑奶奶行禮。

三姑奶奶笑開了眉眼，上前將琳怡扶起來。「這孩子眉眼長得和三弟一樣。」

陳老太太倒是依舊慈祥地笑著，身邊的董嬤嬤表情卻有些僵。

蓮心苦不苦只有她自己知道。三姑奶奶臉上的笑容更盛了，三弟長得像趙氏，她就是故意提起趙氏，好讓二房老太太知曉，富足的日子不是那麼好享受的。

屋子裡靜謐下來，連同香爐裡的煙也是一絲不苟、裊裊沖天。

琳怡轉身接過橘紅手裡的食盒。無事不登三寶殿，陳二家的領著丫鬟送來那麼多精緻的福建菜，絕不是怕她怪罪。「這些日子多虧了祖母照應，我的病才這麼快就好了。」

看著桌子上的福建菜，陳老太太笑起來。「妳這孩子，對祖母哪裡用這樣客氣。」

琳怡笑道：「廚房怕我吃不慣京裡的口味，特意做給我吃的，我也是借花獻佛。」

似是難得見到這般貼心的晚輩，陳老太太將琳怡拉過來坐了。「妳不知道我是心疼妳得緊，早就讓妳老子將妳帶進京，他走他的官途去，由我照顧你們兄妹，還不是妳老子捨不得，非要將你們掛在腰上，你們才跟著他東奔西走，白白受了許多委屈。」

陳老太太像一個慈愛的祖母，軟聲軟語幾乎能讓人掉了眼淚，更將琳怡攬在懷裡伸出手來拍撫，邊說話邊嘆氣，彷彿十分後悔一般。

琳芳也跟過來坐了，親切地拉起琳怡的手。「如今六妹妹回來了，祖母也該寬心不少。」

陳老太太笑道：「現在自然是喜事了，」說著又問琳怡。「身子怎麼樣？要不要再請郎中來瞧瞧？」

琳怡從陳老太太懷裡起身，經過了剛才的感懷，似是也少了一分拘謹。「好多了，從前我很少生病，想來這次也是路途遠、乏累才有的病症。」

旁邊的三姑奶奶聽了笑。「我最遠也只是去過陪都，難為琳怡平白跟著三弟走那麼遠的路。」

平白走那麼遠的路。三姑母的意思是她不該跟著父親進京，還是他們一家不該搬去福寧那麼遠的地方。

無論誰都能聽出來的弦外之音。

三姑奶奶又道：「琳怡和琳芳只相差一年吧？我聽說已經有人問起琳芳。」

琳芳狠狠地怔愣了一下，一會兒才明白過來，登時紅了臉。

屋子裡的人都注視著琳芳微笑，琳芳不禁窘迫。

還是董嬤嬤解了圍。「飯菜快涼了，老太太、姑奶奶、兩位小姐還是先用了飯再說。」

說說笑笑在前，一頓飯下來，氣氛也算融洽。

吃過飯，琳芳和琳怡將三姑奶奶送出門。

走到月亮門，琳怡忽然想起來。「我給祖母和伯祖母做了抹額，三姑母給伯祖母帶回去，改日我和母親去給伯祖母請安。」

三姑奶奶笑起來。「妳病才好，不要太費神。」

琳芳幫著琳怡說話。「總是六妹妹對長輩的心意，我們每日都搜腸刮肚不知道送什麼給長輩好，多得是盡的孝心在裡頭，三姑母幫襯著在伯祖母面前說說，六妹妹進府請安也能自在些。」

三姑奶奶被琳芳說得開懷。「就妳機靈。」

琳怡和琳芳相視一笑。

和合堂安靜下來，陳老太太坐在雕花紅木軟椅上看花房新送上來的小春桃盆景，陳老太太看了一會兒，揮揮手讓人將盆景換作桃花插瓶。

陳老太太皺起眉頭。「三太太回來沒有？」

大太太帶著三太太去附近的水月庵供奉藥王爺。

董嬤嬤道：「還沒回來。」供奉藥王爺要吃齋飯聽經文，至少也要再過一、兩個時辰才能到家。

這麼說，六丫頭到她房裡，不是老三媳婦安排的。

「讓人留意著，看看三老爺那邊有什麼動靜。」陳老太太想到這裡微微斂目。有些事，不能不防。

陳老太太的臉色不好，董嬤嬤低聲寬解。「依奴婢看八成是湊巧了，六小姐年紀小，不會留意這些事。」小姐見到三姑奶奶驚訝又生疏的模樣，不像是裝出來的。

話說到這裡，董嬤嬤將大廚房小丫鬟說的那些話說給老太太聽。

「六丫頭動手打了人？」

董嬤嬤點頭。「是這麼說的。」

「撒謊都不會。」陳老太太面色不豫。「六丫頭小心翼翼的模樣，哪裡像囂張跋扈的人，三姑奶奶怎麼可能相信？六丫頭將飯菜端到我房裡來，長房說不得會以為是我陷害六丫頭。這樣沒腦子的事，只有大媳婦那個蠢貨做得出來。」

董嬤嬤躬身道：「奴婢將事壓下了，大廚房的人不會再將事說出去。長房那邊也不會察覺。」

今天將事壓下了，明日又不知道會使出什麼幺蛾子。「老大媳婦若是能聰明些，也就不用我這樣費心思，」陳老太太淡淡地看了董嬤嬤一眼。「我讓老三回來是要放在眼皮底下，免得他不聲不響做出什麼驚天動地的事來，到時候後悔也來不及。妳要讓人將人盯住了，不只是老三一家，這園子裡所有人都要給我看個仔細。」

董嬤嬤躬身道：「老太太說的是。」

陳老太太從袖子裡取出佛珠拈了拈。「妳看長房那邊會不會喜歡琳怡？」

董嬤嬤坐在如意紋方凳上給陳老太太揉腳，在川陝那幾年，老太太腳上長了凍瘡，春暖花開的時候尤其癢得厲害。

「不會，」董嬤嬤想也不想。「四小姐和三姑奶奶親厚不是一日、兩日了。長房老太太性子雖然涼薄，對我們四小姐卻也是另眼相看。六小姐禮數上還算周到，可究竟是魚目難敵真金，您沒瞧見三姑奶奶那雙眼睛始終在我們四小姐身上呢。」

無論是性子還是容貌，琳芳都是千裡挑一的，琳怡畢竟跟著父母在小地方住著，不會有什麼見識。陳老太太想到這裡，眼前不自覺地浮起琳怡清麗的眉眼。難不成真的像趙氏那賤人？怪不得趙氏會將老爺迷住。

腳上的凍瘡不再癢了，心裡的凍瘡卻怎麼也不能痊癒。

她在川陝領著孩子辛苦度日，沒想到老爺跟著那賤人在京裡逍遙快活，她就是想著要為兒女正了嫡出的名分，才支撐這麼多年。

「不能小看老三。趙氏那賤人詭計多端，她生養的野種也好不到哪兒去。」當年她也是輕信了趙氏賢良的名聲，誰知道她竟連勾欄院的娼妓也不如，見到老爺就想方設法地撲上去，否則肚子裡哪來的野種？

琳芳、琳怡將長房的姑奶奶送到垂花門，看著藍呢官轎沒了蹤影，兩個人才說著話回園子裡。

「這些日子桃花開得盛，京畿這邊的小姐喜歡將桃花擺在繡房裡。」琳芳親切地玩著琳怡的手，熱絡得彷彿是一母同胞的姊妹。

「我看到府裡有不少花樹。」

琳芳笑著道：「咱們府裡的桃花種類是最多的，不如我帶著妹妹四處看看。」

從前她在園子裡住的時間不算短，卻從來沒有誰主動要求帶她遊園。

「好。」琳怡乾脆地答應了。賞桃花倒也是好事。

陳老太太喜歡桃花，陳家二房搬進來之後，就在園子四處種桃花樹。

穿過波望亭就是桃花塢，琳芳邊看邊帶著琳怡向東園子走。

東邊是大伯、大伯母的住處。

跟在後面的橘紅看著陌生的景致，心中有些害怕，於是不停地轉頭張望。就算看桃花，走得也太遠了些，偏偏兩位小姐沒有停下腳步的意思。

「那邊是芳菲苑，我們去那兒折兩枝桃花。」

聽到琳芳的提議，琳怡點了點頭。

青石路的盡頭是通幽的小徑，如今到處灑滿了桃花花瓣，輕輕走過去，彷彿衣襟上都沾著馨香。

的確是讓人無法拒絕的好去處。

尤其是琳怡很少能看到這麼漂亮的桃花。

琳芳的腳步慢慢停下來，琳怡卻彷彿看傻了眼，帶著橘紅一路向前。

不知走到了哪裡，只覺得自己真真切切置身花海，在伸展的花枝中間，琳怡看好了一枝半開的桃花，剛要伸手折下來，手指才碰到枝椏，耳邊忽然聽到有女人呻吟的聲音。琳怡頓時嚇了一跳，腳下一軟，摔在地上。

琳芳頓時大驚失色。「六妹妹，妳這是怎麼了?!」

琳怡顧不得腳上疼痛，伸出手來指向前面。「誰……誰在那裡……」

琳芳順著琳怡手指的方向看過去。

陳老太太才靜下心來要寫幾張字帖，沉香撩開簾子，匆匆忙忙進屋稟告。「老太太，柳姨娘那裡出事了。」

柳姨娘從前是老太太跟前的二等丫鬟，後來被大老爺看上要過去抬了姨娘。

一旁磨墨的董嬤嬤正色起來。柳姨娘是有身孕的，難不成……

沉香喘口氣接著道：「柳姨娘說不得是要小產了。」

陳老太太聽得這話，抬起眼睛。柳姨娘已經有五個月的身孕，按道理已經是安穩的時候，怎麼會突然小產？

陳老太太掃一眼董嬤嬤，董嬤嬤問道：「到底是怎麼回事？」

沉香道：「柳姨娘在院子裡散步，不知道怎麼地突然肚子疼，多虧被四小姐和六小姐撞見了。」

這是怎麼回事？兩位小姐怎麼會走到柳姨娘那裡去？

陳老太太皺起眉頭。「柳姨娘身邊的丫頭呢？叫她進來。」

門簾一動，小青快步走向前向老太太行了禮，經過了剛才，她是又驚又駭，張開嘴，口齒也不清起來。「奴婢……去大廚房給姨娘做點心……走的時候姨娘還好好的……不知道怎麼回事，姨娘突然腹痛起來……」說著簌簌掉了眼淚。

柳姨娘身邊只有一個丫鬟伺候，這個丫頭平日裡是從來不離柳姨娘的，怎麼會突然去了大廚房那麼久。

陳老太太扶著金邊流雲繡紫紅迎枕起身。「還等什麼？請郎中過去瞧瞧。」

沉香應了一聲，忙帶著小青下去。

陳老太太沈著臉看向董嬤嬤。「去看看到底是怎麼回事。」

內室裡的柳姨娘蒼白著臉縮成一團，染著鳳仙花汁的手緊緊攥著繡著福字的小兒肚兜，不時有呻吟聲傳來。

琳怡、琳芳看著兩個嬤嬤進了內室問長問短，不一會兒工夫，老太太身邊的董嬤嬤進了屋。

看到琳怡、琳芳，董嬤嬤很是詫異。「兩位小姐怎麼還在這裡？」

琳芳彷彿嚇壞了，蒼白著臉不知道怎麼說才好，大大的眼睛看著琳怡。

琳怡衣裙沾滿了泥土，讓人攙扶著站在一旁。

橘紅低聲道：「六小姐扭了腳，已經讓人去找跌打藥了。」

董嬤嬤視線落在琳怡的腳上。「這可怎麼得了，」說著吩咐屋子裡的小丫鬟。「愣著做什麼？快讓人抬肩輿來。」

小丫鬟應聲跑出去，董嬤嬤上前攙扶琳怡。「六小姐先坐下歇歇，除了腳，還有沒有哪裡傷到了？」

琳怡緊皺著眉頭。「只是腳有些疼，嬤嬤不用管我，快去看看……」不知道怎麼稱呼內室的人好。

董嬤嬤順著琳怡的視線看過去。六小姐才到陳家，自然不知道屋子裡的人是誰。兩位小姐安然無恙，董嬤嬤這才去看柳姨娘。

琳怡坐上錦杌上，只聽柳姨娘哀戚地道：「求董嬤嬤救救我肚子裡的孩子——」

琳怡側頭去看琳芳，琳芳似是不在意，卻下意識地向內室側著頭。

第五章

大伯父身下還沒有子嗣，所以妾室懷孕就成了大事。妾室生出長子會讓正室丟臉面，陳府的人當然都知道這一點。

於是屋子裡的人都是一副高深莫測的表情。

不多一會兒，下人將肩輿抬了過來。

琳怡上了肩輿，琳芳也跟著一起出來。「都怪我，怎麼帶妳到這裡來了。」

琳怡搖搖頭。「是我要看桃花，不關四姊的事。」

下人徑直將琳怡送去陳老太太房裡。

陳老太太早就得了話，早就讓人將跌打藥拿了出來。沉香、石楠兩個丫頭上前伺候琳怡褪下鞋襪。

看到琳怡的腳踝只是微微發紅，陳老太太也鬆了口氣。「還好沒有傷筋動骨。」

老太太房裡的大丫頭手腳輕巧，很快就將琳怡的腳踝包好了，琳怡覺得腳踝抹了藥的地方一片冰涼。

「覺得怎麼樣？」陳老太太關切地問。

琳怡點點頭。「舒服多了。」

老太太這才露出些笑容，笑過之後，老太太又正色起來。「妳們兩個丫頭怎麼跑去妳伯父的院子裡了？」

琳怡低下頭。「是我光顧著看桃花沒有注意。」

琳芳望著琳怡的傷，臉上神情十分後悔。「是我領著六妹妹去的東園，我想著要折幾枝漂亮的桃花給祖母，就……」

原來是因為孝心。

老太太的表情果然軟下來。

兩個丫頭總是在自家的園子裡，算不上出格。

老太太嘆口氣，看著琳芳略帶責怪。「妳年長應當照應妹妹，以後再出去，多帶兩個丫鬟。」

琳芳聽著點頭，親近地坐去琳怡身邊噓寒問暖。「要不然讓六妹妹和我住在一起，我也好照應她，而且，」琳芳說到這裡，自然而然地笑了。「聽說三叔父給六妹妹請的女先生是位杏林聖手，六妹妹應該跟著學了不少的醫術，我還想讓六妹妹教教我。」

杏林聖手。老太太看向琳怡，她也聽說過老三給六丫頭請的女先生大有來頭。「是那位有名的語秋先生？」

姻語秋的名字京裡人都知曉，原是書香門第的小姐，家中沒落之後改做了女先生，在醫術上也頗有研究，經常給小姐、夫人診治，被人稱作女神醫。要不是母親恰好與語秋先生相識，先生也不會答應教她。

琳怡點點頭。

琳芳一臉的羨慕。「剛剛六妹妹就盯著柳姨娘看了半天，所謂望、聞、問、切，六妹妹該是學到了不少。」

老太太轉過頭，深深地看了琳怡一眼。

琳芳的母親，陳二太太田氏坐在鋪著蓉簟的木炕上，牡丹紋的紫檀矮桌旁立著玫紅鑲金的繡屏，田氏正仔仔細細一針針地繡著。

田氏身邊的大丫鬟元香慢慢走上前，低聲道：「柳姨娘的事鬧開了。」

田氏頭也不抬。

元香道：「柳姨娘在院子裡被六小姐發現了，現在四小姐和六小姐都去了老太太房裡。」

田氏嘴角輕翹。老太太自然要將兩個丫頭叫過去問話。

元香有些擔心。「這事長房會不會怪在我們身上？」

田氏揚了揚眉戲謔。「和我們有什麼關係？會醫術的是六小姐又不是我們家琳芳。將來傳出柳姨娘被下藥的閒話，那也是懂醫術的人才會說得有板有眼，」田氏說著頓了頓。「我只是提醒大太太，她的對手是三叔一家，不是我們。」

田氏說著放下手裡的針，雙手合十，如同跪在佛前的信女。「阿彌陀佛，我佛慈悲，我也是為了救人一條性命。救人一命勝造七級浮屠。」田氏重新拿起針，一針扎在枝頭喜鵲的眼睛上。「我和大太太不同，我要為我們斌哥、芳姊積福。」

元香深以為然，笑著道：「我們太太是最心善的人。」

田氏眼睛微閉，眉心一點朱砂痣襯得她恍若拿著淨瓶的觀音。大太太掌管大廚房那麼多年，就算給柳姨娘下毒，也會做得乾乾淨淨，老太太就是查也查不出什麼來，到時候，她只需要讓人去柳姨娘耳邊煽風點火，讓柳姨娘去求懂些醫術的六小姐，這把火自然而然就會燒到三叔家裡。

那時候，只要隔岸觀火……

說到底，動了這樣的心思，她也是為了這個家，她不能眼看著陳家在大太太手裡衰敗。

說到醫術，坐在軟榻上的琳怡掩袖笑出聲。「若說望、聞、問、切，我所知的恐怕還不如四姊姊多。我跟著語秋先生卻是認了些草藥，不過不是治病用的。」

琳芳怔愣在那裡。

老太太也好奇起來。「六丫頭都學了些什麼？」

琳怡揚起眉角。「能做香膏用的幾味藥，」說著伸出手指細數。「桃花、薔薇……還有白豆蔻、白芷、白茯苓、紫蘇都是各有效用，」說到這裡，琳怡一頓。「草藥的種類繁多，我也記不住，先生說，聽一聽也就罷了，並不仔細教我。我讓身邊的丫鬟在院子裡採桃花就是做桃花水用的，」說著看向琳芳。「四姊姊若是想學，我都告訴妳。」

琳芳半天才回過神來。「原來六妹妹學的是這個。」

琳怡道：「至於大伯父的那位姨娘……我只是不認識多看了兩眼……」

老太太嘴角彎起露出幾分笑意。「跟著女先生就學會了這麼幾味藥。不過也好，宅門裡的小姐，學多了也是沒用。」

琳怡坐了一會兒，覺得腳上已經不疼了。

老太太吩咐下人將琳怡送回去，琳芳也跟著出了屋。

兩位小姐剛走，董嬤嬤就撩開簾子進到內室裡。

老太太盤膝坐在羅漢床上看著董嬤嬤，董嬤嬤不敢耽擱，低聲道：「郎中在柳姨娘的藥碗裡找到了牽牛子的藥渣。」

牽牛子是烈藥，孕婦吃了會小產。

老太太睜開眼睛，目光尖利。「這是第幾個了？她生不下子嗣也不准旁人生。柳姨娘之前已經有過一屍兩命，我不止一次地點過她，她還不肯收手。」

董嬤嬤俐落地打開矮桌上的扇子給老太太搧風。

老太太深吸一口氣。「之前是沒有證據，才讓她在我面前哭冤枉，這一次看她還有什麼話說？晚輩屋子裡的事，我本不應該插手，可那畢竟是我陳氏的骨肉，我不能任她胡來。」

董嬤嬤生怕氣壞了老太太。「老太太先別急，現在柳姨娘的情況總算安穩下來，等到大太太回來，您再好好問問，說不定是有隱情。」

隱情……老太太冷笑一聲，事到如今，再說這種話就是自欺欺人。「從我院子裡選兩個得力的去照應柳姨娘，務必讓她肚子裡的孩子全鬚全尾地出來。」

琳怡回到院子裡，門口的玲瓏先迎了上來。

玲瓏眼睛紅紅，該是剛哭過。「小姐怎麼樣？」

琳怡坐在軟榻上搖搖頭。「沒事，敷了藥已經好了。」

兩個小丫頭不肯相信。小姐若是好了，就不會用肩輿抬回來。

屋子裡沒有旁人，琳怡站起身來，慢慢地在屋子裡走了幾步。她的腳本來就沒有受傷，琳芳提議去看桃花，她就有所準備，琳芳想要利用她，她乾脆順著琳芳的意思……

白豆蔻、白芷、白茯苓、紫蘇……她雖然沒有和先生好好學醫理，懂得的卻不只是這幾味藥。

牽牛子……在她的記憶裡，柳姨娘因此一屍兩命，老太太雖然懷疑大伯母，卻沒有找到證據。

在柳姨娘屋中，她乘亂將牽牛子的藥渣扔進柳姨娘喝剩的半碗藥裡，只要老太太查那半碗藥，就會發現牽牛子的藥渣。

一個小小的妾室雖然不足以讓大伯母受到嚴厲的懲罰，但是從此之後，大伯母就應該會有些收斂。

不只是救那可憐的女子，也是要自救。

之前她也是被人下了藥，一直重病纏身。在陳家，大伯母管著大廚房，是最容易下手的。

既然懂得牽牛子，就應該也懂得用其他藥。她記得從前是因為她的病，全家才留在京城的，若是她的「病」好了，父親是不是還會帶著他們回福寧去？

琳怡想到福寧，心中不禁小小地波動，畢竟在福寧的日子是她最懷念的。

離開京城，父親就不會認識康郡王，林正青家裡也不會來陳家向她提親，以後的事也就順理成章全都改變了。這是最簡單的一條路。

看著琳怡行走自如，兩個丫頭不掩臉上的驚喜。

橘紅剛要上前說話，只聽外面有人道：「琳怡，妳的腳怎麼了？」

話音剛落，就有人踢開了簾子。

第六章

藍色的身影一閃，琳怡看到了身穿寶藍箭袖暗紋對襟行袍，外罩寶相花外褂的衡哥。

十三歲的衡哥皺著眉頭，鼓著臉頰像一個小大人。

重生前的一幕一幕都從琳怡眼前閃過，酸甜苦辣讓人百感交集，她怔愣了片刻，不自覺笑起來。「沒事，扭了一下，現在敷了藥已經好了。」

琳怡說著又走了兩步。

衡哥仔細看了看這才放心了，然後又問琳怡病好了沒有。

琳怡道：「已經好多了。」

聽得這話，衡哥像是放下了一件心事，重重地吁了口氣。

衡哥跟著父親去京裡的書院，穿得格外規矩，這樣一天下來緊繫的領口早已經濕了。琳怡讓玲瓏拿了巾子給衡哥擦汗。

衡哥乾脆回房裡換下厚厚的外褂又洗了臉，才又來和琳怡說話。

琳怡笑著問起衡哥今天去書院的事。「如何？是不是比我們福寧的書院好？」

衡哥是直率的性子，在外面又吃了一肚子悶氣，現在不覺聲音高漲。「哪有什麼好的？裡面不過都是裝模作樣的世家公子，我們福寧隨便一個書院都比這兒好。」

衡哥說的都是氣話，福寧才子不少，只是骨子裡懶散，不願考取功名更不願去書院做先生，父親一心要衡哥走科舉之路，卻苦於找不到好西席教衡哥。

衡哥憤憤地豎起眉毛。這次父親帶著他去書院一是帶他長長見識，二是要給他選個好西席，結果西席沒有著落，他卻聽到許多誇讚祖母的話，說什麼陳家為了父親帶著妻小回來大肆修葺園子，父親不常回京，是不肯接受董氏這個母親，若是父親回到陳家再請西席就容易多了。

父親表面上雖然不吭聲，回來一路卻都沒有說話。

兩個伯父和祖母對他們到底好不好，外人又如何知曉？不過是聽董氏一面之詞罷了，再說董氏本來就不是他的親祖母。

衡哥看向琳怡。「妹妹再忍耐幾日，等到老太太生辰過後，我們全家就能回福寧了。」

衡哥話音剛落，外面一陣腳步聲，三太太蕭氏帶著丫鬟進了屋。

蕭氏將一雙兒女帶到內室，又仔仔細細看了琳怡的傷腳。「還好沒什麼大事，真是嚇了我一跳，」說完拿出兩個平安符交給衡哥和琳怡。「讓丫頭將平安符放進你們的荷包裡。」

衡哥不禁撇嘴。

蕭氏看在眼裡也不生氣，慈愛地將衡哥拉過去，親自將平安符放進他的荷包。「藥王廟的香火旺，若是能保平安也是好的。」伸手也將琳怡的平安符放好。

琳怡和衡哥的生母生下他們就過世了，蕭氏一手將他們拉拔大，他們便將蕭氏當作生母般看待。

衡哥想起今天的不快，一股腦兒和蕭氏說了。

見蕭氏沈吟不語，衡哥乾脆問道：「母親，我們是不是很快就會回去？」

琳怡抬起頭看蕭氏，蕭氏的表情明顯地猶豫不決。「這件事要聽你們父親的，」說著頓了頓。「來京之前你們兩個不是還很高興，現在怎麼了？」

期望是一回事，現實又是另外一回事。

兩個孩子不說話，蕭氏又安慰衡哥。「明日讓你父親帶著你去街上轉轉，有什麼喜歡的儘管讓你父親買給你。」

聽說在京裡買東西，衡哥的眼睛亮了。京城畢竟大，許多新奇的東西福寧都沒有。

蕭氏接著安慰琳怡。「京城的成衣匠做工細緻，我請來給妳多做兩套衣衫，再給添置些首飾、頭面，一會兒匠人就會將樣子遞進府，妳挑一挑，早些讓他們去打。」

若是重生前，她聽到這樣的話一定會高興，琳怡笑道：「首飾我還有許多，就不用再打了吧。我們從福寧拿過來的衣裙也有不少，有兩套嶄新的都沒穿過。」

蕭氏道：「那是福寧的樣式，京裡不興穿那個，妳沒看到府裡的姊妹都在褙子外穿鮫紗，這樣穿出去大方好見人。」

怪不得蕭氏出去上香用了一整天的時間，原來是去找打首飾的匠人。

就算要置辦些首飾也不用這樣著急。

是大伯母在母親面前說了什麼？還是父母這次回京城另有打算？

琳怡仔細想著。「母親從小在京裡長大，這次出去有沒有遇到相熟的人？」

蕭氏臉上有了些笑容。「京城這麼大，沒想到卻是巧得很，遇見了小時候有通家之好的姊妹。」

蕭氏娘家在京城住過一段時間，後來才搬遷去了宣化府。

蕭氏所說的通家之好，是不是……

琳怡從前沒問過蕭氏這些，更不知道蕭氏去拜藥王爺遇見了誰，看著蕭氏臉上的笑容，她試探地問：「是不是母親從前經常掛在嘴上的孫太太？」

蕭氏拿起桌子上的茶喝。「不是，孫太太和夫家去了盛京，」說著嘆口氣。「若是她在，我們就能聚在一起敘敘舊。」常在一起的姊妹，一嫁人就各奔東西，能在庵裡遇到小時候的相識，也真是讓她又驚又喜。

在外面受了觸動，蕭氏很願意說起小時候的事。

衡哥不願意聽，本來想要溜走。

聽到蕭氏說話，他又停下腳步。

「我只知道她嫁的是書香門第，再見面，她的兒子已經考過院試取了第一名案首，今年要參加鄉試，她去藥王爺面前求個孩子康泰，將來好順順利利入場。」

第一名案首。再聽到這個字眼，她眼睛仍舊免不了重重一跳。果然是他——

林正青是院試中案首，鄉試中的解元。林正青的母親和蕭氏就是從前的相識。該來的還是來了。

衡哥的眼睛倒是雪亮。「母親說的是不是林家？」

蕭氏詫異地看衡哥。「你怎麼知道？」

衡哥歪著頭，一臉的羨慕。「書院裡的人都在說，十二歲的案首，十五歲鄉試，林家出了這樣的後輩光耀門楣。」

蕭氏伸手給衡哥整理領口。「世家名門後代子孫若是沒有兩榜出身，也就沒落了。所以你父親才讓你好好讀書，將來通過科舉取個功名，也算是光宗耀祖。」

衡哥聽著這話沒有反駁，反而思量起來。

琳怡長吸口氣，讓慌跳不停的心平穩下來。「母親準備去林家走動嗎？」

蕭氏彷彿不在意。「林大太太倒是請我們過去坐坐，不過我想著妳身子不好就拒絕了。」

屋子裡正說著話，蕭氏身邊的譚嬤嬤進屋道：「成衣匠來了。」

三太太蕭氏笑著道：「讓她進來吧！」說著拉起琳怡和衡哥。「量好了尺寸，再選用什麼料子，讓譚嬤嬤幫著挑你們喜歡的樣式。」

三太太蕭氏這樣熱絡地給她置辦衣裙和頭面，就是要帶她去作客。從前她因為身子不好的緣故，沒有和蕭氏一起出門，現在她的「病」若是能完全好了，不管長輩如何安排，她至少能參與其中，爭取主動。

陳老太太房裡，大太太董氏幾乎哭死過去，羅漢床上的陳老太太臉上帶著一抹諷刺的笑容。

她當年從那麼多大家閨秀中選了性子溫婉的姪女做媳婦，就是想著多層親，老了也更多依靠，沒想到大媳婦卻仗這個在府裡橫行，她平日裡已經睜隻眼閉隻眼，大媳婦的膽子卻越來越大。

「老太太，」大太太董氏用帕子蒙住臉。「姑媽……我是您選的媳婦，我怎麼可能做出這種事？」說著拿著帕子指著門外。「外面人能陷害我，姑媽心裡還不清楚？這院子裡裡外外都是我張羅，我卻落得什麼好處了？老三從福寧回來都是我照應著，六丫頭生病，我帶著三弟妹去拜灶王爺，哪裡有時間去害柳姨娘？柳姨娘出事怎麼偏在我出府的時候？這分明是早就算計好的。」

老太太冷笑一聲。「妳不在家裡又如何？府裡的下人哪個不是看妳的眼色？只要妳安排下來，她們哪有不照做的道理？」

聽得這話，大太太董氏悲從心來，哭得更厲害。「我在陳家這些年，因沒生下子嗣，凡事都比旁人更小心謹慎，生怕被人揪出錯處來，老爺給妾室停藥還是我應允的，妾室懷孕我都要小心伺候，沒有誰比我更盼著妾室能順利將孩子生下來，否則有風吹草動都會算到我頭上……」說著，大太太董氏慘笑起來。「哪一次姑媽不是將我叫來問，我哪次不是好一頓表白心跡，到頭來，姑媽還是不肯相信。」

老太太抬起眼睛。「事到如今妳還不承認？向來是妳管著大廚房，旁人哪有這樣的本事。妳不只是害柳姨娘，妳還讓大廚房做了福建菜給六丫頭送去，當著長房的人誣賴六丫頭動手打人。」

大太太董氏聽得這話瞪大了眼睛。「昨晚姑媽跟我說長房人來看三弟一家，讓我仔細安排，我就讓人做了福建菜，好讓長房挑不出錯處來，怎麼倒成了陷害六丫頭……若是姑媽不肯信，就將大廚房管事的叫來問，看看是不是有人在裡面搬弄是非。」

叫來管事的，那些人寧可被攆出府也不會說出實情，這樣的戲碼她已經見得太多。

第七章

大太太董氏見老太太不說話，嗚嗚地哭了一陣，越哭越覺得委屈。「姑媽，您怎麼能寧可信外人，也不肯信自己的長媳？這大院子裡只有媳婦跟您一樣，心中只有陳家和董家，就算媳婦不能生下子嗣，也能將繼室生的養在身下，媳婦還能自毀長城，讓人揪住錯處休棄回門不成？再說現在是什麼時候，老三帶著全家進京，媳婦再蠢也不至於讓老三一家看了笑話……」

旁邊的董嬤嬤不由得看了一眼老太太。

大太太這句話是說進了老太太心裡，眼下該對付的是三老爺一家，三老爺那邊還沒損毛髮，自己這邊怎麼能亂起來？更何況大太太是董家人，大太太名聲壞了要波及老太太。董嬤嬤想到這裡，轉身去拿了杯茶。

大太太董氏見狀，急忙上前接過茶，親自捧給老太太喝。

老太太半晌才接過茶，卻也不喝，逕自將茶放在矮桌上。「我既然嫁進了陳家，凡事就以陳家為先，若是妳再做出傷天害理的事，我必然親手將妳送還董家。我能偏著妳，妳也別忘了還有七出之條。」

老太太目光犀利、字字如針，大太太董氏忍不住一顫。

老太太深深地看大太太董氏一眼。「我說到做到。」

大太太董氏淚光閃閃，不敢再說別的。「姑媽知道我的心，我只是一心一意服侍姑媽和老爺。柳姨娘那邊我會仔細照應，不敢再有別的事。」

老太太點點頭，臉上仍舊沒有半點笑意。「妳能這樣做最好。」

大太太董氏從老太太房裡出來，剛剛謙恭的表情消失得乾乾淨淨。老爺是老太太的長子，老太太卻偏著二叔一家，尤其是琳芳，老太太是放在手心裡疼著。現在這個節骨眼長房來人，老太太還讓琳芳作陪，恐怕將來那件天大的好事要落在二叔身上，要不是這樣，二弟妹也不會這樣明目張膽地和她作對。

她若是一門心思對付三叔，稍不注意就會被二叔漁翁得利，要不是現在想到這一層，將來就要被二叔騙了去……眼下這樣的情形，她怎麼也不相信老太太只將那件事說給她聽了，二叔那邊一定也知道，否則琳芳怎麼會這般討好長房老太太？

大太太董氏面色陰沈不定，旁邊的方嬤嬤領著丫鬟小心翼翼地回話。「長房老太太讓人送了禮物給各位小姐。」

長房的回禮？

大太太董氏望著一色的黃梨木鑲貝匣子，先應付了長房的下人，然後親手將匣子一一打開。看到長房老太太給六小姐琳怡的回禮，大太太董氏不禁驚訝。琳婉、琳芳、琳菲的都是三支團花寶石簪，琳怡的匣子裡除了簪子，更多了一枝白玉管通雕纏枝蓮管端燒藍掐絲羊毫筆。

大太太董氏轉頭看向方嬤嬤。「六丫頭只是和長房的三姑奶奶見了一面？」

方嬤嬤道：「聽說六小姐還送了抹額給長房老太太。」

這就是了，否則長房老太太哪裡來的這麼大手筆？

就算她不懂文房四寶的精貴物，也能看出來這枝羊毫價格不菲。她才出府一天，就讓六丫頭搶了好處。

大太太董氏不由得冷哼一聲。她本以為六丫頭這個病秧子窩在繡房裡便給自己省去了不少事，如今看來還得另有計較。

大太太董氏將禮物單子放在匣子的底端，吩咐方嬤嬤。「去將禮物送給各位小姐，說清楚了是長房老太太送來的。」

方嬤嬤看著大太太頗有深意的表情，忙低頭附耳過去。

大太太董氏仔細吩咐了一番，方嬤嬤的眼睛也漸漸亮了。「那柳姨娘的事……」

老太太已經叫她過去說了話，如果現在她再在這件事上糾纏不清，到頭來反而會吃虧。

「選幾個伶俐的丫頭，送去柳姨娘和六小姐那裡。」

戲臺子還在這裡，這場戲不行，她就換另一場。

她要讓老二一家知道，現在要和她一起對付老三一家才是正經。

譚嬤嬤幫著琳怡選了染蓮紅十樣錦妝花緞做褙子，另交代成衣匠選兩疋桃紅、天青色的布料裁衣，除了這些，還有鮫紗衫、百褶裙、輕紗裙、宮裙、馬面裙，這樣林林總總下來有十幾件之多。

成衣匠還沒走，老太太身邊的董嬤嬤拿了兩疋布料來，又給琳怡補了兩套。董嬤嬤拿了十兩銀子給成衣匠，笑著囑咐。「便不做別的活計，也要將六小姐的衣裙做好。」

陳家這樣的大戶自然不能怠慢，成衣匠躬身笑著收了銀子。

董嬤嬤臨走時不忘交代。「六小姐身子好了，老太太的意思是晚上去和合堂用膳。」

陳家定制，申時請安，申時中，各房陪著老太太用膳。

送走了董嬤嬤，大太太身邊的方嬤嬤進了屋。「長房老太太送來了禮物，大太太讓我送過來。」

琳怡將方嬤嬤迎進屋，又吩咐玲瓏沏茶，一杯花茶沏好，再放兩朵新洗的桃花，方嬤嬤笑瞇著眼睛嚐了。「這樣的花茶我還是頭一次喝呢。」說著眼睛骨碌碌地轉到矮桌上的笸籮上。

六小姐真的讓人收集桃花。六小姐之前在老太太那裡說的，跟著女先生就學會了做香膏，看來也不是不可能。

有好先生教，不一定就能學到。福寧那麼遠的地方畢竟比不得京城，京裡的小姐自然而然帶著貴氣，學起東西也靈巧，這位六小姐並不像是會開竅的樣子，就算是好東西予了她，也是白白糟蹋了。

琳怡笑著道：「方嬤嬤若是喜歡這樣的味道，等釀出了桃花水，我讓人送一罐過去，平日裡或是沏茶或是做糕點都是極好的。」

方嬤嬤嘴邊的笑紋更深，忙奉承。「那可是奴婢修來的福氣。」

方嬤嬤走了，玲瓏才將匣子打開遞給琳怡看。

琳怡低頭一瞧，是三支漂亮的團花寶石簪。

和她記憶中的一樣，長房老太太送給她和琳婉、琳芳、琳菲的都是三支團花寶石簪。

申時，大家都聚在了老太太房裡。

暖閣裡傳來一陣陣笑聲。

琳怡跟在三太太蕭氏身後，看到了書案前提著羊毫筆的琳芳。

琳芳將手裡的羊毫筆轉啊轉，玉質的筆桿發著溫潤的光，屋子裡又是一陣下人阿諛奉承的聲音。

琳芳微微咬唇，面有難色。「握著這筆，桃花也不會畫了。」

軟榻上半躺著的老太太慈愛地笑著。「王侯公卿家也不過是這種筆罷了，妳才十四歲，用得這樣的筆自然覺得沈了。」

經常給老太太辦事的楊銳媳婦道：「哪裡呢？我瞧著四小姐畫得更漂亮了，便是那個什麼六石居士也比不上的。」

老太太指著楊銳媳婦笑起來。「虧她還知道六石居士。」

眾人又是一陣笑。

琳芳收斂了笑容，認認真真地接著畫花瓣。

老太太讓三太太蕭氏和琳怡坐在旁邊的椅子上。「四丫頭得了一枝羊毫，現在是寶貝得不得了，連飯也顧不得吃了。」

「那是自然，」大太太董氏擺好了碗筷笑著進屋。「那是長房老太太送的玉管羊毫，整個陳家能有幾枝呢，長房老太太還是疼我們琳芳的。」

琳怡上前去給大太太行禮，大太太董氏將琳怡拉起來噓寒問暖，大太太身邊的三小姐琳婉倒是不愛說話，只坐在旁邊偶爾轉過頭和琳怡相視一笑。

琳芳畫好了一幅桃花圖拿給老太太看。

老太太笑道：「真有幾分六石居士的神韻，」說著略微思量。「妳伯祖母也喜歡六石居士，妳好歹得了這枝羊毫，就將這幅畫送去妳伯祖母那裡，請她瞧瞧。」

大家都覺得好。

老太太讓人將畫晾乾，立時就送去長房。大太太董氏看著沒有出來阻攔的琳怡，嘴角輕翹，浮起一絲笑容。

第八章

丫鬟們拉著畫站在一旁，琳芳又摩挲了一下手裡的白玉筆管。長房老太太知道她擅文墨，這才選了這麼件貴重的禮物。琳芳想著，看了眼角落裡的琳怡，究竟是鄉下來的丫頭，長房老太太怎麼能看上她，來京裡走一圈也不過就是走馬觀花，等到祖母生辰過了，還是要滾回福寧去。虧母親那麼擔心，就算是老虎也是紙糊的罷了。

琳芳想到這裡，不由得笑出聲，眾人都看過來。

琳芳掩著嘴，微微低頭千嬌百媚。「這畫送去長房，伯祖母說不得會覺得我技淺，笑話我呢。」

琳芳這樣說，無非是想要再討老太太幾聲誇獎。

老太太笑著剛要開口，抬起眼睛看到管事婆子帶著兩個丫頭鬼鬼祟祟在窗前張望，老太太不由得皺起眉頭。「那邊是誰？這般沒規矩！」

老太太厲聲呼喝，窗前的人不敢怠慢，忙快步進屋。

「怎麼回事？」

老太太一問，管事婆子忙低下頭，半天才期期艾艾地說出來。「長房老太太送來的禮物，弄錯了……」說著，小心翼翼看了一眼老太太。

禮物弄錯了？

老太太皺起眉頭，旁邊的大太太董氏臉色變了。「什麼禮物錯了？是長房來人找了？」

那婆子聲音微顫。「長房那邊沒錯，是奴婢們給各位小姐分錯了禮物。」那婆子身子略欠，露出旁邊哆哆嗦嗦的小丫鬟。

那小丫鬟忙跪下來。「奴婢一不小心，將給四小姐的禮物送去了六小姐房裡。」

琳芳不知不覺走前一步。「給我的禮物？」說著看向琳怡。

所有的目光望過來，琳怡頓時紅著臉，像是做錯了事般站起身。「我不知道那禮物是四姊的，」說著看向身邊的玲瓏。「快去將匣子取來還給四姊。」

怪不得大伯母讓人送來禮物後，院子裡的丫鬟不時地向她屋子裡張望。

原來是存的這個心思。

玲瓏忙去取東西，琳怡求助地看向老太太。「裡面的東西我只是看了看，並沒有動。」

老太太被柔軟的目光一看，慈祥地開口。「不怪妳，是下人不長心送錯了。」

管事婆子頭又低了幾分。

琳芳也笑起來。「誰能沒個錯呢，都是自家姊妹，算不得什麼事。」說著擠開旁邊的三小姐琳婉，親暱地依在老太太身邊。

三太太蕭氏也將琳怡拉著坐下。「難得妳四姊不與妳計較。」

幾個人說話間，玲瓏已經將匣子取來，三太太蕭氏接過親手遞給琳芳。

琳芳笑著將匣子打開，看到匣子裡的三支團花寶石簪，琳芳微微一怔。「怎麼還是……」還是團花寶石簪？

一樣的東西不可能會送兩次。

她本以為是琳怡多拿了她的禮物，現在……她耳邊「鐺」地一聲如同琴弦繃裂。

如果這匣子裡的禮物是她的，那麼她那匣子禮物是誰的？琳芳本來愉悅的心一下子跌落下來。她之前還握著玉管羊毫筆給大家傳看……

萬萬沒想到那枝筆竟然不是給她的……琳芳頓時感覺到臉頰在冒火，自己得意洋洋的表情赫然出現在眼前，如今一落千丈，眾目睽睽之下，她不敢再抬起頭來。

琳芳不說話，屋子裡的人都不傻，大致也猜測出原因。

琳怡不經意地看向旁邊的老太太，老太太的表情也略微陰沈。

一枝玉管羊毫筆而已，再值錢又能怎麼樣，琳芳這樣在京中長大的小姐哪裡會十分在意？

所以，貴重的不是禮物，而是被長房老太太另眼看待。

陳家這樣的地方，送錯禮物這種事大概是第一次發生。

若說沒有人在裡面悄悄安排，誰也不會相信。

琳芳賣弄完筆後，才有人說禮物送錯了，無疑是重重地給了琳芳一巴掌。

一場不動聲色的爭鬥將她夾在了中間。

若是她現在提出異議，琳芳不免要在眾人面前丟盡臉面，從此之後便要將她當作眼中釘。

雖然她不願意幫琳芳，卻也不願意成為旁人的箭矢。

琳怡像是一無所知，上前去扶老太太。

老太太順理成章地站起身。「好了，飯菜都擺好了，都過去吃飯吧！」

琳芳慌忙蓋上盒蓋遞給身邊的丫鬟。不過是眨眼間工夫，她手裡的帕子已經被汗濕透了。

吃過了飯，大家各自回去。

衡哥和琳怡去了父母的主屋。

丫鬟們倒了茶退下去，三太太蕭氏才問起琳怡。「那禮物是怎麼回事？」

琳怡道：「大概是將我和四姊的禮物送錯了，我的那份是四姊的……」

也就是說，琳芳的那份才是琳怡的。

想到琳芳手裡拿的羊毫筆，三太太蕭氏笑起來。「沒想到長房老太太倒是偏著我們琳怡了。」

炕上半躺著的陳允遠聽到長房的話，也觸景傷懷起來。「長房老太太做事還算公允，從前長房的大哥對我也是極好的，沒想到大哥英年早逝，連個後輩也沒留下。」

這才是最大的癥結。

長房無子傳承，長房老太太也一直沒有過繼孩子。

三太太蕭氏聽到這裡嘆口氣，讓丫鬟出去倒水給陳允遠洗腳，琳怡幫著大丫鬟青鳶將瓶瓶罐罐的藥粉拿來。

福建做官辛苦，每年都要有冰雹、水災，陳允遠也是風裡來雨裡去落下了一身的疾患，尤其是腿上的膿瘡，用了許多藥也不見好，平日裡還算好，只要沾了水就會紅腫潰爛，蕭氏每次上藥都要長吁短嘆。

這次看到膿瘡有些好轉，三太太蕭氏不禁驚喜。「老爺從小在京裡長大，不適應福建的潮濕，若是在京裡待上一年半載，這膿瘡也會好了。」

陳允遠低頭看看自己的腿，何嘗沒有感覺到。「進京考滿不過幾個月，到時候還是要回去。」

丈夫纏綿幾年的病痛，三太太蕭氏都看在眼裡，現在終於有了盼頭，如何能放棄？當下腦子裡一熱，也忘了身邊還有一雙兒女在。「郎中都說了老爺這病已經傷及根本，現在能治，何不留在京裡？反正老爺在福寧官做得不順，與同僚政見不合備受排擠——」

「胡說，朝廷的官豈是妳一個婦人能妄論的?!」當年是他自己想遠遠離開京城，放開手腳施展一番抱負，這些年，一腔的熱血被雨水沖刷得乾乾淨淨，他也常想不如回來做個京官，可是朝廷裡的事，不是想怎樣就能怎樣的。

被丈夫一吼，三太太蕭氏才察覺失言，不再妄議政事。

旁邊的琳怡已經聽了個明白。

父母其實不想再回福寧。

屋子裡一下子靜謐下來，琳怡拿起笸籮裡結好的蝙蝠絡子，想到一件事，仰起臉來問陳允遠。「父親，咱們陳家從前是勛貴之家嗎？」

從前？陳允遠正色起來，臉上帶著些傲氣。「我們陳家是開國功勛，你們的伯祖父還是世襲的廣平侯，現在我們家雖然被奪了爵位，卻仍舊是勛貴之家。」

聽到陳家從前的輝煌，衡哥眼睛也亮了。

三太太蕭氏倒是聽得多了，並不在意，給陳允遠的傷腿上好了藥粉，就要給他洗腳。

琳怡仔細地問：「那朝廷還會復了我們家的爵位嗎？」

復爵不是那麼容易的。他去福寧也是盼著能有機會重創海匪、倭寇，到時立下大功，朝廷恩賞復了陳家的爵位。陳允遠輕笑一聲。「不是沒有可能，只是不那麼容易。」

琳怡今天話格外地多。「如果朝廷復了我們家的爵位，會是父親承爵嗎？」

陳允遠搖搖頭，大周朝一般是長子承爵，所以廣平侯的爵位是大伯父承繼的。「就算復了爵，那也是長房——」

三太太蕭氏正拉著陳允遠的腳踩進水盆裡，陳允遠的聲音卻這時候中斷了，蕭氏嚇了一跳，正要去試水溫，陳允遠卻一下子光腳踩在地上。

陳允遠猛然想起來，長房的大哥已經沒了，若是朝廷復了陳家的爵位，長房沒有嗣子，承繼的就該是二房。

他是二房的嫡長子。

他從前想著復爵都是長房大哥在世的時候，所以壓根兒沒想到自己身上，現在琳怡提起來，他才意識到……這兩年皇上確實復了一些勛貴的爵位，他最近還聽到同僚嬉笑說，當今天子仁厚，說不定陳家也會有喜事。

當時他並未細想，現在想想，那些人說的喜事，說不定就是復爵。

陳允遠一邊思量一邊四處走，全然忘記了自己正赤著腳。

想通了這些，陳允遠才停下腳步，看到愣著的蕭氏和一雙兒女，不由得哂笑。「天色晚了，先送衡哥和琳怡回去吧！」

琳怡和衡哥走出內室，隱約聽得三太太蕭氏埋怨陳允遠。「這是怎麼了？」

陳允遠道：「嚇了我一跳。」

蕭氏不明就裡。

琳怡讓丫鬟、婆子陪著慢慢走回院子。不知道什麼時候飄起了細雨，風夾著雨如棉絲般打在鬢間，結成水滴。

琳怡想著在陳家遇見的所有事。

琳芳引她去東園不小心遇見柳姨娘。

小丫鬟又將長房老太太給她和琳芳的禮物送錯。

陳家人人都想討好長房老太太。

這個家裡不只是他們一家被當作了敵人，大伯和二伯之間也互相防備、互相牽制。

所有的線匯聚起來……

如果陳家真的被復爵，那麼一切都能得到合理的解釋。

第九章

陳老太太董氏跟著祖父在任上生了大伯父和二伯父，這件事說出來並不光彩。

祖父跟著伯祖父一起在外從軍，朝廷發來祖父陣亡的邸報，已與祖父訂親的趙氏以未亡人的身分嫁入陳家，陳家眾人正為趙氏賢德樂道時，祖父卻活著回京了。與祖父一起回來的還有董家的婚約。祖父被董家所救，遂與城守尉嫡女董家大小姐訂了親，這樣一來二去，祖父就有了兩門親事。

雖然祖父只認董氏是正妻，可畢竟沒有陳家長輩作主，董氏又沒有入族譜，陳氏一族最多認董氏是繼室。

就算現在，陳家二房裡裡外外都是董家人的天地，可凡事就怕擺在明面上，只要經了官，族譜上父親是嫡長子，有父親在，旁人就不具備成為嗣子的資格。

所以大伯父、二伯父想要爭爵位，就必然會置父親和哥哥於死地。

累了一天，琳怡早早就梳洗好躺在床上。

玲瓏搬好鋪蓋在木炕上守夜。

滅了燈，琳怡才閉上眼睛，旁邊的玲瓏突然「哎呦」一聲坐起來。

外面的橘紅嚇了一跳，端燈進了隔扇碧紗櫥，看著琳怡要起身，橘紅放下羊角燈上前伺候。

玲瓏知道失態，也紅著臉趿拉著鞋過來。

「怎麼了？」橘紅轉頭埋怨玲瓏。

玲瓏一邊穿外衣一邊道：「我突然想起來，小姐將給老太太做生辰賀禮的抹額給了長房老太太，過幾日老太太生辰小姐送什麼呢？」

這也是個問題，到時候拿不出適當的禮物來，也要責備她失禮。

兩個丫頭齊齊看向琳怡，琳怡神色平和，彷彿早有準備。「不著急，就做一雙菊花壽字鞋。玲瓏做鞋的功夫是誰也比不上的，拿去給老太太，老太太也會喜歡。」

玲瓏點點頭，讓她做鞋倒是容易，幾天就能趕出來，再說平日裡繡的菊花頭還有呢。

「只是我的手藝總比不上小姐的。」

那塊抹額是她親手描的樣子，繡了一層暗繡又繡了一層明繡。母親說她的親祖母趙氏就擅書畫和刺繡，她的巧手是隨了祖母。從前她只想著盡最大的心力籌備壽禮給老太太，沒想過親祖母和老太太這層關係，若是這塊抹額到了老太太手裡，老太太難免會想到祖母，對她更加憎恨。

她不如就將抹額送給長房老太太，這樣也能試探長房的意思。

結果長房老太太送了她一枝羊毫筆，是不是也在間接告訴她，長房沒有忘記她的祖母趙氏。

母親在長房老太太那裡聽說過不少關於祖母的事，長房老太太說祖母在陳家的日子艱難，可是祖母從來沒想過要放棄。祖母總說父母生養不易，就算再難，不能自己糟蹋自己，清白的兒女自然挺起腰身過日子，對得起頭頂上的天。

祖母說的沒錯，只要抬起頭，看到的總是青天白日。

陳老太太屋裡只留了一盞梨花燈。

「桂枝，」老太太叫董嬤嬤的名字。「妳瞧今天的事是誰做的？」

董嬤嬤是從小被買進董府的，一直伺候老太太，後來嫁給了董家的世僕賜了董姓，老太太進京的時候，董嬤嬤一家就做了陪房。

董嬤嬤知道老太太心裡明白，也不敢說別的。「大太太是怕四小姐獨占鰲頭。」

「她是怕四丫頭哄著長房老太太高興，長房過繼了老二過去。她以為是我偏著四丫頭，卻不知道三丫頭那安靜的性子不惹人喜歡。」

董嬤嬤躬身道：「那要怎麼辦才好？不然奴婢去勸勸大太太。」

老太太神色一正。「鬼迷了心竅，勸也無用，下次去長房就讓三丫頭跟著，看看是我偏心，還是她糊塗。」

董嬤嬤仔細思量。「這樣也好，大老爺、二老爺、三老爺家各出一位小姐，傳到外面去大家也不會說什麼，再說以四小姐的出挑……鮮花總要綠葉來配，您沒瞧今天的事，多虧了四小姐機智，沒再提什麼禮物，要不然哪裡能這樣揭過去？」

四丫頭是懂得看眼色，可是先攙扶起她的，卻是六丫頭。

六丫頭是真的沒看出來，還是裝作若無其事？

董嬤嬤知道老太太的顧慮。「這事可裝不出來呢，玉管羊毫，誰看了不喜歡？四小姐是見過大世面的人，還是被晃花了眼睛呢，更別提六小姐了，要是明白過來，當時就要歡喜了，哪裡能壓得住？」

老太太從牡丹鏤空搖椅上站起身，攏了攏銀絲鑲邊蘭花袖。「六丫頭只帶了兩個隨身大丫鬟，總是少了些，不要讓外人說我薄待了她，就從我屋裡選兩個三等丫鬟撥過去給她用吧！」

這麼多人看著，還怕一個十三歲的丫頭翻了天不成？

董嬤嬤隨著老太太進內室裡。「那三太太呢？」

三太太蕭氏？老太太淡淡一笑。不過是塊石頭，還能修成精？

第二天，天依舊陰著，外面的雨還沒有停。辰時初，琳怡正要去給老太太請安，外面傳來一陣木屐的聲音，門簾一翻，琳怡看到了穿著猩紅斗篷、水藍繡金鴛鴦藤交領褙子的琳芳。

「六妹妹，」琳芳將懷裡的黃梨木鑲貝匣子交給琳怡。「都是我不好，應該提早察看禮單，看看這匣子裡的禮物是不是我的，」琳芳說著很大方地笑起來。「那枝羊毫筆倒讓我先用了，六妹妹不會生氣吧？」

昨日還是一副嗔怨的模樣，今日就變成了大方得體的大家閨秀，琳芳顯然是受了旁人指點。

琳怡笑著將禮物交給玲瓏收起來，又和琳芳說了幾句客套話，兩個人就結伴去老太太房裡請安。

琳芳的蝴蝶繡花鞋外另穿了雙金絲面棠木屐，青湖色的百褶裙在風中飄舞，顯得比平日更加出挑。

琳芳走得格外慢，琳怡稍不小心就超過她，倒被琳芳一把拽回來，兩個人走了半天才到和合堂，琳芳仍舊意猶未盡，想要趁著小雨去折花，琳怡自然是不肯一起去，琳芳沒辦法，只好放棄。

琳怡先進屋給老太太請了安。

琳芳磨磨蹭蹭半天才脫了木屐，見到老太太，一頭撲進老太太懷裡。

老太太笑著問：「穿木屐來的？」

琳芳抿嘴笑了，故意看著旁邊喝茶的琳怡。「母親今天將從惠和郡主那裡得的金絲棠木屐給我了。」

董嬤嬤也跟著眉開眼笑。「您沒瞧見，四小姐穿著棠木屐真是漂亮。」

老太太笑道：「不是好東西也到不了她手裡。」

看著琳怡一臉的茫然，琳芳挺直了天鵝般的頸項。「六妹妹還不知道，我母親是位有名的居士，京裡的人都誇是活觀音，許多觀音像都要照母親樣子描畫呢！」

琳怡之前倒是聽說一些二太太田氏的事，只是沒想到二太太田氏在京裡這樣有名。

琳芳話匣子一開就開始說佛經，老太太一邊聽一邊去看坐在椅子上的琳怡。

就算是被冷落在一旁，六丫頭也沒有半分的侷促，柔婉的臉上一片寧靜，一雙眼眸清亮，目光平視不卑不亢。

老太太一時看入了眼，直到董嬤嬤出去一趟又回來，低下頭在老太太耳邊說了兩句話，老太太才一驚，回過神。「什麼時候的事？」

董嬤嬤一臉沈重。「就是剛才。」

琳芳斷斷續續聽到幾個字，忍不住問：「長房老太太怎麼了？」

老太太先吩咐董嬤嬤。「快去備轎子我過去瞧瞧。」然後才看琳芳、琳怡兩個。「妳們伯祖母得了急症。」

長房老太太得了急症？在琳怡印象裡並沒有這一節，不過長房的事，老太太絕不會主動和她說起，這次也只是湊巧被她知曉了。

琳芳似是比誰都著急。「我上次去看伯祖母，伯祖母身子還好好的，怎麼會突然……祖母，我也跟妳一起去看伯祖母。」

老太太沈吟了片刻。「也好。」

琳芳想著要討好長房老太太，這時候自然要上前，病榻前侍候長輩的情分誰也比不上。長房那邊無論有什麼事，老太太都會一手遮住，她們什麼也不能知曉。

琳怡空站著說不上一句話，就像是個外人，等到老太太都安排好了，董嬤嬤送琳怡出門，才聽到琳怡自言自語。

「伯祖母送了我一枝玉管筆，我還沒見過伯祖母呢。」

董嬤嬤回到屋裡，老太太皺起眉頭問董嬤嬤。「六丫頭說了什麼？」

董嬤嬤如實說：「六小姐說沒見過長房老太太。」

老三一家這次回京後去給長房老太太請過一次安，那次正好是六丫頭病了。老太太冷笑。「這是說給我聽呢。」

董嬤嬤不作聲，現在這個時候誰也說不準。

老太太目光冰冷。「那就將她帶著，這樣免得有人說我厚此薄彼。」

她去長房沒帶老三一家，讓外面人知曉了，不知道要說出什麼話。

萬一這次長房老太太病得重了，想要交代什麼事，六丫頭也是個見證。

第十章

琳怡出了月亮門，就聽琳芳在背後說：「還下著雨自然要穿棠木屐，外面就穿那件天青色金盞花妝紗氅衣……」

聽到這些話，琳怡難得一笑。

旁邊的玲瓏看著有些怔愣。六小姐面色平靜時看著平板、柔婉，有時候露出難得的笑容倒讓人感覺……鋒利。從前六小姐想什麼她都能知曉，現在卻有些弄不明白。「小姐，我也先回去準備。」

琳怡側頭。「準備什麼？」

「小姐也要重新梳妝吧？」

長房老太太得了急病，她們是要去探望，只要穿得大方得體，誰還有心情去欣賞金絲玉墜、環珮叮噹？琳怡道：「就添一件藕色梅花紋褙子。」

玲瓏隱約明白過來，應了一聲忙去準備。

琳怡扶了老太太坐進去，放下轎簾，琳芳才姍姍來遲。

琳怡、琳芳分別上了後面的小轎。

大太太董氏、三太太蕭氏送到垂花門外，眼看著老太太一行人沒有了蹤跡，三太太蕭氏道：「長房老太太也不知道病得如何，我們是不是也該準備一下，萬一有了確切消息也好過去。」

大太太董氏半天才擠出笑容。「三弟妹說得是。」

等到蕭氏帶著人回去，董氏不禁冷笑。沒人會主動將消息送上門，董氏轉頭吩咐方嬤嬤。「讓人去衙門裡找老爺，將長房老太太的事說給老爺聽，請老爺下衙之後就過去幫襯。」長房那邊都是女眷，沒個男人怎麼行，就是這時候才要做孝子賢孫。

轎子徑直進了長房園子。

雖然長房老太太喜歡清靜，可這裡畢竟是陳家老宅，奇石異景、疊山理水寬敞大氣，沿路都是磨出花紋的青石磚，樑柱門窗和簷口椽頭都是油漆彩畫，方正的牌樓上雕飾著福壽雙全的吉祥圖案，院子四周種著夾竹桃。

轎子行至月亮門停下來，園子裡抬了肩輿先將老太太抬了進去，琳芳、琳怡兩個則步行走長廊。

琳芳才走了兩步，迎面見到來伺候打傘的媳婦子和丫鬟便埋怨起來。「怎麼只將祖母抬了進去？我們呢？這樣走豈不是慢了，什麼時候才能見到伯祖母？」

幾個丫鬟不敢怠慢，忙賠禮道：「家裡來了客，我們老太太又病了，實在是顧不過來。」

琳芳皺起眉頭。「我倒是沒什麼，只是擔心伯祖母的病。」

琳芳常來長房走動，下人都相熟得很，忙欠身道：「四小姐放心，我們老太太吃了藥，病已經緩下來了。」

琳芳聽了這話頓時面露喜色。「郎中來了嗎？怎麼說？」

旁邊的媳婦子便賠笑道：「老太太睡不大好，這就發了舊疾。」

琳芳雙手合十唸了句佛。「這樣看來好好將養就會好了。」

媳婦子聽到琳芳這般說話，心中似是也寬慰不少。「想必也是呢，老太太見到各位小姐來了，心裡一痛快，也就更舒坦了。」

長房的下人一路圍著琳芳回話，不自覺就將琳怡冷落在旁邊，琳芳故意轉過頭看琳怡一眼，只見琳怡面上淡然，彷彿毫不在意。

一拳打在棉花上，琳芳倒覺得有些氣悶。

琳芳眾星捧月般地走在前面，到了念慈堂更如一團火般撲過去，半跪在長房老太太李氏炕前的木蘭花紫檀腳踏上。

雕花子孫萬代矮櫥上擺著青竹插瓶，四足象洩孔香爐散著安息香的味道，丫鬟、婆子垂手站在兩旁，長房老太太半靠著紫色圓壽字彩錦引枕，安慰身邊的琳芳。「好孩子起來吧！」

琳怡感覺到長房老太太的目光看過來，她恭敬地上前行了禮。
長房老太太將琳怡叫過來坐下。「當年老三出京的時候，我記得六丫頭才那麼大，」說著伸手比了比。「一轉眼就出落成大姑娘了。」
長房老太太雖然笑容不多，眼睛中卻有股和煦的暖風。「讀書嗎？」
琳怡點頭。「讀書。」
長房老太太道：「都讀什麼？」
迎合長輩自然要說讀一些女書，進京前，三太太蕭氏也交代過她只要旁人問起，她要怎麼回答。
琳怡道：「家裡請了女先生，不只讀了女書，還有些詩文。」
不是刻板的回答，也沒有想要探尋她的喜好。這些年，她已經看過太多別有心思的目光。長房老太太微微一笑。「這麼說，我那枝羊毫倒送對了。」
提到羊毫筆，琳芳頓時有些不自在，一雙眼睛直直地看向琳怡，生怕琳怡說出什麼。
好在琳怡沒有提起送錯禮物這一節，只是又謝了長房老太太一回。
長房老太太伸出手。「好了、好了，別謝來謝去，倒是生分。」說著胸口一悶，不禁咳嗽兩聲。
琳芳忙去矮桌上取痰盒，親手奉在長房老太太跟前。
長房老太太並不肯用，還是讓旁邊的大丫鬟接過來這才吐痰漱口。

琳芳不禁一陣失望。長房老太太的脾氣就是古怪，對人總是這副不冷不熱的樣子。

長房老太太歇了一會兒，喘息才漸漸平復。

老太太董氏擔憂地看著長房老太太。「老嫂子要多保重身子才是，」說著嘆口氣。「身邊也該有個知近的人。」

琳芳聽得這話，眼睛頓時一跳，整個人恨不得鑽進長房老太太懷裡。

長房老太太搖搖頭。「人老了……再怎麼樣也是……不中用了……」看向床前的琳芳。「我哪有妳的福氣，身邊有四丫頭這樣討人歡心的。」

琳芳頓時心跳如鼓。若是這時候老太太說幾句，長房老太太很有可能將她留在身邊……

果然，只聽老太太笑著道：「嫂子若是喜歡，便將四丫頭留下，這孩子也算和嫂子有緣分。」

「那怎麼行？」長房老太太笑道。「我知道妳離不開她。」

老太太還要說話，長房老太太卻又咳嗽不止，丫鬟、婆子忙上前伺候，折騰了一陣，琳芳總算等到長房老太太平穩下來，長房老太太卻不再說之前的話。

大家又坐了一會兒，管事嬤嬤將琳芳、琳怡帶去了側室。

琳怡和琳芳才坐下，聽到外面傳來一陣腳步聲，隱約有丫鬟道：「大小姐來了。」

琳芳驚訝地挑起眉毛，問琳怡：「妳聽沒聽到？大姊來了。」

長房老太太為陳家生下一子一女，女兒行三，就是琳怡之前見到過的三姑奶奶，長子陳允禮年輕早亡，妻子張氏不幾年也跟著走了，只留下了大小姐琳嬌，琳嬌早幾年嫁給了翰林院掌院學士袁敬克的二子，本來是風光的一門親事，沒想到成親第二年，袁學士因戶部貪墨受牽連，袁家被抄沒了財物，袁學士流放尚陽堡。

多虧了長房老太太四處託人，才保下了袁二爺和琳嬌，現在夫妻倆就在京城租住了一處三進院。

這些都是琳怡聽父母閒話說起的。

琳芳一邊看著窗外一邊道：「我們是不是該去看看大姊？」

自從到了長房，琳芳彷彿對所有事都十分感興趣，尤其是丫鬟提到琳嬌，琳芳就似被提了線的木偶，一下子伸長了雪白的頸項。

琳芳身邊的丫頭銘嬰更是將一切觀察得細緻入微，連同老太太吃藥的藥碗也要看上一看。

此時外面有了動靜，銘嬰更是尋了藉口出去。

琳怡不由得有些奇怪。老太太董氏從前是有拉攏大姊的意思，那是因為袁家聲名顯赫，攀上袁家自然有好處。

可是自從袁家獲罪，老太太就和大姊斷了往來，現在怎麼會又對琳嬌這般熱絡？

琳怡正思量，銘嬰撩開琉璃簾子，快步走到琳芳身邊低聲道：「聽說大姑爺帶了兩個表親來給長房老太太請安。」

怪不得長房老太太會讓她和琳怡避開，原來是有外男進門。

大姊夫的兩個表親……其中有沒有……

琳芳忙看向旁邊的琳怡。「六妹妹，我們過去給大姊請安吧！」機不可失、失不再來，就算在屏風後看看那也是好的。

琳怡左右瞧瞧，有些拿不定主意。

琳芳不禁咬緊牙，這個琳怡長得不好看，性子又溫吞，沒見過大世面的鄉巴佬，平白就拖累了她！

琳怡猶豫了片刻道：「那四姊就去吧！」

聽得這話，琳芳二話不說站起身來，親手去撩琉璃簾子。

琳芳只邁出一步就怔在那裡，有個人跟在大姊夫身後走進屋，她不經意看過去，只是一眼，不禁心跳如鼓。

英俊的男子她也不是沒見過。

族裡的兄弟不乏氣宇軒昂之人，只是哪個也比不上剛才那一瞥，別人和他比起來，就變得微不足道——

第十一章

那道似有似無的目光淡淡掃過來，琳芳才意識到失禮。

大姊夫家的表親，雖然有一層親在那裡，卻是實實在在的外男，就算長輩在場也不能互相直視。

琳芳慌忙退進簾子裡，旁邊的銘嬰也嚇得面色慘白，半晌沒說出話來。

琳芳攥緊了手帕。她只是想要隔著屏風看一眼，誰想竟然一出門就撞了正著，這若是被人知曉了，她的臉要往何處放？

琳芳想著抬起頭看琳怡。

鬧出這麼大的動靜，琳怡彷彿沒有察覺，而是專心地在看棋籠裡玉質的棋子。

剛才琳怡明明說要和她一起去給大姊請安，怎麼她都要出屋了，琳怡還端端正正坐在椅子上。

「琳怡！」琳芳氣急忍不住聲音微揚。

琳怡臉上除了少許的詫異，看不出異樣的情緒，稍稍停頓才想起來。「四姊不是要去給大姊請安嗎？」

琳芳遲疑片刻才明白琳怡的意思，琳怡沒有說和她一起去，是她剛才太過急切，才不管三七二十一起身就往外走，琳芳佯裝鎮定。「妳呢？」

琳怡頓時顯現出小心翼翼的神情。「我還是等祖母遣人來叫我再過去。」不理琳芳的暴躁，琳怡重新沈下眼睛與玲瓏下棋。

才進長房的時候丫鬟提過有外客在，她們在長房老太太屋裡卻沒看到有旁人，也就是說外客有可能在前府，若是這樣，必然是外男，否則長房也就不會讓琳芳和她下去躲避。加之剛才外面一陣嘈雜的腳步聲，分明是丫鬟在伺候端盤，無論是哪家的小姐也不會這時候貿然出屋。

琳芳想要出去露面，她只好婉言拒絕，否則萬一有了錯處，她可是擔不起……這樣兩句話，便讓她的怒氣無處發放，琳芳咬起牙根。這樣也好，起碼代表琳怡沒有察覺剛才的異樣。

琳芳站在地上，一時不知該怎麼下臺，勉強壓住心頭的不快，眼角一沈，委屈起來。「六妹妹怎麼這樣，難不成是我想見大姊？還不是因為六妹妹初到京裡與族裡人不熟，我這才想給六妹介紹……」琳芳說著拿起帕子蹭眼角。「同是姊妹，六妹妹這樣的態度還真讓人傷心。」

傷心的琳芳重新一屁股坐回椅子上。

袁二爺帶著兩個後輩給長房老太太、二房老太太請安。

長房老太太讓兩個人起身，丫鬟急忙搬了錦杌讓幾個人坐了，陳大小姐琳嬌伺候眾人茶水。

袁學士雖然獲罪流放，可袁家畢竟是詩書大族，旁系直系族人並不斷往來，要不是袁二爺怕牽扯族人，執意出門租住房屋，袁家也並非沒有房產給袁二爺夫妻。有袁氏族人做表率，袁家的表親更加不會避嫌。應該是早就料到了這一層，長房老太太才伸手去幫琳嬌。

二老太太董氏沈了眼睛。別看長房老太太平日裡裝瘋賣傻，關鍵時刻可半點不含糊。想到這裡，二老太太董氏心中冷笑。那又如何，還不是落得一個絕戶，有再大的家業又有什麼用，將來還不是要拱手送給別人的兒子。

二老太太想著，仔細打量錦杌上的林家後生。林家人向來有一股清傲的氣度，這後生眼睛透亮、行止端正，假以時日定然飛黃騰達。

書香門第更講究門當戶對，袁家和林家就是典型的例子，袁家出自揚州府，林家出自安慶府，兩家後代都是高宗時搬遷來北京，之後就走動甚密，直到兩家聯姻，這關係就更加牢不可破，要不是這兩年林家沒有在朝重臣，否則說不得還真的能保下袁學士。

二老太太思量間，長房老太太李氏已經開口問道：「我記得你外祖母叫你青哥。」

「家裡正字輩行一，喚林正青。」

長房老太太微微一笑。「我記得你是院試取了第一名案首，今年要參加鄉試，」說著頓了頓。「別以為我老太太在家不知外面的事，我常聽人說，林家出了一位後輩，有當年祖宗

祖相比。」

聽到這樣的誇獎，林正青也不敢托大，只是謙恭道：「都是抬舉晚輩，晚輩不敢與先祖相比。」

林家大爺這般儀表堂堂，連中三元雖然不一定，最少也會是個兩榜出身。若是能和林家攀上這門親，將來也會跟著有個好前程，就是因為這個，她才算計著通過琳嬌和林家結親。

二老太太董氏笑著道：「看著這些年輕人，越發覺得我們這些老東西不中用了。」

說到這裡，林正青站起身來，躬身又行了禮。「孫兒有件事想要求兩位祖母。」

琳芳坐下來卻仍舊心不在焉。

側室裡設著書案，琳芳乾脆帶了丫鬟過去寫字帖，讓銘嬰來回走動打聽消息。

還好琳怡和玲瓏下棋吸引了長房幾個丫鬟的目光，琳芳這邊也就落得清靜自在。

銘嬰出去換了一回花茶，又向管事嬤嬤要了次老墨，終於將消息打聽得清清楚楚。「來的是林家大爺和林家旁系的晚輩。」

琳芳挑起眉毛，低聲道：「是母親提起的那個林家？」

銘嬰肯定地點頭。

琳嬌帶來的，只能是和袁家結親的林家。想到那個人，琳芳臉頰不由得有些發紅。「有沒有聽到都說些什麼？」

銘嬰道：「林家大爺是來求長房老太太幫忙的。」

林家人怎麼會來求陳家，何況是長房老太太？

琳芳看一眼銘嬰。

銘嬰接著道：「聽說是為了一件繡品，林家大爺要送林家老夫人的，只是年代久遠有些破損，因是難求的物件，咱們陳家正好也有一幅，林家大爺就求能比照咱們陳家的修補好。」

琳芳有些奇怪。「那怎麼不是林家大太太來？」女眷之前豈不是更好說話？

銘嬰道：「聽說是林家大爺自己的孝心。」

別人家的少爺、公子都還在家裡的庇護下過活，沒想到林家大爺這般年紀已經有了自己的主意。琳芳想到這裡，臉更加紅起來。「那長房老太太有沒有答應？」

銘嬰搖搖頭。「還沒呢，聽說那件繡品的針法不那麼簡單，就算有樣子比照也不一定能繡出來，尤其是林家老夫人的壽辰是今晚。」

琳芳差點驚訝地喊出聲。「怎麼這樣著急？若是弄不好，豈不是白費了心思？」

瞧著琳芳焦急的模樣，旁邊的銘嬰忍不住低頭笑起來。

琳芳被臊得惱怒，伸出手來擰銘嬰。「妳這個死丫頭。」

銘嬰忙求饒著回頭瞧下棋的琳怡。

琳芳怕被琳怡察覺這才收了手。

銘嬰幫著出主意。「奴婢是想，小姐刺繡的手藝好，若是這件繡品恰好被小姐繡得了，日後讓林家老夫人知曉，定會對小姐另眼相看。」

琳芳扭緊了帕子。她如何不是這樣想，長房出類拔萃的奴婢本就不多，想必是選不出什麼靈巧的手來，長房老太太自然也不可能想到她身上，這件事恐怕是空想想罷了。

琳怡猶不覺這些，好整以暇地落下一個棋子，玲瓏面前頓時出現一片死棋。這盤棋死得一塌糊塗，玲瓏噘起嘴幾乎要哭出聲。

長房老太太讓人從櫃子裡將她那幅流蘇繡拿出來做比對。長房老太太身邊的聽竹搖搖頭，將林家拿來的流蘇放在矮桌上。

這種明暗雙面繡的功夫不是任何人都會的，否則這些流蘇就不會那麼難求了。長房老太太看向林正青。「若不然你將我家的這塊拿到外面去做比對，看看繡莊是不是有人能補出來，弄好了再還我不遲。」

林正青忙道：「外面的繡莊已經去過了，只是這種雙面繡非一般手法不能繡出。」

二老太太董氏眼睛明亮。「既然如此，不如就讓大家傳著看看，死馬當作活馬醫，說不得有人手巧就能做得。」

長房老太太嘆口氣。「也只好如此。你們先去前面歇著，我讓家裡的丫頭都來瞧瞧，若是能修補，自然想辦法。」

林正青起身謝了兩位老太太，便和袁二爺一起去了前院。

長房老太太將桌子上的繡畫拿起來看。這是前朝蘇彩女繡的雙面流蘇，因蘇彩女的畫藝出眾，這種明暗繡又自成一體，讓人難以模仿，所以這種繡畫千金難求，她也是好不容易才得了一塊，卻也是有了瑕疵的殘品，多虧當年有個人心靈手巧幫她補了殘處……可惜現在那人已經不在了……

長房老太太想到這裡，心中突然一亮，想起六丫頭送她的那塊抹額，可不就是明暗繡？現下沒人能繡出蘇彩女的雙面流蘇，修補卻不一定不能——

第十二章

二老太太董氏坐久了要出去更衣，董嬤嬤忙上前伺候，長房老太太又囑咐幾個伶俐的丫頭跟著，琳嬌也恰時出去伺候瓜果。

等屋子裡清靜下來，長房老太太身邊的白嬤嬤低聲道：「老太太，咱們家裡還有幾個針線不錯的丫頭，不如讓她們一併看了，也好和大姑爺有個交代。」眼見是幫不上忙，也只能盡盡心力。

長房老太太拿起身旁的湯茶喝了一口。「我的那塊是素香幫我補的。」

素香是三老爺的生母，六小姐的親祖母趙氏小名。老太太和趙氏的情誼深厚，只要提起三老爺，老太太總會說，若是素香在就好了，就能看到兒孫滿堂。想到這裡，白嬤嬤忽然抬起眼睛。「看我糊塗的，咱們府裡可不是有個人能繡補這殘處？」

長房老太太看向白嬤嬤。「妳也覺得行？」

白嬤嬤笑著將矮桌上的雙面流蘇繡拿起來。「行，怎麼不行？六小姐給老太太那塊抹額的功夫不淺，繡補成一模一樣不好說，大致模樣相同該是可以。」

長房老太太猶豫了片刻。「四丫頭、六丫頭在側室裡做什麼？」

白嬤嬤道：「六小姐和貼身丫鬟在下棋，剛才倒還安靜，這會兒圍了不少丫頭過去瞧，熱鬧得緊呢。四小姐倒是自己寫字帖，只讓身邊的丫頭伺候筆墨。」

長房老太太微微笑一聲。「那就怪了。四丫頭向來喜歡熱鬧，她今日反倒安靜。」

白嬤嬤心裡一動。老太太的意思是說，安靜下來才好注意旁處的動靜。熱鬧也有熱鬧的好處，自然而然認識了家裡的人，自然也能打聽些消息。

四小姐、六小姐各有各的心思。

長房老太太躺下來。人老了就是不中用，就算病一場，也要這麼多人圍過來，說好聽是來探病，其實她們心裡各有思量，拿她做由頭也好，盼著她早死從她身上撈好處也罷，既然她們有工夫來鬧，她也做一次富貴閒人，乾脆不去管。

與其看她們在人前規規矩矩地問好，不如趁著這件事看看她們的真心。

白嬤嬤拿著手裡的流蘇。「那這東西……」

長房老太太半合眼睛。「放下吧，一會兒自然有人來安排。」

二老太太董氏淨了手，在園子裡透風。

園子裡有一塊觀音抱子石，是陳氏一族買下園子的時候從南方運回來的，安靜地躺在竹林裡，每次從這兒經過仰望，閉眼的觀音都讓人心生慈悲。

二老太太董氏微微一笑，說到底就是塊閉眼的石頭，否則長房就不會子嗣凋零，求這些瞎眼的東西，倒不如求求自己。她一向看不慣長房老太太的假清高，明明無依無靠，卻還在人前作出無憂自在的模樣，早晚跪下來求人。

將自己捧得越高，摔下來越疼。

二老太太剛要挪步回念慈堂，沉香已經一路尋了過來。見到沉香，二老太太董氏倒不急了，抬頭聽沉香稟告。

「長房沒有丫鬟會明暗雙面繡。」

二老太太董氏彎起了嘴唇。守著這樣一個枯瘦的老太太，自然人才凋零。

沉香接著道：「奴婢聽說，六小姐之前孝敬給長房老太太的抹額是雙面繡的繡法。」

就是說長房老太太想起來，可能會讓六丫頭補那塊流蘇繡。

二老太太董氏眼睛一亮。「走，回去。」

琳怡這邊剛下滿了一盤棋，三、四個丫頭幫著數棋目。

琳芳在一旁等得不耐煩，勉強擠出笑容。「六妹妹先在這兒，我去看看祖母。」

琳芳得了消息，迫不及待地甩下她。

那她就拱手讓出這個人情。

不一會兒，屋子裡的小丫鬟笑著散了，琳怡認識了其中一個會下棋的茗煙，她站起身去看剛才琳芳寫的字帖，玲瓏就和茗煙閒聊。

說了會兒話，茗煙有了差事出去。

屋子裡沒有旁人，玲瓏上前道：「問清楚了，長房老太太的病是心腎不交之症，長年都要用天王補心丹。」

怪不得長房老太太的臉色會那樣差，屋子裡還用那麼重的香。

玲瓏低聲道：「剛才家裡還來了外男。」

琳怡抬起了眼睛。「是妳問茗煙的？」

「不是，」玲瓏道。「小姐不讓問，我哪裡敢提，是茗煙自己說的。」

茗煙自己說的。

剛才茗煙幫著玲瓏下棋，兩個小丫頭聊得甚歡，所以少了心防，順口說這些話也不是不可能。

還有一種情形是，茗煙覺得她想知道這些。

琳怡看著琳芳寫的那些心不在焉的字，她只怕是跟著琳芳沾了光。

其實琳芳動作那麼大，這種事根本不用刻意去打聽，順理成章就能知曉。

玲瓏道：「聽說來的是大姑爺的表親林家大爺。」

琳怡本來毫不在意，聽得這話卻愣住了。竟然是林家……難不成琳芳在門口遇見的人是林正青？所以才會有那種又驚又喜的表情。

袁家出自書香門第，林家也是出過名士的望族，這兩家成為姻親是京中人人知曉的事，既然琳芳這樣注意林家，想和林家結親的必然是老太太董氏。林正青現在雖然還沒有中解元，卻也是院試的案首，和琳芳也算般配，卻怎麼會最後落在她頭上？

新婚之夜，林正青放火之前所說的那個「她」，會不會是琳芳？

如果是……兩個人情投意合，她無意中做了棒打鴛鴦的人。

琳怡嘴角浮起一絲笑容。這一世無論如何，她不會與林正青有半點牽扯，她雖然憎恨林正青害死自己，但是對於她的新生來說，林正青只是一個微不足道的陌生人。

琳芳在院子裡找到二老太太董氏。「聽說祖母出來更衣，我就跟著出來了。」

二老太太點點頭。「六丫頭呢？」

琳芳上前攙扶二老太太。「在屋裡下棋。」

「妳大姊夫的一個表親帶來一塊流蘇繡，中間有殘缺，想求妳伯祖母幫忙修補上。」

琳芳面上假作不知曉，心裡卻歡跳如鼓。沒想到祖母還真的將這件事與她說了，轉念想想也是，母親和祖母不止一次談到林家，本就是想要……琳芳的臉霎時紅了。

琳芳低頭遮掩。「伯祖母可能找人修好？」

二老太太搖搖頭。「妳伯祖母身邊針線好的丫頭才都放了出去，可若是這樣回絕了也不大好，妳伯祖母的意思是家裡的丫頭互相傳著看看，沒有法子也算盡了力。」

琳芳抓緊了帕子，幾乎屏住呼吸聽下文。

「妳針線不錯，一會兒見了也跟著想想法子。」

琳芳的心似是跳到嗓子口，更加掩飾不住臉上的笑容。「祖母這樣說，我一定儘量幫忙。」

二老太太董氏欣慰地點頭。

琳芳和二老太太進屋，白嬤嬤正吩咐丫鬟準備宴席。

白嬤嬤笑著道：「老太太特意囑咐，四小姐喜歡食素，要多加些素菜才好。」

琳芳不好意思地低頭。「廚房為了我總要費些功夫。」

白嬤嬤眼睛彎起來。「那有什麼要緊，四小姐心善不願見殺生，我們也跟著受福佑。」

二老太太坐下來與長房老太太相視一笑。「嫂子這樣還不寵壞了四丫頭？」

長房老太太道：「算不得什麼，我也沒有胃口，這樣倒是成全了我。」

客套過後，二老太太說起流蘇繡的事。「既然是大丫頭家的事，我想著就讓琳芳幫著瞧，興許能想出法子來。」

長房老太太聽到這話也想起來。「可不是，四丫頭比誰都手巧，就讓四丫頭看看。」

董嬤嬤忙將矮桌上的流蘇繡拿給琳芳。

琳芳接過去仔細瞧，這塊流蘇繡的明暗面用的是一根線穿插著繡上去，明針暗針交織根本就分不開，和她平日裡見過的大相逕庭。

琳芳越看心裡越涼，真不知道到底是怎麼繡上去的。她伸手撥弄那殘破處……好不容易等來的機會，真不甘心就這樣放棄。

這種梅花做底的繡法她彷彿從哪裡見過……琳芳靜下心來仔細思量，耳邊忽然響起白嬤嬤的聲音。「上次六小姐做的梅花抹額彷彿針腳和這個類似，若是用那種繡法，說不得就能成了，奴婢不如去將六小姐也請過來瞧瞧。」

琳芳睜大了眼睛。她想起來了，就是琳怡。

第十三章

琳怡送給長房老太太的抹額她看過一眼，當時她只覺得針腳細緻，現在想起來……琳芳不自覺出了一身的汗。

這樣的好事若是落在琳怡身上……

「白嬤嬤說得是，」琳芳綻開笑容。「讓六妹妹也看看，若是六妹妹有更好的主意，我們便商量著修補好。」

更好的主意。白嬤嬤笑咪咪地道：「這麼說四小姐已經有了眉目。」

琳芳臉一紅。「我也只是胡亂想的，若是能有幾天時間自然修補好，可是眼下要得急，就要六妹妹來幫個忙。」

白嬤嬤看向兩位老太太。「那奴婢去請六小姐。」

長房老太太笑著道：「去吧、去吧，讓六丫頭也過來。」

白嬤嬤領著琳怡進屋，琳怡才剛坐下，琳芳就笑著拿了流蘇繡過來。

不等琳芳開口說話，二老太太董氏已經道：「上次妳給伯祖母的雙面繡是妳自己做的？」

琳怡飛快地看了一眼琳芳手裡拿的東西。

流蘇雙面繡。

老太太問她這話是想知道她能不能繡出這樣的雙面繡來。

她繡的抹額在長房老太太手裡，當著長房老太太的面，她不可能胡亂搪塞。

琳怡輕輕頷首。「是我自己做的。」

「那太好了，」琳芳拉起琳怡的手。「有六妹妹幫我，這塊流蘇就能補好。」

琳怡不明白地看向琳芳。

琳芳笑咪咪地道：「大姊家的一個表親託我們幫忙繡流蘇，」說著生怕琳怡猶豫。「我們家有塊一模一樣的流蘇，我們只要照著繡就好了。」

琳芳說起來這樣容易，彷彿會繡明暗繡的是她。

長房老太太不說話，仔細瞧著她和琳芳。老太太董氏倒是一副樂見其成的模樣。

這幅流蘇是大姊夫的表親拿來的，也就是林家……

幫林家繡流蘇，這樣就等於給林家長輩一個好印象。

怪不得琳芳見她進來就是一副親暱的模樣，一句句話追問過來，讓她無法搪塞，特別是那句「有六妹妹幫我，這塊流蘇就能補好」。

若是補不好就是她的錯，琳芳可以站得遠遠的。

補好了，也是琳芳大功一件，不但幫了林家，更能在長輩面前討個好臉面。

琳芳挖了個坑讓她跳，她怎麼選都不對。

琳怡微微一笑，答應下來。「有四姊在，我只是從旁幫襯。」

聽得這話，一直沒有說話的長房老太太也笑了。「那就好，妳們也算幫了大丫頭的忙。」

琳芳提起來的心終於放下，笑容更燦爛起來。「那事不宜遲，我和六妹妹這就去繡。」說著抬起頭看到琳怡驚訝的表情。

「四姊說現在去繡？」

不好的預感在琳芳腦子裡一閃而逝。「是現在啊，這是壽禮，今晚還要用呢。」

琳怡立刻為難起來。「幾個時辰是繡不好的，明暗繡是最難的，一針一線都要仔細琢磨，再說修補是要找出一模一樣的線在殘破處結好，再按照之前的繡法一點一點填充。我雖然會明暗繡，但是我瞧著和這塊流蘇並不十分相同，再說，這種顏色的線家裡可有？」

琳芳一下子愣了。沒有，可是一般修補都用原來的線就好，琳怡這話的意思是從前的線不能用了。

琳怡微微一笑。琳芳大概只顧得邀功，許多細節沒有想過，只要她隨便扯出一件事來說，琳芳就會束手無策。

長房老太太聽得這些話，眼睛微亮。「這麼說就補不上了？」

琳芳也垂頭喪氣地看琳怡一眼。「妳再仔細瞧瞧。」

琳芳這樣也太明顯了些。

二老太太董氏道：「既然不能修好就算了，我們也算盡了力氣，早些告訴青哥讓他好再選壽禮。」

青哥，果然是林正青。

琳芳依依不捨地將流蘇放回桌上。「我只是覺得這麼好的一件繡品殘破了可惜。」

話音剛落，簾子一掀，穿著荷色褙子、頭戴珠花、斜插兩支鑲寶石簪子的琳嬌走進來。

琳芳、琳怡兩個向琳嬌行了禮。

琳嬌上前拉了琳怡的手。「這是六妹妹吧，真漂亮，從前聽人說南方水土養人，如今我是真真信了。」說著想起自己沒帶禮物，將手腕上的翡翠鐲子取下來給琳怡戴上。

琳怡忙推辭。

琳嬌不肯依。「我們姊妹之間本該是這樣。」

大家坐了一會兒，長房老太太笑著道：「開宴吧，別讓丫頭們餓著了。」

琳芳、琳怡去扶兩位老太太去小廳裡。

吃過飯，長房老太太先回房裡休息，白嬤嬤服侍長房老太太躺好。

不多一會兒，琳嬌來告辭。「祖母身子不好，我本應該留下來照顧祖母。」

長房老太太笑著道：「平日裡也就算了，林老夫人大壽，你們還是早些過去。」說著吩咐白嬤嬤。「既然林家大爺拿來的流蘇繡不能補好，就將我那塊送去給林老夫人做賀禮。」

那塊流蘇繡是老太太最喜歡的，琳嬌臉上一緊。「給林老夫人的禮物孫女已經準備好了。」

長房老太太搖搖頭，慈祥地看著琳嬌。「妳的心思我知曉，只是這一件不光是為了袁家，也是為了陳家。袁家起復全靠林家，林家不鬆口，妳也沒有法子。」

想到這個，琳嬌皺起眉。書香門第名聲是好，可是到了關鍵時刻沒那麼容易就出頭幫忙。

長房老太太微微一笑。「雖然說林家現在有了出息的後輩，要知道入仕容易，真正能站穩腳跟卻難，林家在高祖的時候受創不小，現在朝中無人支撐，光靠一個後輩能弄出多大動靜？當今權貴林家不一定能攀上，而我們陳家和袁家，至少從表面上算是與林家同命相連。」

琳嬌聽得這幾句話，似是一下子明白過來。「祖母的意思是林家想要和我們家走動？」

「不只是走動，說不得還想要進一步……就連二房老太太也看了出來。」

結親。琳嬌突然想到。書香門第想要維護名聲不是那麼容易的，尤其是不論娶嫁都不能高攀，否則就算丟了臉面。

提起二房老太太董氏，琳嬌皺起眉頭。「二房老太太倒是消息靈通。」

長房老太太失笑。「她如何能不知道？我們整日都在她們的眼皮底下過活，萬一哪日我死了，恐怕等妳知曉的時候，這個家早落入二房手裡。」

提到生死，琳嬌忙安慰長房老太太。「祖母身子好著，她們不敢亂來。」

那可未必，現在這般局面未必能永遠支撐下去。

「那祖母有沒有想過將三叔父過繼到長房……」

長房老太太想到剛剛琳怡在屋子裡說那流蘇繡時的情形。本來勢在必得的二弟妹一下子露出失望的目光。

二弟妹跋扈二房這麼多年，終於有個人能不被她擺弄。

只是選個繼子不是那麼容易的事，長房老太太乜了琳嬌一眼。「妳別忘了，妳三叔父現在有可能自身難保。」

長房老太太話音剛落，只聽窗外有人咳嗽一聲。「玲瓏姑娘，妳怎麼在這裡？」

第十四章

窗外的玲瓏嚇了一跳，轉身差點撞到身後的白嬤嬤。

白嬤嬤似笑非笑。「這裡風大，姑娘剛曬了個熱身子，小心著涼。」

長房老太太的念慈堂的六間上房環著抄手走廊，抄手走廊旁邊是三間廂房，廂房旁邊種了一片翠竹。

玲瓏向白嬤嬤行了禮，指了指那片翠竹林，飛快地向那邊瞥了一眼，低下頭緊攥著衣角。「我剛才給六小姐端茶不小心濕了衣角，就想著來廊上吹吹風。」

白嬤嬤低頭瞧了一眼，玲瓏的衣角果然濕了一片。

白嬤嬤沈下眼睛，讓人看不清臉上的神情。「可不是……」說著轉身看白芍。「去拿乾淨的巾子給玲瓏姑娘擦擦衣裙。」

白芍應了一聲，忙退下去。

什麼地方不好吹風，竟然跑到長房老太太窗口下，被白嬤嬤逮了正著。

站在水池旁看錦鯉的琳芳不由得露出一絲笑容，不知道是六丫頭指使丫鬟去偷聽，還是笨手笨腳的丫頭不小心撞到刀刃上，這下長了幾張嘴都說不清了。想到這個，琳芳剛才因流蘇繡得的悶氣一下子一掃而光。

玲瓏弄乾了衣服，才狼狽地走回來。

還沒等琳怡開口問，琳芳身邊的紅杏就嗤笑一聲譏諷。「玲瓏姊姊第一次來長房，還是不要亂跑，我們做下人的是要學著看眉眼高低，這樣出入上下，大小的事才有了見識，否則我們自己犯錯事小，牽連了小姐事大。」

四小姐身邊的丫頭平日裡見到她們連話也不會說一聲，而今看到她錯處，倒是抬著頭訓斥個沒完。

可是眼下她確實沒有話辯駁，玲瓏的肩膀垮下來，只是靜靜聽著。

紅杏說完這些還要張口，猛然瞧見一抹銳利的目光看過來，頓時嚇了一跳，抬起頭，只見六小姐不動聲色地看她。

「妳什麼時候進的陳家？」

紅杏一時不明白，只得老老實實地回話。「從小就買進府了。」

琳怡微微一笑。「怪不得。原來不是家生子。」

不是家生子，六小姐是說她不懂規矩……紅杏瞧了一眼琳芳，琳芳臉上也有些難看。

這件事本就是紅杏做得不對，兩個主子在場，輪不到一個下人開口，琳怡這樣說她也沒話反駁。琳芳眼睛一轉，看眼紅杏。「就是我平日裡太好性兒，才養了妳們這些嘴碎的丫頭。」紅杏不敢再造次，低頭退後一步。

琳芳笑著道：「六妹妹別在意。」

琳怡也笑著回過去。「四姊言重了。」

琳芳和琳怡站了一會兒覺得沒意思，乾脆帶著人回去主屋。

玲瓏這才敢抬頭說話。「六小姐為奴婢說話，萬一四小姐在二老太太跟前告小姐一狀，奴婢豈不是給小姐惹了禍？」

琳怡低頭看水禽搶食。一味的忍讓最後換來的只能是步步後退。「四姊告我什麼？告我護著丫鬟無禮？」紅杏訓斥玲瓏，被長房的人看到了會怎麼說？連琳芳的丫鬟都能欺負她，更何況其他人。琳芳聰明，自然息事寧人，又怎麼會到二老太太董氏面前去訴苦？

玲瓏這才明白琳怡的意思。「小姐說得對，奴婢怎麼就沒想到。」

琳怡淡淡一笑，平靜的神情中帶著沈著穩重，二老太太董氏人前要裝著善待她，她自然要利用這一點。「白嬤嬤有沒有看到？」

玲瓏點頭。「看到了。」

那就好。

白嬤嬤快步進了內室，長房老太太握著紫檀十八羅漢的手串，穩穩地靠在軟靠上。

旁邊的琳嬌先忍不住問：「是六妹妹身邊的丫頭？」

白嬤嬤低聲道：「是六小姐身邊的。」

長房老太太抬起眼睛。
白嬤嬤又上前一步低聲道：「奴婢本在窗下不遠處站著，沒想到六小姐的丫頭玲瓏走過來，奴婢聽得老太太說起三老爺，於是咳嗽了一聲，玲瓏卻悄悄跟奴婢指了指翠竹林。」
指了指翠竹林，是瞧見了誰？
琳婍拿起黃底粉彩的小茶吊剛要倒茶，聽得這話也停下手。她還以為是六妹妹的丫鬟偷聽祖母和她談話，卻沒想到另有隱情。
「奴婢瞧見是聽蘭。」
聽竹、聽蘭是長房老太太身邊的二等丫鬟，最近聽竹提了一等，聽蘭還是二等留在屋外聽差。
長房老太太笑一聲。「居然是她？我怪道她從前看著伶俐，如今怎麼心不在焉，原來心思都用去了二房。」說完話，看一眼白嬤嬤。「妳我都是老眼昏花，竟比不上一個十幾歲的丫頭。」
她身邊的二等丫鬟竟然被二房收買了去，怪不得她這邊的事，二房知道得清清楚楚。
白嬤嬤道：「現在怎麼辦才好？」
長房老太太從軟靠上直起身子。「不急，叫人看著她，她什麼時候給二房報信又經過誰？摸透了她，日後我自有用處。」
白嬤嬤應下來。

琳嬌滿面愧色。「之前我還讓聽蘭幫忙繡條衣帶，卻都沒察覺。」

長房老太太道：「不怪妳，當局者迷旁觀者清，離得太近倒不能知曉了，倒是六丫頭難得地伶俐。允遠過於耿直和蕭氏一味軟弱，竟能生出這樣聰慧的女兒。」

「只是可惜了，」琳嬌嘆口氣。「御史恐怕不幾日就要彈劾三叔父，福建那邊又有鐵證，這罪名下來自然連累妻小，我們想幫忙，現在也是有心無力。」

長房老太太唸動手裡的紫檀串珠默不作聲，半晌才道：「妳三叔父在福建恐是得罪了不少人，這次考滿是早就被盯上了。二老太太這些年在京裡倒是有些門路，只是，她不會幫忙，反而火上澆油罷了。」

琳嬌一時也想不到法子。「要不然讓夫君向三叔父透透話，說不得三叔父自己能想到法子。」

允遠？那是一股的倔脾氣，福建的形勢他如何不知曉，不過是死也不肯低頭罷了，若是提前將這些說給他聽，保不齊他會比御史早一步上摺子，事鬧出來想找人保他也難了。

「要不然……」琳嬌又想起來。「聯姻呢？六妹妹的年紀到了能說親的時候，依孫女看這件事還是早早張羅，否則二房老太太插手，六妹妹不是只有聽從的分？」

不管是世家望族還是權貴宗親都是靠聯姻互相扶持，想要和他們打關係，沒有這個準備是不行的。

姻親的事也是急不得。長房老太太合了合眼，看向琳嬌。「去跟二老太太說幾句話再走，免得被人挑不是。」
琳嬌應了，起身出門。
長房老太太轉頭吩咐白嬤嬤。「將六丫頭叫來。」
白嬤嬤聽了笑著去尋了琳怡。琳怡領著玲瓏進了內室，長房老太太讓人端了一盤金絲果讓琳怡嚐嚐。
琳怡拿起來一塊吃了，又酸又甜。
長房老太太慈祥地叫白嬤嬤。「包上一些給琳芳、琳怡帶回去吃。」
琳怡謝了長房老太太。
長房老太太擺擺手讓琳怡坐得近些，仔細端詳起琳怡來。多少年不見面總是十分生疏，長房老太太和董氏不同，眼睛裡更多的是關切而不是審視探究。
「模樣長得俊，過幾年長開了更漂亮，比琳婉、琳芳幾個都強。」
被長房老太太這樣一說，琳怡的臉倒是紅了。
畢竟年紀小，放鬆下來也顯露幾分小女兒的嬌態。可憐琳怡和衡哥兩個孩子，跟著老三在福建任上吃了不少的苦頭。長房老太太這樣想著，目光更加溫暖。「六丫頭，若是那塊流蘇繡讓妳來補，能不能補好？」
琳怡照實點頭。「總會補個差不多，」說到這裡，她抬起頭來。「伯祖母身邊的聽竹姊姊手巧又靈活，我將明暗繡的繡法說給聽竹姊姊聽，聽竹姊姊就能補好。」

長房老太太微微一笑。難得這孩子持重，知道外面拿來的東西，閨房裡的小姐不能輕易動手。二老太太董氏身為長輩，卻這樣急不可耐。

「有空妳就教教聽竹。」

琳怡笑著應了。

長房老太太滿意地點點頭。「妳初來京城許多事不知曉，女眷互相來往總要有些能入眼的禮物，若是有時間妳不妨準備一些，」說著又道。「禮儀可學了？」

琳怡點頭。「學了。」

長房老太太十分欣慰。「妳的繼母蕭氏是個慈母，該教妳的都不差了，也是盼著妳能有個好前程。」

衡哥和她也奉蕭氏為親生母親。

「妳二伯母是個居士，常常出去講經，認識的人也多，有什麼事妳常看她，對京裡的事自然而然也會知曉一些。」

長房老太太這是在教她注意二伯母田氏的一舉一動。

才和琳怡說了幾句話，長房老太太卻覺得前所未有地輕鬆。平日裡和琳嬌總要將話說得細緻入微，琳嬌才能懂八分，現在她只想提點琳怡兩句，琳怡卻明白了透澈。

「伯祖母，」琳怡拿起織錦的毯子給長房老太太蓋上。「少吃些天王補心丹，裡面含朱砂，對人身子不好。伯祖母這是長年的病了，若是總讓一個郎中來瞧，倒不如換個試試。」

六丫頭是勸她遍訪名醫。

長房老太太笑著看琳怡。「伯祖母已經老了。」黃土埋了半截的人，身邊又沒有了子女，活著也是度日罷了。

長房老太太想到這裡，耳邊傳來清脆的聲音。「伯祖母還不老，這個家還要指望伯祖母。」

還要指望她。長房老太太一時錯愕，轉而便笑了。六丫頭看得明白，現在她還不能撒手。

兩個人剛說完了話，白芍進屋行了禮道：「二房那邊傳話來，二爺從馬上摔下來了。」

二爺……哥哥！

第十五章

「二爺怎麼會從馬上摔下來？」白嬤嬤服侍長房老太太穿好紫薇花青緞軟底鞋，長房老太太從軟榻上坐起身。

聽得這個消息，琳怡愕然。在她記憶中哥哥沒有摔馬這一節，自從她重生後醒過來，彷彿因她的細小變化，一切都變得和從前不同了。

白芍道：「送信來的嬤嬤說二爺只是受了驚嚇。」

眾人這才鬆口氣。

琳怡想起來解釋。「哥哥一早跟著父親去京郊。」

長房老太太嘆氣。「衡哥年紀還小，怎麼能放任他去騎馬？」

「家裡請過武功師傅，父親大概覺得哥哥已經能獨自駕馭馬匹……」哥哥在福建騎馬已經不是一次、兩次了。

說話間，琳嬌、琳芳扶著二老太太董氏也進了屋。

二老太太董氏道：「衡哥摔了馬，我們還是早點回府看看。」

長房老太太點頭，吩咐白芍將二老太太、琳芳、琳怡送到二房，看過衡哥傷勢後再回來。

長房老太太話音一落，只聽外面道：「大老爺來了。」

是二房老太太的長子陳允寧。長房老太太心中一笑，又是一個盼著她早早歸西的。

回到二房，三太太蕭氏已經等在垂花門。

「衡哥怎麼樣了？郎中有沒有來看過？」

三太太蕭氏紅著眼睛上前攙扶二老太太董氏。「看過了，還好沒有傷到筋骨，郎中說仔細養些時日就能好的。」

二老太太董氏又是擔心又是怕。「老三怎麼這樣大意？」

三太太蕭氏拿著手帕擦擦眼角，看到衡哥被扶回來她也是嚇壞了。「老爺說恰好遇到有人圍獵，老爺就帶衡哥去看，轉眼工夫就不見了衡哥，再找到衡哥時，衡哥已經摔了馬。」

二老太太董氏皺起眉頭。「不是有下人跟著？」

「老爺只讓衡哥身邊的小廝跟在旁邊，小廝也是一時看漏了。」

看漏了。是因為沒有見到圍獵的場面迷了眼，真是沒見過大世面。二老太太董氏冷哼一聲。「妳也是，他們爺兒們要出去，妳不多安排幾個人，這還用我教？」

三太太蕭氏愧疚地低下頭。

二老太太董氏道：「老三還說要搬出去住，便是在我眼皮底下伺候著還弄出事來，搬出去不定要如何，這些年妳在福建怎麼當的家？」

三太太蕭氏沒想到二老太太這麼大的火氣，只得在旁邊賠小心。

「沒有一個讓我省心。」二老太太董氏扔下一句話，進屋去看衡哥。

衡哥腿上已經上好了藥，丫鬟們拿了軟巾遮好，又蓋了一層毯子，二房老太太揭開毯子瞧衡哥的傷。「這會兒疼得怎麼樣了？」

三太太蕭氏讓丫鬟搬來黃梨木大椅，又放了軟墊，才請二老太太坐下。

衡哥將床上的腿微抬。「已經好了。」

「你可要小心……」二老太太董氏嘆氣。「我們家裡如今只有你和你大哥兩個，你大哥在京外讀書已然讓我牽腸掛肚，你在眼皮底下若是再有閃失，豈不是要了我的命？」

衡哥忙道：「孫兒下次再也不敢了。」

這樣幾句下來，屋子裡倒是一片和順。

二老太太董氏坐了一會兒便起身離開，三太太蕭氏忙送了出去，琳芳也囑咐兄弟好好養病，跟著二老太太走了，屋子裡只剩下琳怡和衡哥兩個。

「哥哥怎麼會騎馬摔了？」

說到這個，衡哥眼睛立即亮起來。「琳怡，我說了妳也不會相信，我看到一個騎術特別好的人。」

她當是什麼，原來是騎術好。「無論走到哪裡都有騎術好的，父親給你請的武功師傅就是咱們福建鼎鼎有名的，哥哥不會是因為這個從馬上掉下來了吧？」

琳怡笑著抬起頭看到衡哥認真的表情。

難不成真的被她猜中了，哥哥是因為看別人騎馬所以才摔了馬。「哥哥不是對武功不感興趣，只是想著參加科舉？」

從前他是這樣想，那是因為父親在他耳邊總說科舉的好處。「琳怡，我今天看到那個人腰間佩劍，幾十個人追不上他一個，他騎的那匹馬連馬鞍都沒有呢！」那樣逍遙自在地騎在馬上，氣度讓人心生羨慕。

大周朝男子有騎馬狩獵的習慣，一般人家的男子都會仔細學騎術，更別提世家名門或是勛貴宗親了。

「說了妳也不信，」衡哥嘆口氣。「等我傷好了我一定好好學騎術，再讓父親給我請個好的武功師傅，若是能趕上那人一丁點，我也知足了。」

衡哥很少有這種信誓旦旦的模樣，看來今天真的是遇到了讓他驚嘆的人。「知道那個人是誰嗎？」

衡哥洩氣地搖頭。「人一閃就過去了，我連那些追不上他的人都不如，更不可能跟得上了。」

「哥哥別急，在京裡時間久了，自然有一日會碰面的。」

聽到琳怡說這話，衡哥眼前一亮。「妹妹也想留在京裡？」

留在京裡？她沒有想過，只是她知道有父親的事在，他們全家恐怕暫時不能離京。琳怡轉頭看到衡哥臉上的笑容。

恐怕衡哥如今是想留在京裡了。

林正青聽得身邊的林臨江諂媚地笑。「小叔叔別急，就算這塊流蘇補不上，老夫人也會喜歡小叔叔送的福壽圖。」

話是這樣說，不過事情沒辦成，心裡難免失望，林正青微皺眉頭。「奇怪，表兄明明說陳家有人會雙面繡。」

林臨江道：「說不定是弄錯了。」

林正青一眼望過去。「你以為表兄像你一樣就會順口胡說。」

林臨江只是傻笑，在林家能攀上林正青是他的福氣，將來等到林正青這個小叔叔發達了，自然有他的好處。

林臨江道：「我去問問那塊流蘇還能不能補。」

「既然趕不上壽宴，不論什麼時候都可以。」關鍵是能討林老夫人歡心。林家族人那麼多，憑什麼林老夫人就扶持他一個人，他不喜歡回去聽母親一遍遍說利害關係。小時候被抱在懷裡一遍遍地聽，覺得母親可憐；長大後仍舊一遍遍地聽，就覺得厭惡，如今照著她們的話做，就是為了耳根清靜。

不一會兒工夫，陳老太太身邊的白嬤嬤來道：「大爺拿來的流蘇繡不是不能補，只是需要時日，不知大爺還能不能等？」

等，為什麼不能等？林正青規規矩矩行了個禮。「那就請老祖宗幫忙。」

白嬤嬤笑容滿面。「大爺太客氣了。」

林正青從陳家出來，半路上，林臨江想起去給陳老太太請安時瞥見的那位陳家小姐。「怪不得人說陳家女子秀美，如今一看還真的是。」

林正青嗤笑。陳家小姐？他沒有注意。女人再漂亮不過是提線的人偶，就算他在意也是看她身上的線，不會在意她是什麼人。

陳家二房。

二太太田氏安慰琳芳。「日後還有的是機會。這次不露面也是好的，畢竟是外男拿來的東西。」

琳芳道：「那有什麼？有祖母作主呢，不過是幫忙，」說著扭緊了手帕。「怪都怪琳怡，沒有那個本事，偏要說沒有合適的繡線。」

田氏微微一笑，將手裡的帖匣送給琳芳看。「瞧瞧這是什麼？」

琳芳打開匣子看到裡面紅金的帖子。「惠和郡主請母親和我去作客？」

田氏伸手整理琳芳的衣襟。「妳不是一直想去？惠和郡主也想見見妳。」

琳芳立即來了精神。「那我們送什麼禮物好？」

田氏就笑道：「妳不是早已經想好了？」

琳芳抿嘴笑起來，一下子撲進田氏的懷裡。「我就畫母親，郡主一定會喜歡的。」

琳怡還是第一次讓丫鬟出去打聽家裡的事。

橘紅平日裡性子隨和，加上她們從福建帶來了不少醃漬的果子，橘紅拿著這些果子蜜餞，很快就和家裡的小丫鬟說上話。

「惠和郡主嫁給了鄭大學士的公子，鄭家是實實在在的顯貴。」

琳怡微微頷首。

若是二老太太董氏一家攀上了顯貴，就不愁不能改了族譜。

哪個朝代的律法都不能左右權貴。

第十六章

琳怡聽橘紅仔細說。「惠和郡主嫁到鄭家之後，聽說咱們二太太是在家的居士，就請二太太過去講了回經，這就喜歡上了。」

琳怡也記得田氏十分有名氣，尤其是她額間的朱砂痣，大家都說是天生的觀音像，加之田氏從小便不能吃葷，就連寺裡的師太都說田氏有悲憫的心腸。

作為居士四處講經本來就是一種修行，大宅院裡的女子多多少少都有些不能向外人道的煩心事，就算貴重如惠和郡主也是一樣，大家自然會喜歡如二太太田氏一樣懂經法的女眷。

更何況二太太田氏和觀音大士一樣面善。琳怡想到這裡微微一笑。怪不得琳芳身上穿的比家裡所有小姐都要好上許多。

只是居士這兩個字，田氏實在配不上，更別提觀音大士，田氏若是真有悲天憫人的心腸，就不會讓琳芳將她引去芳菲苑見要小產的柳姨娘，而是直接出面救下柳姨娘母子。

「這幾日注意著二太太那邊，不論有什麼消息都來跟我說。」琳怡低聲吩咐橘紅。

長房老太太已經提醒過她，讓她注意著二太太田氏，再準備一、兩件像樣的禮物以備不時之需，這幾日，她就要在這上面下功夫。

琳怡這邊才說完話，白芍進屋向琳怡行了禮。「二爺那邊沒事，奴婢就回了老太太，好讓老太太安心。」

白芍長年跟著長房老太太，穿著雖然比二房的大丫鬟簡樸，整個人卻多了幾分疏朗的氣色，和這樣的丫頭說話也自在。橘紅、玲瓏兩個將白芍迎進屋。

白芍笑著道：「還有一件事要麻煩六小姐，老太太說林家那塊流蘇繡還是要補的，就讓聽竹姊姊常過來。」

琳怡將白芍拉過來坐。「姊姊回去和伯祖母說，有時間我就過去給伯祖母請安。」

琳怡的笑容讓白芍放鬆下來。

大家笑著說起話。

陳允遠聽蕭氏說兒子鬧著要學騎術，笑起來。「這小子終於開竅了。」

蕭氏聽了皺起眉頭。「老爺還縱著他不成？這剛摔了馬，再出什麼亂子可怎麼得了。」

陳允遠不以為然。「大周朝的男子哪個不會騎馬的？讓妳說得便是什麼事也不用做了，妳便是婦人心腸，不懂得大事。」

蕭氏聽著丈夫的訓斥，眼圈紅起來。「我是不懂大事，我只知道姊姊將老爺和衡哥兄妹託付給我，我若是不能照看妥當，將來我也沒面目去見姊姊。」

提起亡妻，再想想蕭氏這些年的辛苦，陳允遠嘆口氣坐下來將蕭氏攬進懷裡。「好了，我知道妳的心思，琳怡也就罷了，將來尋門好親事風光出嫁，衡哥是男子，將來必定要搏個好前程，否則怎麼照顧這個家？」

蕭氏聽得陳允遠聲音有些晦澀，抬起頭，果然看到陳允遠緊皺的眉頭。「老爺怎麼了？是不是今年的考滿不順利？」

「不是考滿的事。」公務上的事，陳允遠從來不願意和妻兒提起。

「老爺不用瞞著妾身了，」蕭氏直起身子。「老爺進京前就心事重重，這幾日越發嚴重，不是因為公務倒是什麼？怎麼到了這時候，老爺都不肯和妾身說實話。」

陳允遠站起身，背手在屋子裡踱步。「我在福建這些年得罪了不少人，那些人都早已經投奔成國公。去年成國公抗倭有功，聖前得寵……」

蕭氏心裡一緊。「老爺的意思是，成國公要對付老爺。」

陳允遠微微一笑。「談不上對付，我不過小吏，成國公只要一伸手，如同碾死螻蟻般簡單。」說著頓了頓。「這些年我沒少彈劾成國公，奈何成國公是三代元勛，當今皇上登基時又是輔政大臣，豈是我一個小人物能參倒的？」

蕭氏黯然。「既然夫君早就知曉，何必要這般？」

陳允遠搖頭低聲道：「我不這樣又如何？難不成與他們同流合污？眼看著他們冒領薪餉，收買盜匪假充倭寇……」

蕭氏第一次聽到陳允遠說這些，不禁驚訝，慌張地看向左右，確定沒有人聽到。

福建每年都要遭倭寇搶掠，聽到外面有異動，她和兩個孩子尚萬分驚慌，更不用想外面任人宰割的百姓，每次聽到朝廷增兵福建，她都從心裡高興，沒想到實情卻是這般……

話說到這裡，陳允遠乾脆說實話。「這次我帶你們回京，不光是因老太太生辰，更是怕你們在福建無人照應。至少妳娘家在京裡，若是我有什麼事，陳氏一族和妳娘家不能看著你們不管。」

聽到這種不祥的話，蕭氏再也忍不住掉下眼淚。「夫君這是什麼話，如今衡哥和琳怡還小，夫君不能不為我們著想，大不了夫君辭官回家。」

辭官？哪有那麼容易？

看到蕭氏緊張，陳允遠又道：「這只是最壞的打算，現在反對成國公的又不止我一人，妳之前說的林家，在高祖時就是被成國公所害，林家這些年休養生息，如今雖有上進的後輩，想要重回朝廷，還是要對付成國公……」

陳允遠說到這裡，蕭氏驚呼一聲。「怪不得林大太太今日讓人送了份禮物過來，又邀我去林家作客。」說著蕭氏將林家送來的禮物和帖子拿給陳允遠看。

林家送來的是兩支雕竹碧玉鏤空嵌金花簪、一對滴水觀音碧璽耳飾。

「雖說我和林大太太小時候常在一處，可是這份禮也有些重了。」

看著這兩件禮物，陳允遠笑起來。「林家能這樣倒是好事。」林家現在不復從前，可是依然有很深的根基，在讀書人中有一定聲望。

「老爺的意思是……」

陳允遠道：「帶著琳怡多出去走動走動也是好的。」

蕭氏心中一陣歡喜。「若是林家說什麼，我也好告訴老爺。」嫁給他這麼多年，蕭氏還是一如既往地單純。這麼大的事誰會掛在嘴邊，尤其是不能確定達成共識之前，林家人不會透露半句。

陳允遠看著窗外伸展的樹枝，重新皺起了眉頭。

第二天，琳怡去二老太太董氏屋裡請安。進了屋，就聽見琳芳在董氏身邊歡快地說起要去惠和郡主府裡作客。

二老太太董氏讓琳怡坐在旁邊，親切地問琳芳。「禮物準備了嗎？」

琳芳抿嘴笑。「我想親手畫觀音畫像呢。」

這幾年，琳芳的畫越來越像樣子，再加上有二太太田氏在，一定出不了差錯。

二老太太連連點頭。「好，這樣的禮物用心思。」

琳芳笑著看琳怡。「能花錢買的禮物都不足為奇，六妹妹妳說是也不是？」

「是。」琳怡配合琳芳的情緒。

琳芳果然更加開懷，膩在二老太太董氏膝上。「只是我沒有合適的衣服和頭面呢。」

二老太太董氏忍俊不禁。「瞧瞧、瞧瞧，這是變著法地跟我要東西。」

琳芳倒是一本正經。「孫女是怕丟了祖母的臉面，能去惠和郡主府的都是名門閨秀，孫女哪敢怠慢。」

二老太太伸出手在琳芳潔白的額頭上輕點。「好一張利嘴。」

琳芳捂住額頭，笑看琳怡。「六妹妹，妳瞧祖母多小氣，老人家就該是我們的百寶囊才對。」

琳怡也跟著笑了。

回房的路上，身邊沒有旁人，玲瓏忍不住小聲道：「不過是去郡主府作客，四小姐就要鬧個滿府皆知。」

能當上郡主的座上客，琳芳自然要好好炫耀。那種地方不是人人都能去的。

二太太田氏誦經，四小姐琳芳畫觀音，這對母女倒是善緣。

琳怡低聲道：「一會兒還是想辦法去問問惠和郡主的事。」

玲瓏道：「若是有人問起，奴婢就說聽到四小姐要去惠和郡主府上作客，奴婢覺得好奇。」

琳怡微微點頭。就是要趁著琳芳要去惠和郡主府作客的消息傳開了，才好向人打聽，這樣談論惠和郡主就是自然而然的事。

琳怡走到翠竹林，正要過月亮門，三太太蕭氏身邊的譚嬤嬤笑著迎過來。「六小姐，太太請您過去一趟呢。」

第十七章

琳怡跟著譚嬤嬤到三太太蕭氏的碧雲居。二老太太董氏修了這處園子，就將西院分給了陳允遠夫妻。二進的院子，院子口種著石榴樹，裡面是金桂、銀桂，花圃裡種了四季花，風一吹便聞到一股幽香。

他們一家不在京裡住，二老太太董氏也是讓人仔細打掃，表面上做足了功夫。這裡比他們在福建的家真的好了不少，三太太蕭氏搬進來的時候也是滿心歡喜。

小丫鬟上前打簾，琳怡進了內室。

三太太蕭氏帶著大丫鬟樂蓉坐在臨窗的大炕上結蝙蝠，見到琳怡，蕭氏讓琳怡坐在身邊，又吩咐樂雪。「去給六小姐端一碗杏仁羹來，上面灑上蜂蜜和糖霜。」

看著琳怡吃了一碗杏仁羹，三太太蕭氏格外高興。「這兩日身子可好些了？」

自從上次出了柳姨娘的事，彷彿大廚房的人手換了些，她也得到了格外的照顧，特別是今天早晨，光點心就有三種。她總覺得前世被下毒的事沒那麼容易就水落石出，現在看來果然如此，只要稍有些風聲，那個人就收住了手腳。

到底是不是大伯母安排的……在她心裡尚有疑問。

琳怡幫蕭氏結蝙蝠，望著琳怡靈巧的手，蕭氏笑道：「上次和妳說的林家太太還記不記得？」

琳怡的手不由得一停。

蕭氏道：「林家大太太又讓人送帖子過來，請我們過去喝茶，總是推卻也不好，我就答應下來，妳回去準備準備，明日我們坐車過去。」

該來的總是要來，從前她嫁給了林家也是因為兩家來往密切，現在重生了，不可能三、兩次就避過。

琳怡點頭應了一聲。

蕭氏道：「咱們從福建也沒帶什麼好東西回來，也不知道回什麼禮物好。」蕭氏說著端起茶碗抿了口茶。「我想著不如送兩幅畫，一來書香門第惜墨，二來妳懂書畫也可以幫著挑。」

送畫正好迎合了林家的書香門第。

父親素來喜歡書畫，在福建也沒少買這些東西，有幾幅是常人難得來的。

譚嬤嬤笑著道：「奴婢去將畫拿來。」

琳怡很快將手裡的蝙蝠結做好放在旁邊的笸籮裡。她雖然知道林家和二老太太董氏一家對父親不利，可是知道得並不十分清楚。林正青是見利忘義的小人，但是林家開始卻和父親站在同一個立場。

她不想嫁給林正青，卻不一定非要用極端保守的法子，一來父母不會答應，二來只有彼此知曉才能防範。

琳怡幫著挑了兩幅清雅的畫，不算名貴，也不算太特別，不卑不亢，很普通的禮物。

蕭氏反覆看了幾次，才讓譚嬤嬤用禮盒包好收起來。

蕭氏向來思量少，這次倒是十分鄭重。

琳怡抬起頭問蕭氏。「母親好像很在意去林家。」

蕭氏藏不住心事，昨晚聽到陳允遠說那些，她是一晚上沒睡著覺，只要想到現在的局勢她就嚇得心怦怦跳，皺起眉頭。「咱們去福建那麼長時間，在京裡也沒有什麼相熟的人，將來……」提到將來，蕭氏嘆口氣，問琳怡。「妳覺得京城怎麼樣？是不是氣候比福建要好許多？今年在京裡，我們不用擔心再有水患了。」陳允遠不願意將這些事說給兩個孩子聽，蕭氏也就扯開了話題，讓琳怡選套得體的衣裙。「明日還有其他人呢，都是書香門第家的小姐，說不得會有詩會，妳到時候難免要應個景。」

琳怡微微頷首。

蕭氏拉起琳怡的手笑了。「最讓我省心的就是妳，」說到這裡，蕭氏不免惆悵。「妳哥哥要學騎術，有空妳也勸著些，咱們家沒有了承繼的爵位，將來總是要考科舉的，那些動武的只要會一些就可以了。」夫君自從上次聽琳怡說起復爵的事，就真的將這個當回事了，現在不但要給衡哥請西席，還要找武功師傅，她真是越來越弄不懂夫君心裡的想法，明明現在前途堪憂，卻又滿懷希望。

從蕭氏屋裡出來，琳怡慢慢思量蕭氏那些話。

看來父親的事已經很嚴重，否則不會準備讓他們留在京城。

林家又和父親的事有什麼關聯？

她也大概聽過一些隻言片語，都是關於成國公。

林家在京裡不會知曉福建的事，成國公擅海戰，福建、兩江的官員幾乎都出自成國公手下，父親在福建、兩江都任過職，難不成林家想要透過父親知曉福建、兩江的事？

到底是什麼走到了聯姻那一步？

兩家聯姻不會因她的喜惡決定最終結果，但是還有別的法子……

若是父親知道，林家在關鍵時刻並不可靠，所作所為更對不起他們書香門第的名聲，林正青更是中山狼，父親一定不會同意聯姻。

琳怡想到這裡，轉頭吩咐玲瓏。「讓妳乾娘去趟長房，跟長房老太太說明日我們要去林家作客，讓聽竹姊姊先不要來了。」

她雖然不知道京裡的事，長房老太太卻知曉。

昨天白芍過來並沒有說聽竹姊姊什麼時候來，玲瓏轉念就想明白，小姐是想拿這件事做藉口……

玲瓏低聲道：「奴婢知曉了。」

琳怡回到房裡，橘紅已經張羅著挑選明日穿的衣裙，琳怡坐在臨窗大炕上拿起矮桌上的書看。

橘紅挑了幾件素淡的要拿給琳怡。

「不著急，」她看也不看。「先放在那兒吧！」

衣裙挑好了還要熨燙，去參加宴席難免要再薰香，若是不早早著手準備恐怕來不及。可是小姐既然這樣說了，橘紅也只好先將衣裙放下。

大約過了一炷香的時間，外面傳來一陣腳步聲。

琳怡微微一笑，來了。

門口的丫鬟道：「四小姐來了。」

琳怡放下書起身將琳芳迎進來，琳芳顯得比往日都要熱絡，高高興興拉起琳怡的手。「我得了幾朵紗花，就想著給妳也拿來兩朵，妳瞧瞧好不好看？」

酸枝海棠樣式的盒子打開，露出裡面紅、粉兩朵金線疊紗花。

「這是最近才出的樣式，」琳芳指指自己頭上。「我也戴了一朵呢。」

紅色、粉色，是讓她打扮得嬌豔吧！

琳怡才接過疊紗花，琳芳就大驚小怪地看著炕上的衣裙。「妹妹這是要做什麼？」

琳怡順著琳芳的話。「明日母親要帶我去林家作客，正選衣裙呢，姊姊正好來了，看看選哪套好。」

琳芳也不推卻，笑吟吟地上前仔細去瞧。「我看著都有些素淡，去作客總要明豔些好。」

豔色張揚，素色收斂，書香門第都喜歡溫婉的女子。琳芳的提議剛好背道而馳。

一面算計要去惠和郡主家作客，一面還要緊緊纏著林家不放，琳芳一個十四歲的小姐，想法還真是不少。

琳怡吩咐橘紅將現下所有的衣裙都拿出來。

琳芳選了一件滿底木芍藥醉仙顏的褙子，下面配著鵝黃色宮裙，還親自幫琳怡配了首飾，琳怡穿戴起來也明豔照人。

琳怡看了就笑。「我還是穿那件淺紫的褙子。」淺紫色不如淡紅色鮮豔，穿起來更普通，琳怡穿上之後，琳芳立即贊同。

指點完琳怡穿什麼，琳芳這才放心離開。

走在路上，琳芳漸漸彎起嘴唇。雖然說惠和郡主若是喜歡她，說不得就會有機會認識勛貴、宗親家的夫人，將來就有可能做命婦，這樣就算林家大郎再有才氣再有前程，她都不得已要放棄，可是不證明她現在就要讓給琳怡。

陳家有那麼多小姐，她就是要一枝獨秀。

第十八章

「小姐為什麼要照四小姐說的打扮？」

那也沒什麼不好，琳芳想要爭來林正青的側目，她是恰恰相反。

琳怡拿起桌上的孔明鎖，秀麗的手指很快將孔明鎖裝好。玲瓏回來正好瞧見琳怡將孔明鎖放在桌上。

「咦？」玲瓏驚訝地喊了一聲。「這不是二爺才買來的九根鎖，小姐這麼快就裝好了？」

橘紅見玲瓏完全不在意炕上的衣裙，不禁洩氣，拿著衣裙去了裡間。

不一會兒，玲瓏也趕過來幫忙，瞧著橘紅一臉的不痛快。「放心吧，小姐有小姐的思量。」

橘紅停下手裡的活兒。「我只是覺得四小姐沒有好心，處處算計著小姐。表面上裝作女菩薩，誰知道是什麼黑心腸？」說到這裡，橘紅壓低了聲音。「二太太更是。剛才我出去一趟聽說二太太是居士，不喜歡煙火的味道，二太太那邊的紫竹院灶臺不起火，連累我們西院也不能起火，怕是油煙被風一吹到了紫竹院，二太太聞著不舒服。現在天氣算好，飯菜不至於馬上涼了，若是到了秋冬時節，三太太、二爺、小姐連口熱飯也吃不得了，只能等大廚房派發下來。」

那又能怎麼辦？在別人屋簷下只能忍了，橘紅也是心疼小姐才會這樣。玲瓏笑著安慰橘紅。「現在才是春天，離秋冬還遠著呢，說不得到了秋冬我們就回去福寧了，再說小姐又沒在四小姐手裡吃過虧，妳怕什麼。」

說得也是。

兩個丫頭說話間，只聽外面道：「聽竹姊姊來了。」

玲瓏抬起眼睛有些驚訝。小姐只是給長房老太太捎了口訊，沒想到老太太就讓聽竹來了。

玲瓏和橘紅出了屋，見到穿著青色對襟半臂、梳著雙螺髻，面容清秀的聽竹。

聽竹上前給琳怡行了禮，琳怡將聽竹讓到大炕上坐了。

門口的丫鬟探頭探腦，玲瓏、橘紅也不驅趕，看著聽竹將手裡的流蘇繡拿給琳怡。「我想了一日也想不出方法來，只得麻煩小姐。」

琳怡笑著讓玲瓏、橘紅去挑線，然後將明暗繡的繡法與聽竹講，外面的小丫鬟聽了一會兒覺得沒意思，又都收回頭去。

大家圍在一起做針線，一晃就兩個時辰過去了，聽竹這才起身告辭。

聽竹一路回到長房。

長房老太太正和白嬤嬤擺葉子牌，看到聽竹，老太太將手裡的葉子牌擱在矮桌上，端起茶來喝。

「老太太，」聽竹上前服侍。「六小姐那邊倒是挺安靜。」說著將手裡的雙面繡遞給長房老太太看。

針線平整，可見心裡不亂。

「四小姐幫六小姐選了套衣裙，淺紫色的褙子、鵝黃色的宮裙，還有一朵粉紅色紗花。」

長房老太太抬起眼睛看聽竹。琳芳真是有心思。

「琳怡沒有問妳這樣穿妥不妥當？」

聽竹搖頭。「看樣子六小姐打算就這樣穿著去。」

大家族裡的小姐，別看大門不出二門不邁，只要到了要說親的年齡，全都一肚子的心思。琳芳雖說有幾分的伶俐，卻被二老太太和二太太田氏慣壞了。

「去打聽林家那邊，瞧瞧他們是什麼意思。」

第二天，琳怡梳妝好和三太太蕭氏一起上了馬車。

林家早早打開了大門，院子裡收拾得乾乾淨淨。

林大太太給老夫人請了安，然後到抱廈裡吩咐下人仔細安排宴席。今日不光是宴請陳三太太，她還叫來相熟人家的夫人、小姐。

林大太太將所有事安排妥當，回到自己屋裡，不一會兒工夫，有人來道：「薛姨媽來了。」

薛姨媽是林大太太同胞妹妹，薛姨媽的夫君去得早，她領著一兒一女過活，沒事的時候經常來林家和林大太太說話。

林大太太笑著將薛姨媽迎進屋。「妹妹這麼早就過來了。」

薛姨媽笑著道：「左右在家裡也是無事。」

兩個人親暱地坐在炕上說話，屋子裡的丫鬟都退了出去。

薛姨媽道：「剛才我來的時候，聽說青哥在讀書。」

林大太太提到兒子，臉上頓時放光。「這孩子就是這樣，從來不歇著，有時候我瞧著都心疼。」

薛姨媽一臉的羨慕。「是妳好命，生下這樣的兒子，這才能在我面前說這些話，」說到這裡，薛姨媽頓了頓。「我們榮哥能有青哥一半上進我也知足了，好歹日子有個盼頭。」

薛姨媽說到了傷心處，林大太太忙收起笑容安慰。「青哥上進，我也有我的難處。」

薛姨媽嘆口氣。「我何嘗不知道……」話說到這裡，薛姨媽壓低了聲音。「若是陳家三老爺那邊真的有證據能扳倒成國公，妳真的準備讓青哥娶了陳六小姐？」

林大太太這幾日也是滿腹心事睡不著覺，為了家族利益，只能犧牲青哥的婚事。

「將來青哥進了翰林院，還怕招不來一隻金鳳凰？陳家三老爺面子上說是嫡長子，誰不知道陳家是由董氏把持，董氏娘家陳氏一族哪個敢惹，弄不好將來陳家三老爺從嫡長子變成庶子……」

這就是她最怕的事。想要利用陳家卻又怕被咬到手，她好不容易養了個金玉般的兒子，如何能用破瓦罐配了？可是林老夫人的意思卻是攥住這個機會。扳倒成國公那麼大的事，若不是聯姻的關係，陳三老爺怎麼可能被林家所用？可是能不能扳倒成國公還不一定，陳三老爺不過是個從五品知州，陳六小姐又沒有什麼過人之處。

薛姨媽看到林大太太的為難，皺著眉頭出主意。「妳不是還有個庶子，馬上就要記在妳名下了嗎？」

冒哥？這和冒哥有什麼關係？

薛姨媽低聲道：「依我看，可以讓庶子娶了陳六小姐，到時候妳將庶子記在名下，一樣是姻親。」

林大太太抬起眼睛。「陳家又不傻，怎麼肯？」

薛姨媽笑道：「姊姊忘了，有陳二老太太董氏在，陳家長輩怎麼會不答應？再說林家是書香門第，有什麼配不上他陳家的女兒？姊姊若是還不放心，就讓這次宴請出些差錯，陳家吃個啞巴虧。」

陳家吃個啞巴虧……這個念頭在林大太太腦子裡一閃。她知曉陳蕭氏的脾氣，只要她說些好話，陳蕭氏就會相信。

「再說不過是庶子，又不是妳親生的，大不了關鍵時刻將他往前一推。」

冒哥的脾氣府裡人都知曉，不過才十三歲就近身了三個丫頭。老爺寵著那狐媚子，一直幫冒哥壓著這件事，如今那狐媚子要死了，又要將冒哥記在她名下。

薛姨媽接著道：「冒哥那個庶出的妹妹五小姐，也是個算計多的，我去她那裡點撥一下，她定然能替妳將事辦了。到時候弄出醜事，陳家要顧及女兒的名聲也只能將錯就錯，妳乘機出來做好人，為了陳家臉面將冒哥收在妳名下……」

林大太太聽得手心冒汗。「這……能不能行……」

薛姨媽笑道：「妳以為宗人府黃經歷家怎麼給庶子娶的媳婦？再說妳有青哥在，只要青哥露個面，那些閨中小姐自己就動了心思，這樣的事妳不是沒遇到過。」

林三太太的姪女就自己偷偷地跑去「看花」，差點就走到了青哥的書房。

薛姨媽道：「為了妳兒子的前程，行不行就試試。福寧那種地方教養出來的閨秀……沒有多大的規矩，到時候說出去，也只能說陳六小姐沒見過大世面失分寸。」

陳六小姐配不上青哥，和冒哥倒還算般配。

看到林大太太點了頭，薛姨媽道：「事不宜遲，我馬上去安排。」

馬車到了林家垂花門前停下來，跟車的丫鬟掀開藍緞的簾子，放下腳凳，將蕭氏和琳怡扶了下來。

下了車，琳怡抬起頭。

天空一片蔚藍。

前世她被林家娶進門時，被林正青牽引著向前走，她瞧見的無非是腳下的尺寸之地，那時她只想掀掉厚重的蓋頭，仰頭看看天空。

再踏入林家，恍如隔世。

這次她不是新嫁娘，而是他們請來的客人。

從前被林家抬進門時她沒看清楚的，今天就要看個明白。

她更要讓母親知道，林家是個什麼地方。

第十九章

林大太太主僕趕出來接應，見到了三太太蕭氏，林大太太一雙眼睛裡閃著淚光。「終於讓我給妳盼回來了。」

簡簡單單幾個字讓三太太蕭氏傷懷起來。

福寧這幾年雖說闔家平安，可畢竟是苦的，她是京裡長大的小姐，出嫁之後就隨著夫君離家千里，單獨立戶哪有那麼容易的，上有夫君下有一雙稚嫩兒女，無依無靠，說不想回京城是假的。

蕭氏穩住心神轉身去看琳怡，琳怡給林大太太行了禮。

林大太太笑咪咪地讓琳怡起身，目光在琳怡身上轉了兩圈。淺紫交領薔薇褙子，梳著單螺髻，戴了朵偏花，眉眼倒是細緻……只是彷彿少些靈氣，心裡這樣想，出口就變了模樣。「是不是福寧的水土好，怎麼養成這樣的美人，等過幾年長開了，那還得了。」

蕭氏聽著臉上笑意更濃。

林大太太挽著蕭氏往裡走，琳怡跟在後面，進了白玉石的如意平安門，就有林家兩位小姐等在那裡。

林大太太笑著指青色對襟荷紋褙子，十四、五歲的女孩子道：「這是三姊兒初嵐。」又指指草綠色暗紋褙子女孩子。「這是五姊兒初柔。」

林三小姐沈穩嬌柔些，倒是林五小姐開朗，很快就和琳怡說上話，讓琳怡講講京外的山水，一副羨慕的模樣。「我只是看過陳慶的遊記，最遠就是跟著母親出去上香。」

一邊說話一邊走上抄手走廊，風徐徐吹進來，衣裙如輕煙般飄在朱紅的廊柱上，琳怡看向門庭內的竹園。原來這條路這麼近，她那時覺得怎麼也走不到似的。

淡淡一瞥，琳怡收回目光，跟著林大太太進了花廳。

林家不像高門大戶那樣擺設處處透著富貴，花廳前種著竹柵欄，裡面養著薔薇花，門楣上有題字瘦硬挺秀的柳體，任誰走到這裡都要仔細地瞧瞧。

前世兩家遞庚帖的時候，林家庚帖上的字就讓陳家人傳看驚嘆。上面的字是林正青的。父親說些柳體的人要心正，心正則筆正，林正青的品行差不了。

現在想想，一笑了之。

眾人進了花廳，廊上才走出兩個人。

丫鬟上前請安。「大爺，太太說了，一會兒客人齊了讓您過去請安。」

林正青點點頭，那丫鬟才退下。

剛才仰著頭看題字的是陳六小姐，淺紫的衣裙不那麼顯眼，倒是有一雙淡薄的眼睛，目光清澈映著天空的雲卷雲舒，眼角一眨卻猶如含著春雨，真正的心思就藏在這雲朵下面。

這雙眼睛他彷彿在哪裡見過。就像他覺得東邊偏僻處該修了處小院子，他走過去的時候卻發現沒有。

最近的事真是奇怪又有趣。

林正青微微一笑，轉身走了出去。

沒見到林老夫人，三太太蕭氏問起來。

林大太太嘆口氣。「老夫人的頭風病又發了，疼了一晚上，天亮了才睡著。」

蕭氏剛要說話，就被司經局洗馬的侯太太搶了先。「過一會兒我們去給老夫人問安，」說到這裡，高高瘦瘦的侯太太堆了滿臉的笑。「我們老爺前幾日識得一位杏林先生，說有一劑古方專治頭風病的。」

林大太太眼睛立時亮了。「侯大太太說的杏林先生不知能不能薦給我們？」

侯大太太道：「我倒是總想著這事，只是那位先生不大好尋，打個照面便又去山東了。我讓我們靜姊將方子抄了下來，趕明兒姊姊拿去給太醫院的太醫瞧瞧，若是可靠，我們再尋那位先生不遲。」

侯大太太身邊面容甜美的侯二小姐拿出方子，身邊的丫鬟忙遞給林大太太。這一遞方子，滿屋太太、小姐眼睛裡都是若有若無的譏笑。

侯家想攀親的心思也太明顯了些。

大家說了會兒話就要擺宴，眾位小姐花紅柳綠地坐在一起，好不熱鬧。

齊家來了兩位小姐，坐在一處說說笑笑，很快引了旁邊的小姐過去，大家在一起說話，唯獨剩下了寫藥方的侯二小姐。

吃過宴席，太太們坐在一起說話，打發丫鬟帶著眾位小姐去院子裡坐坐，就有人提出要辦詩會。

在林家這種書香門第，少不了要動筆墨。

林家兩位小姐是東道，自然忙著張羅。

眾人看好了一處煙波亭，林三小姐讓丫鬟掛起半竹簾，既遮蔭又不擋視線。

大家擺好燕子箋，磨了老墨，林三小姐提議就以杏花為題。

幾位小姐輪流寫詩，林家兩位小姐和齊家兩位小姐不分伯仲，琳怡只是取中庸，不好不差正好過關。

琳怡一襲淡紫色衣裙雖然不受長輩注意，倒不受小姐們排斥，眾人很快就將她圍在中央，笑語殷殷起來，侯二小姐被掠在一旁，低頭擺弄裙角。

因要找詩興，幾位小姐也在園子裡走走瞧瞧。

一時丫鬟來送點心和林家自己做的菊花茶，正好輪到琳怡作詩，琳怡才拿起了筆，手臂輕輕一擺，才要沾墨，碰到了旁邊端盤的丫鬟，溫熱的茶頓時灑下來。

侯二小姐「呀」一聲將琳怡拉開些，一碗茶卻還小半灑在琳怡褙子上。

丫鬟登時跪下來賠禮。「奴婢該死！都是奴婢沒有拿住盤子……」說著嚇得哭起來。

林三小姐忙上前看琳怡。「六小姐有沒有被燙著？是奴婢不懂事，慌手慌腳害了六小姐。」

衣服雖然濕了，總是沒有燙到她，琳怡搖搖手。「沒事，」說著看小丫鬟。「快起來吧！」

小丫鬟如逢大赦，忙低頭匆匆走了。

琳怡笑道：「沒得因我壞了大家詩興，我們還是接著作詩吧！」

林三小姐倒不好意思起來。「這是哪裡的話，說起來都是我的不是，」說到這裡挽起琳怡的手。「妹妹的衣裙濕了，去我房裡換件吧。」

琳怡還沒開口，旁邊的林五小姐已經笑著。「姊姊若去了誰來做東道，不如我陪著六小姐過去。我的閨房離這邊不遠，豈不是比姊姊方便？」

林三小姐猶豫著看琳怡。

林五小姐異常熱絡。「姊姊還怕我將六小姐拐走不成？」

林三小姐頓時笑了。「看妳說的。」

說笑了兩句，琳怡跟著林五小姐去換衣裙，林五小姐拉著琳怡邊走邊指點園子裡的景致，長廊上漆著許多詩句，都是古往今來名人才子的佳作，走著走著就是一陣花香，斗拱雕花的門內隱約種著許多花草。

「走過這裡就是了。」林五小姐說完看向身後的玲瓏。「讓這位姊姊和穗兒先去我房裡選條衣裙湯了，一會兒六小姐過去也好穿。」
玲瓏有些猶豫，琳怡道：「妳跟著過去吧！」
玲瓏這才點頭跟著穗兒快步先走了。
林五小姐道：「這幾日家裡正曬墨呢，姊姊過來正好瞧見，不要嫌亂。」
書香門第曬墨，就是將晚輩聚在一起寫詩作畫，寫完之後放在後院晾曬，也是督促後輩好好讀書，否則胸無點墨，寫出來的東西擺上幾日要丟盡了臉面。林家有林正青在，可見墨曬的品質有多高，任是誰都想過去一睹為快吧！
琳怡果然有些興趣。
林五小姐鬆了口氣。整件事說不出的順利，果然像薛姨媽說的，福寧的閨秀沒見過大世面，哄騙幾句就能上當。
走過銜草廳就是染墨居，她的院子在染墨居旁邊，一會兒陳六小姐看大哥的詩畫入了迷、走岔路，可不怨她，她只需要從外面關上門，陳六小姐就和二哥共處一室，她趁著陳六小姐不注意悄悄走開，然後裝作將人丟了，讓婆子、丫鬟一陣找，這件事就遮掩不住。
陳六小姐在林家作客四處亂走引來的禍事和她無關，就算家裡長輩責罰，她也頂多被禁足幾日，再怎麼說陳六小姐是嫡女，哥哥這門親事算是撿到了。
她和哥哥為母親了卻一樁心事，母親記著她的好，必然不會虧待她。
林五小姐想著，心中萬分雀躍。陳六小姐正一步一步照她算計好的路走下去。

林五小姐不聲不響鬆開琳怡的手，開始悄悄跟在琳怡身後，只等琳怡跨進染墨居。

琳怡抬起腳正要往前走，忽然笑著轉過頭，拉起林五小姐。

林五小姐還沒反應過來，眼睜睜地被琳怡拉了過去。「妹妹這是變著法地害我，幸虧被我看出來。」

聽得這話，林五小姐頓時出了一身冷汗，不知不覺先琳怡一步走進了染墨居。

半晌，林五小姐才反應過來。「姊姊，妳——」後面的話還沒說出來，只聽得一聲門響，接著是落門的聲音。

林五小姐轉頭推了幾下門，門絲毫未動。「姊姊，妳這是做什麼?!」

想要將陳六小姐關進屋，沒想到弄了半天進屋的卻是她，林五小姐一陣著急，敲門的聲音將裡面的林二爺驚動了。

琳怡站在門外，聽到屋內一聲男人的咳嗽聲，抬起眼睛。上次林正青送來的流蘇繡她沒有動手幫忙，就沒能給林家留下好印象，似她這般資質平庸的女子，如何能配得上林正青？林家這次宴請她們，必然會用出手段試探她。

這一步步，她都是算計好的。

吃過虧的人，總是要多一分心眼，避免重蹈覆轍。

林五小姐對她熱絡，丫鬟正好對她潑茶，她又被引進內院換衣裙，沿路沒有遇見把門的婆子，玲瓏又被支走……就算她沒有準備，當她是傻的嗎？

林家宅院不是她陳家園子，她豈能隨隨便便四處閒逛？她是沒在京裡長大，不代表她不懂禮數。

就這樣吧，輕輕一撥弄，讓林五小姐自嚐苦果，親兄妹同室，她也不算壞了林五小姐的名聲。

她還要謝謝林家，讓她這麼容易就走贏了第一步。

琳怡退開兩步。「我知道京裡詩會輸了的人都要被憋詩性，妹妹就是要罰我才帶我來這邊，否則怎麼將丫鬟、婆子都支開了，又騙我走進染墨居？」說到這裡琳怡一笑。「不如妹妹先憋了詩性，我讓下人去請其他小姐一起過來，我們好好比上一場，看誰會輸了。」

屋子裡的林五小姐驚在那裡，張大嘴不知道說什麼才好。

聽得外面有人喊。「小姐、小姐妳在哪裡？」

琳怡應了一聲。

林五小姐全身的血登時都凝固了，如果這時候讓下人進屋瞧見了哥哥，鬧大笑話的就是林家。「好姊姊，」林五小姐勉強穩住心神。「我哪裡是要騙妳進染墨居……」

「我瞧見了，」琳怡笑道。「妳的影子在牆上，妳正要伸手推我呢。」

竟然被看到了。

林五小姐的聲音從屋子裡傳來。「我只是要跟姊姊開個玩笑……」

「妹妹可是嚇了我一跳，若不是我反應快，現在被關的就是我了。妹妹非要和我鬥首詩才算干休？」

鬥詩？不過是首詩，算不得什麼。

琳怡道：「那就由妹妹起題。」

林五小姐只好去案前寫了詩，從門縫塞了出去。

琳怡拿到詩文，笑道：「好，我去寫了讓人給妹妹送來。」

也就是說所有來作客的小姐都會知曉。林五小姐一下子洩了氣。

琳怡微微一笑，她就是要讓所有人都知曉，免得林家不認帳，反口說她害林五小姐，那時候，她就有嘴說不清了。

第二十章

琳怡帶著玲瓏一路輕快地回到煙波亭，侯二小姐先關切地問起琳怡。「衣裙怎麼沒換。」

她穿的是淺紫色褙子，就算灑上茶水也不大能看得出來，再加走了一路已經乾得差不多了。

琳怡微微一笑。「只是沾到了一點，不用那麼麻煩了，不過五小姐帶我去園子裡轉了轉，一路上見到不少漂亮的花樹。」

大家這才發現，琳怡自己帶著丫鬟回來的，那……

林三小姐道：「五妹妹人呢？」

琳怡上前提起筆，邊寫邊舒展眉角。「五小姐要和我鬥詩呢，大家先不要說話，免得一會兒她不肯認帳。」說著將林五小姐寫的詩放在一旁。

琳怡寫好了詩，大家圍上去瞧，不禁眼前一亮，不光是林三小姐，旁邊齊家兩位小姐也仔仔細細從頭到腳將琳怡看了兩遍。

沒想到在福寧長大的陳六小姐，還有這樣的心性，一首詩下來將旁人的都比了下去。

琳怡將燕子箋拿起來吹乾墨跡，遞給旁邊的小丫鬟。「快去尋妳家五小姐去。」

那小丫鬟一時愣住，不知五小姐在哪裡，待要上前問，卻發現陳家的小姐沒有告知的意思。

在場眾人慢慢看出了端倪。

齊家姊妹也四處張望著。

琳怡拿了梅花杯抿了一小口茶。林家的茶倒是極好，清香襲人，滿齒留香。

她走以後，林五小姐會大喊大叫吧，至少也尋人將門打開，想必那些下人聽到五小姐的聲音，都會慌忙去開門。

她沒必要當眾拆穿林五小姐。

點到為止，恰到好處。

一盞茶過後，林五小姐才一臉尷尬地走回來，將手裡的詩文還給琳怡。「姊姊贏了，我填不出下句。」

林三小姐也陪著妹妹赧然。「是陳六小姐這首詩作得太好，我也填不出。」

齊家姊妹互相看看。能在林家作詩得了魁首不太容易，就算不是書香世家的女子，也不能小覷。

天色不早了，眾位小姐回到花廳。

林大太太吩咐下去安排車馬，然後一陣熱絡地將大家送上馬車。

齊家小姐一左一右坐在齊二太太身邊，兩位小姐隔著母親，目光匯聚在一起，不禁輕笑起來。

齊二太太不明白，側頭看身邊的女兒。「這是怎麼了？這般高興。」

齊三小姐掩住嘴唇。「那位陳六小姐真是個妙人。」

齊二太太眼睛一亮，頓時好奇。「這話是怎麼說？」

齊四小姐搶先說：「要女兒看啊，是林家小姐看不起人家從福寧來，故意出了難題，沒想到卻讓陳六小姐拔了頭籌，林家兩位小姐輸得無話可說。」

聽得這話，齊二太太驚訝地半晌沒說出話來。林家兩位小姐在人前禮數周到，不像是會胡來的人。

齊三小姐道：「母親不信，我便將陳六小姐的詩文背給母親聽，陳六小姐用的是珍重句。」

珍重，加意愛惜。是讓誰愛惜自己的身分？

偏林家兩位小姐還對不出更好的句來。

要不是陳六小姐一笑而過，恐怕要僵局在那裡。

所以現在想起陳六小姐那淡然卻彷彿被風吹皺湖水般的目光，她才覺得有意思。

齊五小姐也笑道：「便是將這首詩給國子監讀書的哥哥瞧，哥哥也會覺得好。」

齊家馬車漸遠了，琳怡只聽得自家馬車聲響。

三太太蕭氏感覺琳怡的沈默，轉頭看向琳怡，只見琳怡黯然地低下了頭。「母親，女兒有話想問，只是不知道該怎麼開口。」

蕭氏從來沒見過琳怡這樣鄭重的神情，怔忡片刻。「有什麼話不能說的。」

琳怡抬起頭看向蕭氏，聲音清晰。「母親這次帶我去林家，是要讓我見什麼人嗎？」說著將林五小姐引她去染墨居的事說了。「我聽見屋子裡有男人的咳嗽聲。」

蕭氏嚇了一跳，將車廂裡的菊花粉釉香料罐打翻在琳怡腳邊。「這……是……真的……」

琳怡垂下眼睛。「這種事我怎麼敢亂說。」

蕭氏想不出究竟，顫抖著手。「林家……為什麼……」

琳怡不再說話，她只要在林家喉嚨上留下一根刺，誰去碰的時候，都會覺得疼。

送走了賓客，薛姨媽陪著林大太太在屋子裡坐，還沒說上兩句話，龔二媳婦進了屋，在林大太太耳邊說了幾句。

林大太太的臉色霍然變得難看。

在花廳裡沒有像預想的那樣聽到陳六小姐走丟的消息，她就知道這件事沒辦成，卻沒想到會是這樣的結果。

初柔被陳六小姐鎖在了染墨居。

林大太太差點急火攻心。「去……將初柔和二爺給我找來，我要問個究竟！」

龔二媳婦頭一低，忙去安排。

不一會兒工夫，林五小姐灰敗著臉立在林大太太眼前。

「陳六小姐說是鬥詩妳就承認了？」

那時陳六小姐明明已經看到了她的動作，她怎麼能不認？林初柔點頭。

「蠢貨！」林大太太破口罵道。

林五小姐幾乎哭出來。「陳六小姐說一路上沒見到下人，還說我將她往僻靜處領，這話傳出去了，旁人要怎麼想我們林家……」

所以就被人嚇住了，在眾多小姐面前承認。林大太太咬牙切齒，無話可說。

林五小姐看向旁邊的薛姨娘，薛姨娘點了點頭，林五小姐上前道：「母親，都是女兒和陳六小姐玩笑才惹出來的事，以後女兒再也不敢了。」

反正沒有人見證，就死咬住是玩笑。

林大太太冷笑一聲。玩笑，初柔半句沒提鬥詩的事，陳六小姐怎麼會突然提起詩性……八成是看出些端倪來了。這下陳家知道了這起事，說大了會想到男女之防上來，說小了是林家看不起從福寧回來的陳三老爺一家。

有了這件事，往後兩家交往……就算避著不談，也……如鯁在喉……

林正青將幾位小姐在煙波亭辦詩會的事聽了個清清楚楚，拿起陳六小姐那首無人能對上的詩。

前面的詩都作得隨隨便便，讓人看不出有什麼才情，偏要等到將五妹妹關在染墨居之後才大放異彩。

彷彿是被逼無奈挺直脊背，生怕被人看不起。

「你說陳六小姐看到了五妹妹的影子？」

林二爺點頭，就是這樣，五妹妹才沒有辦法辯駁。

影子。

未時末，影子在哪裡？陳六小姐看到了影子，五妹妹會看不到？

林正青嗤笑一聲。想要耍別人卻被別人耍得團團轉，他是該當作笑話說，還是替他們臉紅？

「去看院子裡的杆子。」

「什麼？」林二爺聽不懂。

「拉著五妹妹去看杆子的影子在哪裡。」

林二爺這才反應過來，瞪大了眼睛。用不著去看杆子他就知道，現在影子應該在東邊。

「哥，我們被騙了。」林二爺苦著臉。

聽到弟弟說「我們」，林正青皺起眉頭。別把他算進去，這種愚蠢的念頭不知道他們什麼時候生出來的。

林正青轉念想到那雙不表露半分喜怒，卻在閃閃發光的眼睛。

讓他熟悉又陌生。

三太太蕭氏和陳允遠說了林家的事，陳允遠將琳怡叫過去又問了一遍，這才相信林家這樣不堪。

「以後林家宴請都不要去。」陳允遠是火爆的性子，一掌將矮桌上的瓷器拍得跳起來。

她也沒想到會是這個樣子，蕭氏小心翼翼地問：「若是林家想要結親呢？」在花廳裡，林大太太對她還是十分熱絡的。

陳允遠冷笑一聲。「百年世家哪個這樣沒規矩？結親？跟誰？林家大爺？為什麼不正大光明地提出來？八成是覺得配不上才偷偷摸摸……」

蕭氏也皺起眉頭。「老爺的意思是……」

陳允遠道：「林家二爺是個庶子，沒什麼本事，連秀才也混不上。」

蕭氏不敢相信。「說不得是弄錯了，琳怡在門外聽不真切。」畢竟是從小到大要好的姊妹，待她又那麼熱絡，不可能做出那種事。

陳允遠板著臉不說話，琳怡向來穩重，不可能沒弄清楚就這樣說。

蕭氏嘆口氣。「本來我們也沒想著要和林家……」

陳允遠的脾氣才緩和下來。

蕭氏眼睛一紅。「我只是擔心老爺的事，既然不想和林家走近，老爺要怎麼辦……若是老爺有了差錯，我們娘仨要怎麼辦才好。」

陳允遠站起身。「無論怎麼樣，我都不能賣女求榮。」

琳怡帶著玲瓏在炕上做針線。

橘紅又端來一盞燈。「小姐這幾日連夜趕針線，萬一累壞了眼睛怎麼得了？不如小姐去歇著，我和玲瓏先將邊上的花草繡了。」

琳怡手上不停。

雙面繡難做，她又要趕時間。林家那邊倒是先穩住了，可是接下來還有更重要的事。

第二十一章

琳怡很晚才睡，第二天醒來的時候眼睛酸澀，玲瓏忙去泡了菊花枸杞茶。喝完了茶，又用絹子包住菊花敷了敷眼睛，琳怡這才覺得舒服了許多。

吃過早飯，琳怡去給家裡的長輩請安。

二老太太董氏笑得和往常一樣，彷彿沒有將琳怡去林家的事放在心上，旁邊的琳芳不大痛快。

琳芳是不想讓林家長輩喜歡琳怡，可是不等於想要林家和陳家有隔閡，這次的事讓琳怡一攪和，萬一將她也牽連了……畢竟大家都是陳家女。

一會兒工夫，有丫鬟進屋送了封信。

琳芳正伸起光潔的脖頸去看，丫鬟道：「是給六小姐的。」

給她的信？琳怡放下手裡的茶碗，讓玲瓏接過來扁長的信盒。琳怡打開盒子眼睛一掃，在信封的右下角找到了信的主人。

齊三小姐。

琳怡抬起頭看向二老太太董氏。「是在林家作客遇見的齊家三小姐。」

這麼快就和京裡的小姐有了往來。二老太太董氏仔細瞧了琳怡一眼，露出了慈愛的笑容。「凡是書香門第的小姐，能多多往來也是好的。」

琳芳今日難得露出春風拂面的笑容。「齊家小姐我見過幾次，性子都是極好的，上次齊三小姐還送了我一串瓔珞。」

比起送瓔珞，琳怡不過收到一封信而已。

閨閣中小姐互相通的信沒有太多實質內容，問問琳怡的喜好，邀請琳怡有空去作客。琳怡回了一封，送給齊家兩位小姐一人一只香包，香包裡放了她親手做的香料。很快，齊家三小姐又寫信問琳怡香包的做法。

琳怡是修了柏木、照著魯班鎖做的香包，外面則用一條五彩流蘇纏繞繫成百福結，最後將香料抖進荷包裡。香料是用桃花、杏花和著雨水做的，聞上去香甜帶著許青澀，手巧的人還能將荷包打開，變成鑲了一層錦緞的魯班鎖，閒來無事的時候可以拿出來擺弄魯班鎖，只不過這樣的魯班鎖擺起來更加有趣，四面不同的圖案擺出不同的模樣，就像給香包改頭換面。

琳怡一路從福寧來到京城，悶在車裡幾個月，除了看書就是擺弄各種魯班鎖，那時候她想，不如將魯班鎖做成小巧的香包佩戴在身上，玩過一次也滿手沾香。

齊三小姐、五小姐按照琳怡說的將百福結打開，只是擺弄了幾下卻不記得要怎麼繫結子。雖然魯班鎖上有為穿繩子做出的小小豁口，這些豁口卻像迷宮一樣，怎麼也穿不到原位。

總不能將東西送去陳家，請陳六小姐繫好了再送回來吧？

兩位小姐正垂頭喪氣，秋菊撩開簾子道：「二爺來了。」

齊二爺還沒反應過來，已經被兩個妹妹拖了過去。「齊大才子快來幫忙。」

齊二爺看一眼桌子上的東西。

雖然是婦孺用的香包，卻是……魯班鎖。誰做的？

齊二爺試了幾次，彷彿總是走錯一步，若是能多想想，將魯班鎖綁在一起也不是不可能。

看著哥哥修長的眉毛皺起來，齊三小姐笑出聲。「可惜哥哥堂堂鬚眉，不若彼裙釵。」就這一句專戳人軟肋，哪個男子聽了願意服輸。

齊二爺習慣了妹妹的玩笑，並不放在心上，坐了一會兒就回去書房，很快，齊三小姐將魯班鎖送去。

雪雁小聲道：「三小姐說了，請二爺幫幫忙，下次出去三小姐、四小姐還想戴著呢。」

兩個妹妹平日裡就和他親厚，得了有趣的東西果然第一個想到他，這是……唯恐博士留下的課業太少。

齊二爺本不想理會，畢竟過幾個月就是秋闈考，可是背了會兒書，眼睛又不經意掃過去。

這樣的小玩物，擺弄起來應該不難，於是不知不覺放下手裡的書本……

過了幾日，琳芳的趺坐蓮花觀音像畫好了，讓陳家的人都過去瞧。

琳怡見到了很少露面的二太太田氏。

田氏穿著淡青色暗紋褙子，梳圓髻，頭上只戴了幾根翠玉簪，簡單的打扮卻顯得她眉眼舒展，氣質清淡高雅，眉心的朱砂痣如同新露出的花蕊，格外鮮豔。

琳芳是漂亮，但是只像了田氏的眉眼，獨少了清麗的才情。

琳芳伸手指畫卷上的侍從。「我特意加了兩個侍兒陪著母親。」

琳芳畢竟是琴棋書畫樣樣精通的才女，畫起畫來也像模像樣，加上投其所好，惠和郡主肯定會喜歡。

二老太太董氏笑著點頭。

琳芳鑽進田氏的懷裡。「在觀音身邊自然學了幾句佛語。」

「不得拿觀音大士開玩笑。」田氏板起臉，卻掩不住眼睛中的笑意。

琳芳乾脆借著這句去跟二老太太董氏撒嬌。「祖母，妳瞧母親，對旁人都那麼慈善，唯獨對我這樣嚴苛。」

二老太太董氏笑道：「妳這樣嬌氣，不怕妳六妹妹看著笑話。再說，妳母親不是嚴母，就要養出個潑猴，等去了郡主那裡不要讓人打回原形。」

琳芳得意地看向琳怡。「六妹妹快替我說些話。」

琳怡微笑著看琳芳。「那我也要想想……四姊姊都有什麼好處可說……」

琳芳黑了臉。「連六妹妹都欺負我。」

一場戲唱下來，琳芳猶不覺疲累，最後親暱地拉起琳怡的手。「六妹妹，有機會也帶妳一起去郡主府上，鄭家的花園格外漂亮，聖上都讚嘆過呢。」

琳怡笑了。「我不懂得許多規矩。」

琳芳道：「有我在妳怕什麼，我寧可不顧自己，也要顧著妳的。」

說得彷彿她真的會去似的。

當天，長房的聽竹又準時到了琳怡房裡，琳怡像往常一樣陪著聽竹做針線，聽竹很晚才走，琳怡繡雙面繡也到戌時末才算大功告成。

第二天，琳怡本想多睡一會兒，門口卻傳來婆子的聲音。「煩勞姑娘們早些叫六小姐起來，老太太特意囑咐大廚房早些造飯。」

田氏和琳芳要早些出門去郡主府，飯食自然也早了些。

琳怡起了床，去給二老太太請安。

琳芳穿了件鵝黃色薔薇花交領褙子，外罩一件青色鮫紗、粉色百褶裙，梳了妃子髻，戴了套點翠鑲寶首飾，每走一步，頭上的蝴蝶都跟著顫巍巍地展翅。

二老太太董氏囑咐了琳芳一番，無非是別忘了各種禮節，行禮要按品級大小別弄錯了，然後琳芳才俏生生地跟著田氏出門。

送走了琳芳，琳怡剛要起身回房，董嬤嬤帶了長房老太太身邊的白嬤嬤進屋。

白嬤嬤向二老太太董氏請了安。「我們老太太出去作客，特意讓我來叫四小姐和六小姐一起跟著。」

二老太太董氏一怔。「四丫頭和二太太出去了。」

白嬤嬤不禁焦急。「怎麼這樣湊巧？我們老太太本來不想出去的，可是一再被人邀請，也不好不去了。」說著看向琳怡，鬆口氣。「還好六小姐在這裡。」

二老太太董氏不好開口問，董嬤嬤先道：「這……長房老太太要去哪裡？」

白嬤嬤道：「要是別的地方也就算了，是去鄭家作客。」

鄭家？哪個鄭家？

難不成是剛提過的鄭家。

二老太太董氏錯愕。「是惠和郡主？」

白嬤嬤笑著點頭。「可不是。」

琳怡感覺到一道凌厲的目光落在她身上。

屋子裡靜謐了片刻。

「那就太巧了，」董嬤嬤看看二老太太董氏。「二太太和四小姐去的也是鄭家。」

白嬤嬤驚呼。「原來惠和郡主還請了二太太和四小姐？」說著微微一頓。「我們老太太也不知道。」

二老太太董氏看上去平靜。「二太太和琳芳才走，說不得在鄭家門口就能遇上，」說著轉頭去看琳怡。「快換套衣服，跟著長房老太太過去。」

琳怡這才明白過來，忙吩咐玲瓏。「去燙套衣服。」

白嬤嬤笑著道：「那奴婢就回了老太太，一會兒讓馬車來接六小姐。」

白嬤嬤告退，琳怡回房裡換衣服。二老太太董氏臉色微凜看向董嬤嬤。「這是長房老太太早就安排好的。」

既然早就接到了請帖，為什麼遮遮掩掩的，非要等到要走了才讓白嬤嬤過來叫四丫頭和六丫頭？

長房老太太就是個笑面虎，背地裡專用陰損的招數。

「怎麼沒讓人打聽出來？」董氏皺起眉頭。聽蘭是長房老太太身邊的丫頭，有什麼事能瞞過她？

董嬤嬤躬身道：「許是沒放在心上，這幾年，長房老太太很少出去宴席。」

這下好了，一個陳家倒分了兩路去赴宴，稍不小心就會被人抓住把柄。

董嬤嬤低聲道：「眼下怎麼辦才好？」

不過就是宴席，能怎麼辦？長房老太太要帶琳怡去，她還能攔著不成？只是……琳芳打扮得那麼明豔，臨走還穿了玉底的瓔珞寶石鞋，琳怡打扮得太差，在外面人看來還以為她苛待了老三一家。

她一心要讓琳芳出挑，長房老太太卻在這時候給她添堵。

「將新給琳芳做的那件桃紅色鮫紗罩衣給六丫頭送去。」本來是給琳芳安排的，卻讓琳怡撿了便宜，現在卻又不能不這樣做，歸根到底是給琳芳裝扮得太過精心。二老太太董氏說著胸口悶，目光又尖利起來。「去，看看六丫頭是不是和長房老太太串起來裝神弄鬼？」

要是這樣，別怪她以後不客氣。

第二十二章

琳怡房裡亂成一團，三太太蕭氏聽了消息也忙趕過來。譚嬤嬤和蕭氏兩個在房裡已經選了一通首飾，自然是什麼好拿什麼，金的、玉的一股腦兒堆在琳怡眼前。

在福寧的時候沒參加過這樣的宴席，蕭氏自然是不知道怎麼做才算妥當，於是一邊選衣服一邊唉聲嘆氣。「知曉消息太晚了，不然能讓成衣匠專做一套春衫來。」

還是董嬤嬤拿了一件桃紅色薔薇鮫紗，蕭氏才定了要琳怡穿那件荷綠暗紋桃紅鑲邊妝花褙子。蕭氏想到琳芳梳了神仙髻，也要讓媳婦子給琳怡梳一個，還好琳怡勸阻住，只要了平常的單螺髻，在髮髻上繫了條桃紅色的瓔珞。

忙碌了半天，門上的婆子來道：「長房來接六小姐了。」

蕭氏這才將琳怡送出門，看著琳怡上了馬車。回來的路上，蕭氏忽然後悔，忘了給琳怡換雙蜀錦緞面的繡鞋。

旁邊的董嬤嬤看得分明，回去和二老太太董氏說：「看樣子三太太一家也被蒙在鼓裡。」否則就不會弄得人仰馬翻。

二老太太董氏將手裡的佛珠拍在矮桌上。「長房老東西打的什麼主意！」打的什麼主意，只有長房老太太知道。

算計了二老太太董氏，長房老太太也覺得心情舒暢，董嬤嬤鬼鬼祟祟向車廂裡張望的模樣，就像一隻猥瑣的黃鼠狼。

長房老太太越看琳怡越順眼，六丫頭在林家表現得有骨氣，這一次又十分穩重，連二老太太董氏都騙了過去。十三歲的女孩子，單薄肩膀上能擔住這個不容易。

「禮物準備好了嗎？」長房老太太笑著問。

琳怡點頭，這幾日有聽竹幫忙，她總算是繡完了。琳怡將繡好的扇面拿給長房老太太看。

聽竹從六丫頭那裡回來也沒有多提及這份禮物，現在仔細看來，這雙面繡……明繡是垂柳鶯啼的景致，暗繡是祈福的經文。

京裡盛行團扇，不過鮫紗、妝紗的開始覺得輕盈，如今倒是膩煩了，這樣精緻的雙面繡用了層純青色鑲邊，惹眼又大氣。天氣漸漸熱起來，女眷手裡都少不了扇子，尤其是郡主手裡一拿，準讓人側目。長房老太太笑了。「虧妳想得出來。」

時間緊迫，她能做的也就是這些小玩意兒。

馬車到鄭府垂花門前停下，迎客的丫鬟、媳婦子忙上前將長房老太太、琳怡攙扶下來。下人早就伶俐地報了長房老太太的身分，丫鬟、媳婦子一陣行禮。

鄭家是大辦宴席，前府、後府都請了客人，後府由鄭家的姑嫂、奶奶幫忙照應。長房老太太年紀大，鄭二太太親自來迎。

鄭二太太上前給長房老太太行了禮。「老祖宗您可算來了，我們老夫人聽說您要來，一連問了好幾次。」

長房老太太笑道：「老姊姊身子可好？」

鄭二太太蹲身道：「托您的福，身子爽利著。」

長房老太太李氏和鄭老夫人周氏是通家的好姊妹，李家和周家聯過姻，李家的姑奶奶嫁給了鄭老夫人的二兒子，誰知那位姑奶奶福薄，進門一年就沒了，鄭老夫人打心裡喜歡這個兒媳，也因此大病了一場，之後過了一年，鄭二老爺才納了鄭二太太為繼室。

來鄭家之前，琳怡也做了些功課，不過知道的都是面子上的事。

鄭二太太臉上有些深意，在長房老太太面前不敢有半點失禮。按理說，以鄭家的身分不必這樣，看來鄭老夫人很在意老太太這個閨中好友。

只是為什麼長房老太太和鄭家沒有來往？

「這位是……」鄭二太太笑容一深。「六小姐吧？」

長房老太太道：「三老爺的女兒。」

琳怡斂衽給鄭二太太行了禮。

這位陳六小姐比起之前來的陳四小姐少了急切多了從容，裝扮得也恰到好處，清新自然讓人眼前一亮。

琳怡跟著長房老太太進了花廳，祖孫倆才邁進門檻，就聽得花廳裡有清亮的女音。「伯祖母常在我面前說起老夫人，伯祖母說老夫人愛吃雨後龍井。」

慈愛的聲音道：「好孩子，難得妳都記得。」

在人前大方得體周旋自如的是琳芳。

水晶簾子一掀，琳怡果然瞧見琳芳抬著頭微笑，不過這笑容在看到長房老太太和她時變成了錯愕。

琳芳怎麼也沒想到會在這裡見到她吧？

長房老太太被讓到座位上，琳芳才回過神來，站去了長房老太太身邊。

大家互相行禮、寒暄。

紫紅發亮的紫檀椅子上的鄭老夫人差點起身拉著長房老太太敘話。

琳芳站在旁邊不停地給琳怡使眼色，琳怡只當沒看見並不理會，不多一會兒工夫，琳怡看到了穿著鵝黃色團花蜀錦褙子，頭戴金鑲玉觀音分心、赤金鏤空牡丹花、鳳凰展翅滴水紅寶石步搖，尖瘦著臉，嘴角漾著笑意的惠和郡主。

惠和郡主的年紀和陳二太太田氏相仿，只是田氏長年過午不食，面色發黃，不如惠和郡主細緻，於是看上去像是年長惠和郡主幾歲。

大家禮數周到後，屋子裡說話的時間就留給夫人、太太們，琳芳還想蹭著長房老太太和田氏不走，卻看琳怡跟著國子監司業齊家的兩位小姐離開，也只能跟了過去。

齊家兩位小姐見到琳怡就問香包的事。「瞧瞧這百福結繫得對不對？」

琳怡接過香包，齊三小姐已經等不及道：「原來妳是故意在上面做出許多豁口，其實繩子根本用不著將它們全串起來。」

齊三小姐這樣一說，旁邊的幾位小姐都來瞧。

琳怡仔細地看這只香包，和她之前的繫法不同，但是也將魯班鎖緊緊綁在一起。比她繫得更簡單，怪不得不用穿過所有豁口，她之前竟然沒有想到。

「妳的法子比我的好……」琳怡將百福結打開又重新繫了個結，這下子將所有豁口都穿在了一起。

齊三小姐看著不由得撫手。「要是我和妹妹也打不出這樣的結子來呢，其實這裡有個妙處，還是——」

齊五小姐咳嗽一聲，齊三小姐才止住了話，親暱地拉起琳怡。「好妹妹快教教我這個香包怎麼做，我也想多做幾個來。」

小姐們都聚過來聽，琳怡將法子講了一遍，大家都覺得有趣，搶著看魯班鎖做的香包。

從前大家聚在一起很快就辦詩會、畫會，這些正是琳芳的長處，如今大家卻都去看琳怡的香包，琳芳空站在一旁反而插不進話去，不由得皺起眉頭。本來是高雅的宴會，卻讓琳怡那些小玩意兒攪得不得安寧。

幸好還有幾個人對那香包不感興趣。

琳芳就提出要做詩會。

琳怡耳邊隱隱傳來冷聲冷語。「妳不是跟她一樣都是陳家的小姐？」

琳芳還沒有回答，那邊兩個人已經走開。

琳怡順著聲音望過去，只見一個杏色褙子的小姐和一個青色褙子的小姐走開了兩步。

「別理她們，」齊三小姐笑著在琳怡耳邊道。「那是兩位御史臺家的小姐，傲氣得很，上次我們父親被御史彈劾，她們見到妹妹和我也跟見到罪人似的。」

被彈劾？

難不成是因為父親的事？

第二十三章

因為父親要被御史彈劾，所以兩位小姐不屑與她來往？

她記得父親就是從現在起被言官彈劾，卻沒想到真的在鄭家遇見言官的家眷。

長房老太太是不是知曉這個，所以才帶她過來？

兩位御史家的小姐眼看是故意冷落她，難不成她要向琳芳一樣主動靠過去？和御史的家眷有來往，這樣做說不得能改變父親如今的狀況。前世父親出事後，蕭氏常說若是認識京裡的重臣，至少能上門求人幫忙。

琳怡低頭思量。一切如果真像蕭氏想的這麼簡單那就好了……

父親在福寧的事是有人早就預謀好的，除非有人站在他們這邊。琳怡輕輕捏著手裡的絹子。她們全家此時此刻只能依靠旁人。

救父親不是容易的事。

琳怡挪開視線，接著和齊家兩位小姐說話。

看左右沒人注意，齊五小姐笑道：「上次妹妹送來香包，我和姊姊打開了卻繫不上，最後求了哥哥，誰知道哥哥也沒想出法子，還是第二日去國子監之後才拿回了這樣的繫法。」

拿香包去國子監？

「不知道什麼時候父親知曉了這件事，說哥哥玩物喪志，我和姊姊過去才解了圍。」

齊五小姐嘆口氣。「父親對哥哥就是管教太嚴，從國子監回到府中就關在書房，有一日懈怠就要被訓斥。」

齊三小姐道：「誰教今年就是秋闈考，父親說林家大郎不在國子監讀書說不得也能取頭籌，哥哥這般要是落第，就不必再進家門了。」

父親雖每日督促衡哥讀書，卻也是先生講課那幾個時辰，先生一走，衡哥就放任自流，就是這樣，衡哥有時還抱怨課業太緊。父兄說話時總是羨慕書香門第家，從小就能請到最好的西席，現在聽齊家小姐這樣一說，書香門第家的公子真是不易。

大家說著話，鄭家下人端上來各類果子、點心和梅子酒，鄭家幾位小姐也來作陪，琳芳急忙問起郡主的獨女鄭七小姐。

鄭二太太的小女兒鄭五小姐笑道：「七妹妹身子不舒服就不出來了，我們陪著各位姊姊妹妹，前院在蹴踘，我們不好過去瞧，不過可以讓人過來鞭陀螺、踢花毽。」

聽到蹴踘後，院小姐們眼睛都亮起來，只是前院不是閨閣小姐們去的地方。

鄭四小姐又提辦詩會，尋了家裡的樂娘彈琴，大家傳絹花，花落誰手裡，誰抽一支花籤，照上面的寫詩還要喝杯蜜酒。

雖說蜜酒不大醉人，可是免不得有人因好喝貪了兩杯，鄭家小姐怕喝醉了客人，就叫來丫鬟、婆子大家一起去花園裡看風景。琳芳是第一次來鄭家，想要圍著鄭家小姐熟絡，卻究竟比不上與鄭家常來常往的小姐們，琳芳很快就垂頭喪氣地被擠下來。

恰好園子裡有風，小廝拿來風箏，一時之間，鶯鶯燕燕都盯著碧藍的天空。

風箏越放越遠，倒有幾個人跟上風箏去了北園，琳怡、齊家兩位小姐、琳芳、兩位御史家的小姐，魏三小姐和東家鄭四小姐留下來，在花叢中抬了案子品茶。

大家正說著話，齊三小姐捂嘴笑道：「魏三小姐醉了，正靠在山石上傻笑呢。」

鄭四小姐聽了忙帶著丫鬟過去瞧，果然看到魏三小姐盯著花樹笑個不停，旁邊的丫鬟嚇得手足無措。

鄭四小姐道：「這可如何是好？」

魏家丫鬟忙作揖求情。「幾位小姐千萬不要聲張，否則我們家太太定會罰小姐的。」

魏三小姐抽了五次花籤都是自罰一杯，大家覺得蜜酒不醉人便由她去了，誰知道剛才還沒事，來園子一吹風倒是發作。

鄭四小姐看向旁邊的薔薇園。「要不然讓魏三小姐過去歇著。」

魏家丫鬟急忙謝鄭四小姐。「這樣使得。」

鄭四小姐忙帶了人攙扶魏三小姐去薔薇園。

鄭四小姐一走，貌合心離的小姐們就分開來坐。海御史家的七小姐、崔御史家的二小姐也起身去旁邊亭子裡對詩，亭子裡越說越興起，琳芳剛才作詩未盡興，也跟了過去。

琳怡和齊家兩位小姐說了會兒話，齊三小姐道：「我們換個地方去說話，我就要被她們的酸腐之氣熏死了，花也傳過了，詩也作過了，還來這一套。」

齊五小姐看看琳怡，向齊三小姐用眼色。

齊三小姐是個直率的。「五妹妹別瞪我，我本來就不喜歡陳四小姐的忸怩之態，」看到琳怡並沒有惱，齊三小姐接著說。「陳六小姐都沒生氣，妹妹倒擔心什麼？」

齊五小姐捂嘴笑道：「快看我這個姊姊，讓我怎麼說她才好。」

琳怡這邊正說笑，只聽亭子裡傳來一陣瓷器碎裂的聲響，幾個人驚訝地看過去，只見海七小姐正插著腰看琳芳。

琳芳惱怒的聲音斷斷續續傳來。「妳以為妳是誰……這裡是郡主府……妳倒將自己當作主人了？」

海七小姐嗤笑。「明明對不上詩來，還不讓人說了，我看妳和魏三小姐一樣喝醉了。」說著揮揮手。「快去歇著吧，免得讓人以為我欺負了妳。」

琳芳哪裡受過這種委屈。「妳說誰對不上詩來……」說著冷笑。「說起來是名門閨秀，其實還不是個破落戶？」

眼看著琳芳和海七小姐打起來，琳怡和齊三小姐、齊五小姐起身進了亭子。

海七小姐口齒伶俐，琳芳說不過，氣得直發抖。「我何處惹著妳了……妳分明開始就故意疏遠我……」

海七小姐笑著道：「妳還算有自知之明……誰教妳是陳家……」

「陳家怎麼了？」琳怡將琳芳拉到旁邊。「海七小姐是什麼意思？」

海七小姐臉頰通紅，顯然剛才也吃了不少蜜酒，現在正頭昏腦脹。

「海七小姐不是衝著我四姊，其實是針對我吧？」

海七小姐抬頭看琳怡，每次她想要嘲笑陳六小姐的時候，對上的都是這雙淡漠的眼睛，高傲得不將任何人放在眼裡，那目光就像一盆冷水突然潑在她身上，讓她感到冰涼然後是惱怒……

「妳知道我是誰？」

「海御史家的小姐。」琳怡聲音清淡。

「妳從福寧來不會不知道御史是做什麼的吧？」

琳怡還沒說話，旁邊的齊三小姐已經忍不住。「這次海七小姐又想要彈劾誰？」

海七小姐挺直了脊背，輕蔑地看了琳怡一眼。

一切盡在不言中。

琳怡抬起眼睛。「那海七小姐恐怕要失望了，我是一個閨中女子，不是朝上的士大夫。」

齊三小姐、五小姐聽了不禁莞爾。

海七小姐臉色又青又紫，狠狠地跺了跺腳。

崔御史家的小姐上前幫腔。「陳六小姐不要太得意，監察御史自然不能管妳這樣的婦孺，不過妳可知道這年頭被發配到寧古塔的家眷數不勝數。」

琳怡走上前兩步，微微蹲身，海七小姐臉上頓時一喜。本朝重言官，任何人都不敢在御史面前造次。「姊姊說得對，所以我們才要更加注意言行。」

桃紅色的鮫紗像晚霞般蓋住半邊天，笑容在嘴角，眼睛卻清澈得分明。

海七小姐半晌才回過神來。陳六小姐哪裡是道歉，是在譏損她。「妳——」卻一時挑不出琳怡話中的錯處。

「這是怎麼了？」臺階下傳來聲音，大家紛紛轉頭。

青石小徑上一個青衣小鳳尾交領褙子的小姐正仰起頭看過來，她身邊站著個男子，穿著淺藍色直綴右肩往下織的枝蔓暗紋，傾斜著迤邐而下，腰間束著松香嵌玉腰帶，站在女子旁邊顯得修長高大，臉上是溫和從容的淺笑，迎著光看過去讓人晃眼，恰如陽光下即要融化的冰雪。

「七小姐。」還是齊三小姐先開口。

郡主的女兒鄭七小姐？

鄭七小姐才要說話，只聽一陣急促的敲鑼聲，有雜亂急躁的聲音傳過來。「捉賊啊！快……快……別讓他跑了！」

「十九叔！」鄭七小姐喊了一聲。

那男子吩咐旁邊的婆子。「小心照顧好幾位小姐。」

那婆子不敢怠慢，急忙應承。

男子轉身走了出去。

第二十四章

怎麼回事？突然之間園子裡進了賊人？

鄭家下人忙護著幾位小姐到花廳裡坐下，還好眾位夫人、太太只顧得打聽賊人的事，並沒有仔細將自家的女兒叫來端詳，否則定會看出端倪來。

海七小姐氣鼓鼓地坐在椅子上喝茶，一杯碧螺春喝下去，倒是慢慢冷靜下來。這是在惠和郡主家作客，她對陳家小姐說出那樣的話來確實有些失禮，只是陳六小姐也太讓人生氣，齊家兩個小姐從來和她們不大熱絡，現在倒去趕著給從鄉下來的陳六小姐捧場。

她本來只是想譏諷幾句、出出胸口的悶氣，這才指桑罵槐，料想陳六小姐聽聽就罷了，誰知道陳六小姐會反唇相稽。

偏偏這件事還讓惠和郡主的女兒鄭七小姐聽見了。

海七小姐這邊生悶氣，屋子裡的其他人翹首以待，想知道那賊人有什麼三頭六臂，竟然不聲不響混進了鄭家。

消息漸漸傳來，原來是鄭家請了雜耍班子，賊人八成是跟著班子混進府。

齊三小姐、五小姐拉著琳怡坐在齊二太太身邊，將始末聽了一遍。「要不是管事的婆子去取郡主的外披，路過藏書閣聽到聲響，那賊人就能偷了書畫再悄悄溜出去。」

齊五小姐道：「嚇死人了。」

齊二太太慈愛地笑著。「可不是，把我們都嚇了一跳。」

鄭家的下人不少，遇到了這種事，想必不出一炷香工夫就能將賊人拿下綁送官府，花廳裡所有人都鬆了口氣。

外面的事告一段落，大家才察覺花廳裡那股不尋常的氣氛。

田氏先發現琳芳紅了眼睛，低聲問過去，不問還罷，這一問，琳芳的眼淚嘩啦啦地落下來，田氏不明就裡，琳芳飛快地看了眼屋裡兩個御史家的小姐，緊緊咬住嘴唇。

四周漸漸響起竊竊私語的聲音。

「這是陳六小姐吧！」進了屋的鄭七小姐笑著坐在琳怡旁邊。

鄭七小姐是惠和郡主所出，身分比其他小姐高貴，卻沒有半點的倨傲，說話時眉宇飛揚，多了幾分英氣。「在花園裡看到妳做的香囊，就想問問是不是魯班鎖。」

琳怡將腰邊的香包接下來遞給鄭七小姐看。

鄭七小姐越看眼睛越亮。「姊姊手這樣巧，竟能想出這樣的法子。」說著將香包湊在鼻端。「這是什麼香？」

琳怡笑道：「是杏花。」

杏花，鄭七小姐眼睛彎起來。「怪不得有股清新的味道，」說著又舉起來聞了聞，笑著跟琳怡皺起鼻子。「我在家裡聞的都是那些貴妃香、蜜蘭香，開始覺得好，現在就厭煩得很，姊姊這個是純粹的花香，怎麼都不嫌膩的。」
琳怡笑道：「妳若是喜歡，趕明兒我再給妳做只新的。」
話說到這裡，管事婆子來道：「賊人抓到了，夫人、小姐們不必擔憂了。」
屋子裡登時又活絡起來，琳怡沒有看到長房老太太，於是問鄭七小姐。
鄭七小姐道：「陳老太太在祖母屋裡說話呢，」說著微頓。「姊姊想要過去？」
琳怡頷首。「有陣子沒見到伯祖母了。」
鄭七小姐挽起琳怡。「那我陪妳過去。」
琳怡和陳二太太田氏說了一聲，在琳芳嫉妒的目光下讓鄭七小姐拉著出了門。
田氏也覺得十分意外。郡主的女兒怎麼會和琳怡這樣要好？低頭看琳芳，琳芳目光閃爍……
恐怕是在園子裡有什麼事。
花廳裡的夫人、太太看似抿著嘴在說笑，其實目光閃爍、各有心思。
眼看著琳怡和鄭七小姐出了門，田氏也帶著琳芳去園子透風。
走到僻靜處，田氏低聲問：「怎麼了？」
聽得田氏這樣一說，琳芳哭得喘不過氣來。「母親，海家小姐欺人太甚……」
田氏忙拿出絹子給琳芳擦眼淚。「慢慢說，是不是拌嘴了？海家小姐是說了妳還是說了妳六妹妹？」海家小姐無緣無故怎麼會欺負琳芳？

「是我……不過後來六妹妹來幫忙，就與海家小姐吵起來，正巧被鄭七小姐和一個……看到了。」琳芳鼻涕眼淚齊流。

田氏不由得驚訝。琳芳被欺負琳怡去幫忙？「那錯在誰？」是不是琳怡不懂禮數連累了琳芳？

琳芳抬起頭。「自然錯在海家小姐，她無事生非。」

琳芳斷斷續續的話在田氏腦子裡一轉。海大人是監察御史，海大太太剛才還與她閒話家常，若是海家對他們有偏見，她不會無所察覺，倒是說起三叔的時候，海大太太目光閃爍……所以海家小姐就算針對也該是對琳怡，琳芳事事妥當，絕不會讓人抓出錯處。

「擦乾眼淚，」田氏低聲道。「大家在一起說話難免磕磕碰碰，這都是小事。」

琳芳還要說話，田氏輕輕搖頭。「關鍵是將來……」將來能有個好前程。

琳芳的眼淚霎時止住，抽噎了兩聲，眼巴巴地看著田氏靜謐在那裡。

「我帶妳過去和海家小姐說話，妳和海家小姐就算有磕碰，也是因琳怡而起，」說著田氏伸手整理琳芳的髮鬢。「妳是姊姊，為了護著妳妹妹才和海家小姐爭了幾句，」這件事一定要有個原因，都是出在琳怡身上。「妳是個純真溫厚的好孩子。」

琳芳咬了咬乾澀的嘴唇。「那鄭七小姐……」

鄭七小姐比琳怡還小，不懂得這裡面的道理，關鍵是看郡主怎麼想。「誰的錯我們不管，關鍵是要置身事外。」這樣，不論最終結果如何都燒不到她們身上，回去之後老太太也能發落琳怡。
琳芳終於聽了明白，忙不迭地點頭。「母親這樣一說我想起來了，海家小姐先說六妹妹，我這才辯了幾句。」
田氏將琳芳攬在懷裡。「好孩子，妳受委屈了。」
田氏和琳芳重新回到花廳，鄭七小姐領著琳怡過了雕琢著蝙蝠花紋的東門，進了全宅主院，幾個丫頭、婆子正倚在鄭老夫人的闔聚堂門口餵鄭老夫人養的水禽，鄭老夫人要和陳老太太說話，就將屋子裡的人都遣了出來，只留了彩英、白芍在裡頭。剛才婆子來報有賊人，鄭老夫人就讓彩英、白芍出來打聽。
彩英剛問到是雜耍班子裡出了內鬼，如今已經被捉了，正要回去稟告，抬起頭看到了鄭七小姐。
彩英、白芍和幾個丫頭迎上來向鄭七小姐和琳怡行了禮。
鄭七小姐笑道：「我祖母和陳家老祖宗是不是在屋裡？」
彩英笑稟。「在裡頭說話呢，將我們幾個也叫了出來。」
鄭七小姐吩咐彩英。「姊姊進去和祖母說一聲，就說我和陳六小姐來了。」
彩英福了福身，正要轉身，只聽陳六小姐道：「什麼味道？園子裡在燒雜草？」
大家正找哪裡有煙，一個小丫頭看到雙渾濁的眼睛，一個鬼鬼祟祟的人影一閃，往青石甬路上去了，小丫頭頓時尖叫起來。

眾人順著聲音望過去，仍不知道發生了什麼。

那小丫頭哆哆嗦嗦地道：「還有……賊人……還有……賊人……」

彩英忙吩咐院子裡的粗使婆子。「快去報信，就說還有賊人在內院！」

粗使婆子連聲。「姑娘放心，我去去就回來，姑娘這裡要自己照應著。」

粗使婆子走了，彩英正想著是不是將門關起來，只聽白芍伸手指著正房道：「那兒……是不是著火了?!」

眾人這才看到竄起的火苗，彩英幾乎要暈過去。老夫人院子裡依東做了茅屋房，房簷下種著垂柳，老夫人意讓人沿著柳樹環修水池，這樣也有幾分雅致，誰也沒想過茅草容易著火。如今茅草房被燒著，火焰一下子沖天而起，院子裡的女孩子哪裡見過這般情景，全都怔愣在那裡，年紀小的更是嚇得堆坐在地上。

不過怔愣了一會兒，院子裡已經都是滾滾濃煙，鄭七小姐只覺得手被琳怡鬆開，身邊的琳怡道：「還等什麼?老夫人和祖母都在房裡，快進去救人！」

院子裡的婆子出去幫忙的、報信的，如今就只剩下這些女孩子，小的不過八、九歲，大的也才十幾歲，有幾個敢往濃煙處去?彩英、白芍、加上有數的大丫頭，恐也不能將兩位老太太攙扶出來，更何況陳老太太咳疾未癒，聞到這樣的濃煙如何能動彈?琳怡想到這個，將鄭七小姐拉去幾個小丫鬟堆裡。

鄭七小姐還沒反應過來，抬起頭就看見琳怡轉身跟在彩英幾個身後，進了主屋。

滾滾的濃煙直嗆人鼻眼，讓琳怡想到新婚那天晚上，無論怎麼喘息，胸口都如同被壓了石頭，又是憋悶又像是要炸開般。重生之後，她依然沒有多少勇氣想到那晚所有的一切，要不是長房老太太在房裡，她大概也和外面的女孩子一樣……

但是她知道長房老太太是為了父親和她才來鄭家作客，這樣的情分讓她顧不得害怕。每次夢到那晚的大火，她都會想盡一切辦法在大火中活下來。

她蹲下身子，掩住口鼻。沒想到終有一日，她還會面臨這樣的情形。

明明只有幾步的距離，卻走得那樣艱難。終於走到套間裡，聽到裡面一陣劇烈的咳嗽，她隔著煙霧，看到模糊的身影。

琳怡心中一喜，快走了兩步，扶向長房老太太。

只是這一下差點讓她摔在地上。

好沈，是因為長房老太太咳得沒有了力氣，所有的力量都傾壓下來。

琳怡與白芍一左一右地扶住長房老太太，冒著煙往外走。門口的煙尤其大，隨著風一下子灌進來，讓琳怡眼淚直流，腳下一軟，幾乎站立不住，卻在這時覺得手肘處被撞了一下，手腕也被人輕握，然後整個身體一輕，一下子就跨出了門檻。

第二十五章

出了屋子快走幾步，登時聞到新鮮的空氣，院子裡的丫鬟這時也圍了上來，琳怡只顧得擦臉上的眼淚，再仔細看去，身邊已經沒有剛才扶她的人。

剛剛模糊中只瞧見那修長、明亮的眉眼輪廓，彷彿是鄭七小姐嘴裡的十九叔。在鄭家這樣的大族中排行十九的，不知道是不是旁系族人。

這樣的念頭一閃而逝，琳怡忙去看扶著的長房老太太。

長房老太太閉著眼睛咳嗽不止，她上前拍撫長房老太太的後背。

彩英連聲打發幾個人去請惠和郡主和郎中，鄭家本來安靜下來的內宅，又亂作一團。

聽到鄭老夫人的闔聚堂失火的消息，鄭家上下所有人都大驚失色，鄭家老小顧不得賓客，徑直都往闔聚堂來瞧鄭老夫人。

闔聚堂燒了，下人便將鄭老夫人和陳老太太攙扶去了旁邊的菊廡。

鄭老夫人還好，咳嗽幾聲便止住了，陳老太太素日體虛，剛才被煙一嗆便勾起了舊疾，好在鄭家有宮裡賜下來的秘藥，用水化服了極通透，陳老太太的臉色才算漸漸回轉。

御醫很快被請過來，聽到兩位老太太身子平穩的消息，鄭家上下總算鬆了口氣。

御醫到側室開方子，鄭家的老爺、太太急忙跟去。

內室裡，鄭老夫人關切地看著陳老太太。「本想拉著妳說幾句話，誰知差點害了妳，」說著眼睛濕潤起來。「好在妳有個伶俐的孫女，否則我真是成了千古罪人，沒面目活在世上。」

陳老太太靠在蔥綠萬壽菊蜀錦大迎枕上，長長地吁了口氣，轉過頭看鄭老夫人。「老姊姊這是哪裡的話？這些年是我放不開那件事。現在想想，總是造化弄人，和老姊姊無關。今天說開了，心中不知暢快多少，剛才燒起火來，老姊姊要不是顧著我也早就出了門，」說到這裡，陳老太太眼睛中也見淚光。「我該感謝這場大火才是，讓我真正看清楚身邊的人。」

兩個閨中好友說起體己話，也是感觸良多。

「剛才趕著進屋救人的是老三的女兒？」鄭老夫人沒有忘記衝進屋裡那個身子單薄卻堅強果敢的陳六小姐。

陳老太太頷首。「是老三的女兒，我瞧著她好，就將她帶來了。」

鄭老夫人忍不住讚許。「還是妳有眼光，這樣的孩子我多少年也沒見過一個，妳看我們七丫頭是不錯，可是比起妳身邊這個就差得遠了。」

說到這裡，陳老太太眼睛中也有幾分期望。「妳們七丫頭那才是好，身分貴重，心腸又仁善，小小年紀便有多少人家惦記著娶回去做媳婦。我們六丫頭沒有福氣，跟著老三在福寧受了這麼多年苦，好不容易回來，卻也沒有人幫襯，」想了想卻又黯淡起來。「我又是一把老骨頭了，想要幫忙也是有心無力。」

鄭老夫人聽出陳老太太的意思。「這些年我也很少問起朝廷上的事，老大更不與我說什麼，不過最近我也能感覺出來，似是政局緊迫。」

陳老太太冷哼一聲。「奸佞之臣把持朝政，朝廷難有風調雨順。妳也知道我家大姑爺的事，好好的一家人硬是被小人……」

袁家的事她怎麼不知道，從前還好，自從貴妃進了宮，皇上整個人就變了。

鄭老夫人忽然想到一件事。「我聽聞從金陵調任了一位大人進了翰林院，如今在皇上面前也是半紅半紫，聽說那人和林家素有淵源，自然會替林家說話，妳何不讓袁家也藉此機會翻案？」

借林家之勢她不是沒想過，不過看林家對琳怡的算計，陳老太太冷笑一聲。「林家胃口大得很，我們高攀不起。」

鄭老夫人不便深問，兩個人正說著話，簾子一掀，鄭七小姐進了屋。「祖母、老太太現在覺得怎麼樣了？」說著一陣風似地鑽進鄭老夫人懷裡哭起來。

鄭老夫人拉起鄭七小姐。「我這不是好好的？妳也別再傷心了。」

鄭七小姐半天才緩口氣，不好意思地抬起頭看陳老太太。「孫女沒用，沒像琳怡姊姊一樣進屋救祖母。」她當時是被嚇傻了，回過神來也想進屋去，卻被小丫鬟死死攔住。

陳老太太笑著道：「六丫頭畢竟比妳大。」

那也是不一樣的，她就沒那個勇氣，第一個念頭就是讓下人進屋去。鄭七小姐目光閃爍。「琳怡姊姊是我見過最好的，」說到這裡鄭七小姐就氣憤。「那些眼高於頂的小姐，跟琳怡姊姊比起來根本就什麼都不是，可惜頂著那麼好的名頭。」

這話像是意有所指。

鄭老夫人和陳老太太對視一眼，低頭輕聲問：「外面有了什麼事？」

鄭七小姐立即道：「我去園子裡，恰好看到那位監察御史家的小姐說要將琳怡姊姊送去寧古塔。」

送去寧古塔？是小姐們之間的玩笑吧！

可是看到鄭七小姐一本正經的表情，陳老太太心裡一亮，立即明白過來，冷笑一聲。「多少年沒出過府門，如今我老婆子真是開了眼界。」說著抬眼看鄭老夫人。「再這樣下去，老姊姊也會跟不上形勢。」

這話的意思是，雖然現在鄭家安然無恙，保不齊將來也會被人牽制。陳老太太年紀大了，卻不改從前語鋒凌厲。

陳老太太吩咐白芍。「去將六小姐叫來我問問清楚。」

院子裡，琳芳的目光幽怨。「六妹妹怎麼就那麼巧趕上了？」

是覺得她救了長房老太太出了鋒頭才會這樣問吧？琳怡道：「剛才鄭二太太說了，姊姊沒聽到嗎？是賊匪為了逃跑才放的火。」這樣鄭家人救火，他也能渾水摸魚出了鄭家。

琳芳立即沒了話，眼睛眨了眨一臉關切，伸手幫琳怡整理衣裙。「妳可膽子真大，敢闖進門去。」

無休無止地打機鋒，琳怡微微一笑。「換了四姊，四姊也會的。」

琳芳一怔，立即靦覥地笑起來。「說得也是。」

兩個人說完話，惠和郡主和田氏拿著藥過來。

田氏將琳怡拉過來仔仔細細地看了。「有沒有傷到哪裡？」

琳怡搖搖頭。

田氏輕輕嘆氣，自然而然將琳怡攬在懷裡。「妳這孩子真是把我嚇壞了。」

慈愛的面容不多一分也不少一分，就算是蕭氏在這裡也不過如此。

惠和郡主顯然很喜歡田氏。「好在沒事。」

田氏頷首。「都是鄭老夫人和郡主平日裡積了福緣，這才有驚無險。」

輕輕巧巧將鄭家的責任拋開，說成是天降的禍事，讓惠和郡主心裡好受了不少。又說起福緣，惠和郡主這些年施善沒有白做。本來操辦宴會的惠和郡主不但沒有過失，反而有功。

田氏這話說得好聽，惠和郡主原本晦暗的眼眸果然亮了，真心真意紅了眼睛。「這麼多年積德行善總算沒有白做。」

田氏又是一副悲天憫人的表情。「郡主是大慈心，將來還有業報。」

惠和郡主果然跟著唸了句佛語。

兩個人打佛偈，其他人一臉茫然，琳芳卻聽得如沐春風。惠和郡主本來是要問琳怡救陳老太太的事，現在也全然忘記了。

田氏輕而易舉做了惠和郡主的恩人。

琳怡抬起頭看著田氏的菩薩臉。「二伯母說的是十善業道經。」

田氏微笑著伸手擦掉琳怡眼角的污痕。「是啊，將來妳和妳四姊長大了，也要學著惠和郡主樂善好施。」

田氏話音剛落，白芍來叫琳怡。「老太太請六小姐過去呢。」

是要單獨問她花園裡的事吧？

琳怡伸手拉起田氏。「二伯母，我們一起去看伯祖母。」

田氏剛充當了一個慈善的長輩，就不能一下子就變臉。

田氏笑了。「好。」

田氏帶著琳芳、琳怡進了屋。

看到田氏和琳芳，床上的陳老太太微微抬起眉毛，再看旁邊的琳怡微微頷首，陳老太太這才放下心。

田氏上前給兩位老太太請了安，又仔細問一遍兩位老太太身子如何，這才坐下來和兩位老太太說話，不一會兒工夫，惠和郡主親自端了藥到床前，就要伺候陳老太太喝藥。

陳老太太急忙擺手。「這可如何了得，怎麼敢勞動郡主。」

惠和郡主一臉歉意。「都是我安排不周才出了這等禍事，連累了老太太是我該罰，老太太不罵我已是疼我，我怎麼敢什麼都不做？老太太就全了我這份心。」

鄭老夫人也道：「床前奉藥本是晚輩該做的，妳便放手讓她就是。」

陳老太太這才嘆口氣從郡主手裡接過藥碗，床前的田氏哪敢怠慢，又捧過藥服侍陳老太太喝下。

喝完藥，大家都落坐，陳老太太問起琳怡亭子裡的事。

琳怡一時怔住，不知道怎麼說才好。

鄭七小姐耐不住。「姊姊直說就是，自然有兩位祖母和母親為妳作主，不能就這樣怕了她們。」

田氏一無所知地看向琳怡，柔聲道：「好孩子，到底怎麼了？」長房老太太這時候提起那件事，無非是想要郡主給琳怡作主。這時候提出這種要求，逼著鄭家和郡主就範，和訛詐有什麼區別，就算郡主心再善，心裡也會不痛快。

第二十六章

琳怡抬起頭來只看陳老太太。「伯祖母，我父親怎麼了？」

田氏沒想到琳怡開口就問三叔，就連旁邊的鄭老夫人也有幾分詫異。她還以為陳六小姐開口就會訴苦御史家的小姐驕橫跋扈。

這個問題倒是為難了陳老太太，陳老太太最終嘆口氣，看向旁邊的惠和郡主。

「為什麼御史要彈劾我父親？我聽說只有為官失職、貪贓枉法才會被御史彈劾，我們全家真的會被發配去寧古塔？」琳怡目光一軟，露出懼怕的神情。

屋子裡所有人都驚訝地睜大眼睛。

「這是誰說的？」陳老太太臉色變得鐵青，揚高了聲音。

鄭老夫人都沈下臉來。只是來作客，竟然就被嚇成這樣，就算外面再有風吹草動，也輪不到一個府裡的小姐四處揚言。京畿的小姐從小就有教養，嬤嬤在身邊，不會不懂得這些規矩，能這樣放肆是目中無人。老二還有心選海七小姐做媳婦，如今看來這樣的媳婦他們是消受不起。

「還能有誰，」鄭七小姐走幾步依偎在惠和郡主身邊。「自然是兩位御史家的小姐說的。」

琳怡彷彿無意責怪兩個御史家小姐，只是擔心父親。「伯祖母，我父親在海寧每年都要帶著衙門的人出去賑災，非要等到水退了父親是不會回來，我們兄妹和母親在家，生怕父親有個閃失。有一次我們家前也著了水，是母親和家僕帶著我們兄妹搬遷避災，所以這些年我們家很少置辦東西，」說這話琳怡看向田氏。「二嬸知道，我們進京時只有幾個箱子，那已經是這些年全部的細軟了。」

田氏畢竟不是泥胎的菩薩，該說話的時候不能裝聾作啞，更不能尖酸刻薄。

「可不是。」田氏一貫憐憫地嘆氣。

田氏順理成章站在了琳怡這邊。

「我父親還有不能治的腿疾，都是長年泡在水裡潰爛致的病。」父親的病從來不向外人道，更不讓蕭氏說出去，雖說是有骨氣，卻不免在官場上吃虧。

陳允遠的病，陳老太太也是第一次聽說，大家面面相覷，都知曉福建常有水災，卻不知道福建的官這樣艱難。

琳怡說完了話，鄭老夫人讓鄭七小姐陪著去園子裡走走，鄭七小姐自然樂意，高高興興拉起琳怡的手。

琳芳一步也不願意和田氏分開，就留在屋子裡。

田氏將陳老太太扶起來，陳老太太身子一動，咳嗽了幾聲，惠和郡主要上前服侍，陳老太太搖了搖頭。「不……不妨事……老毛病了。」

「這樣子怎麼行，就算要顧著家裡，也不能太過操勞，」鄭老夫人嘆著氣。「從前妳的身子是最好的，這些年硬是累垮了。」

她倒還不會被家宅那些事累垮，是眼看著允禮走了傷心罷了，身邊唯一寄託沒有了，她的心就如同一堆燃盡的灰燼，身上的病也是不在意，只等著有一日油盡燈枯，她也算徹底解脫。

「剛才御醫說，老太太這病也不是治不得，不過要花些工夫仔細調養。」惠和郡主道。「不如我出面請陳御醫……」

陳老太太笑道：「我不過是個老婆子，哪敢這樣麻煩，郡主不用放在心上。」

話到這裡，惠和郡主也不好深勸。

鄭老夫人道：「好了，妳們出去吧，我們兩個老姊妹再敘敘話。」

惠和郡主應一聲，外面又傳來聲音說前院的老爺來探望兩位老太太。

鄭老夫人聽了，笑道：「讓他們忙他們的，我們兩個老骨頭都好著，何必這樣興師動眾。」

惠和郡主這才帶著田氏出去。

田氏才踏出內室，只聽陳老太太道：「老姊姊妳聽聽，老三一家多麼不易，若是我那兒子在，定會想盡法子幫他這個弟弟，只可惜如今剩我這條老命……」

鄭老夫人道：「妳也別急……這件事……」

聲音漸弱，田氏再也聽不到。

琳怡和鄭七小姐走在後院的青石甬路上。鄭家用假山石圍了荷花池，又做了流動的活水，取名蓮葉天，鄭七小姐是個性子熱絡的，覺得這處風景好，特意將琳怡帶來散心。

琳怡低下頭，一池的碧水如同帷幕，遮掩著映出她和鄭七小姐的影子。鄭七小姐要了魚食請琳怡一起餵水禽，琳怡伸出手捏住一把撒下去，魚兒翻騰搶食。

鄭老夫人的主屋著火，雖然讓鄭家此行更順利，結果卻不一定如她想的那麼好。她畢竟年紀小，又待字閨中不太知曉朝堂上的事，能做的也只是在惠和郡主面前說實話，說不得鄭家看在和長房老太太的情分上伸手幫忙。

到底能有多少把握，她並不清楚。

在亭子裡，她上前與海七小姐爭辯，不過是要將這衝突儘量擴大開來，就是為了讓人知曉御史的家眷驕橫跋扈。御史是言官，言官重聲名，說不得會多多少少顧及一些，將彈劾父親的事放一放。畢竟彈劾的奏摺還沒遞上去，如今就已經弄得人盡皆知。

只要有了時間，父親還可以想別的法子。

該做的她全都盡力去做了，剩下的不妨先放下。

琳怡目光安然，鄭七小姐倒是愁腸百結，比自己的事還要上心。「姊姊有空就多來我家裡坐坐。」

琳怡笑著轉頭看鄭七小姐。「妹妹有空也去我那裡，我從福寧還帶來不少好玩的，改日也給妹妹送來些。」

提到玩，鄭七小姐眼睛一亮。「好啊！」又和琳怡說起京都的各種閨中遊戲，講到在府裡捉了蚯蚓釣魚，鄭七小姐差點就讓人拿魚竿來。

琳怡看著池塘裡的錦鯉，釣起來了還要放回去，還是算了，於是急忙打斷鄭七小姐的話，跟鄭七小姐講小時候她和哥哥如何跟著父親去小溪裡捉魚，結果兩個人弄了一身泥巴只帶回了幾隻小魚小蝦，蕭氏嘮叨父親好幾天。

鄭七小姐很少出門，就算去作客，不過是從這家的內宅到那家的內府，哪裡聽過這些，頓時羨慕起琳怡來。

兩個人又說到鞭陀螺，鄭七小姐想到自己屋裡有個新彩好的，就吩咐婆子去拿來送給琳怡。

等婆子轉身走了，鄭七小姐一把拉起琳怡。「我想到一個人說不定能幫妳。」

鄭七小姐帶著琳怡在前面走，兩個丫鬟緊緊跟在後面。

琳怡道：「要去哪裡？」

「放心，」鄭七小姐爽朗地道。「跟著我走就是了，只是不一定能不能遇到。」

鄭七小姐是要去找誰？

沿著湖邊上了長廊，走過雕影壁，到了一處青垣小院，像是內院的書房。

琳怡邁過門檻還沒來得及抬頭看，就聽鄭七小姐歡快地道：「十九叔，我知道你肯定在這裡。」

梧桐樹下遍開虞美人，鬱鬱蔥蔥中朦朧的花影，隨著風靜靜搖擺，紅色的花朵綿延著鮮豔妖冶，卻又有白色如同漫天散落的梨花白，混雜在一起分不清哪種悠遠、哪種驚心。

石桌旁坐著的那個人，抬起秀長的眼睛，目光清澈且遼遠，臉上靜謐的笑容明明輕淺，卻讓人看不透。

琳怡嚇了一跳，忙低下頭就要退出去。

鄭七小姐扯住琳怡。「怕什麼，有下人跟著呢，再說我們連著親又不算外男，誰敢亂嚼舌根？問完妳父親的事我們就走。」

雖然答應不走，琳怡卻不肯走得太近，鄭七小姐倒是不必顧這些，直接將琳怡的事問了。

琳怡聽得溫潤、清澈的聲音，似長琴上婉轉的中音曲調。「妳父親是福寧知州陳允遠？」

琳怡點點頭。「是。」十九叔應該是在朝為官的，否則不會知道得這樣清楚。父親是從五品的官，大周朝從五品的官員許多，能叫上名字必然是衙門裡的人。

鄭七小姐有些焦急。「十九叔，快想想有沒有法子，否則陳六小姐的父親就要被御史彈劾了。」

「現在就算郡主願意幫忙也不一定能來得及，只要御史奏疏一上，必然要有人查實。」

也就是說已經有人將一切安排好了，只等朝廷派人查證。琳怡聽到這個抬起頭。「這樣說，就沒有法子了？」

那人合上手裡的書，清澈的眼睛看著琳怡。「妳知不知道東街葫蘆胡同口有家芙蓉閣。」

芙蓉閣？聽起來……

鄭七小姐道：「我聽說過，是賣胭脂水粉的。」

那人微微一笑。「妳在福寧是不是也常出去走動？」是在問她會不會去父親同僚家作客吧？琳怡道：「母親也帶我去作客。」說到這裡，她驚訝地抬起眼睛。難不成他說的是……

真是聰明，和他想的一模一樣。

「就是這樣。」

第二十七章

十九叔的話她能不能相信？琳怡不能確定。她相信鄭七小姐，是因為鄭七小姐直率，所有的情緒表露在臉上，不用讓人猜，可是眼前這個人，雖然面容和煦，笑容似徐徐春風，溫文爾雅，可是卻讓人難以窺探他的真實想法。

她至少要將他說的話思量清楚。

聰明又心思縝密，小心翼翼不犯任何錯誤。他雖然見過陳允遠，卻不知道陳允遠能有這樣的女兒。

他悠然站起身，抬起頭看看天。「現在是酉時初，鄭府該安排客人離開了。」

只顧得思量竟然忘了時間。琳怡忙斂衽向他行了禮。「謝謝十九叔幫忙。」

十九叔，是隨了鄭七小姐的叫法，她在鄭家作客，且用之權宜，總該沒有大錯。

鄭七小姐帶著琳怡從書房出來，原路折返回蓮葉天。

剛才去拿陀螺的婆子已經焦急地等在那裡，看到鄭七小姐和琳怡忙迎上來。「兩位小姐可急死奴婢了，門房已經安排車馬，怕是一會兒就四處找陳六小姐了。」

鄭七小姐親親熱熱地拉起陳六小姐。「不然妳就住在我家，我們也好說說話。」她是見慣了京城小姐的扭捏，張口拽詩文，沒意思得很，好不容易遇到琳怡這樣為人做事痛快的，卻這就要走了，早知道她不應該在屋裡裝病。

第一次來人家作客就住下，那成什麼樣子？

琳怡道：「我在家裡也無聊，只是沒有準備，家裡長輩也不會答應的，」說著和鄭七小姐相視一笑。「以後有的是機會。」

說得也是，她大不了磨著母親再請陳六小姐。

臨走之前，琳怡還是將身上的魯班鎖香包留給了鄭七小姐。鄭七小姐拿著香包，依依不捨地將琳怡送上車，琳怡撩開車上的簾子和鄭七小姐告別。

車廂裡的琳芳臉色十分陰沈。

琳芳知曉長房老太太來了，就一定要和長房老太太搭一輛車回去，一上車，琳芳就霸占了琳怡的位置，將琳怡擠到了一旁坐下。這一路有了琳芳在耳邊聒噪，琳怡和長房老太太就都沒了說話的分兒。

琳怡看著笑意盈盈的琳芳。田氏是故意安排琳芳在車上，這樣礙於琳芳在身邊，她和長房老太太也不好說話。可就算不問長房老太太，她也知道，她和御史小姐爭吵的事，恐怕早就傳回了陳家，在二老太太董氏面前，她說不得就會因此受罰。

不過就是責罵而已，她並不放在心上，她要立即弄明白的是十九叔說的話。

馬車停在陳家。

琳怡和琳芳跳下車，田氏也下車來向長房老太太行禮。

車簾就要放下，長房老太太忽然道：「我還沒來看過這新修的院子，今天都到了門口，乾脆進去瞧瞧。」

田氏滿臉驚喜的笑容。「老太太聽了定會十分高興，只是怕您身子受不住。」

長房老太太揮揮手。「吃了藥已經好多了。」

聽得這話，田氏忙踏上腳鐙將長房老太太扶下來。

田氏做事真是滴水不漏。滿臉慈悲、良善讓人挑不出錯處，無論誰與她相處，都會喜歡上她的性子。

長房老太太登門的消息傳進內府。

董嬤嬤一邊稟告二老太太一邊心中詫異。園子新修好那會兒，老太太去請了長房老太太幾次，長房老太太都不肯來看，今天卻自己主動上門。

二老太太看一眼董嬤嬤。「快去安排，長房老太太第一次來，不要讓人挑出錯處。」

董嬤嬤忙應下來。

再怎麼說，長房老太太在陳氏族裡還是有些地位的。

長房老太太在前面扶著琳芳，琳怡和田氏走在後面，還沒到二老太太董氏的和合堂，二老太太帶著陳大太太、三太太已經迎了出來。

大家見面自然是滿臉的笑意，一起簇擁著長房老太太去主屋坐下。

長房老太太喝了些茶，便誇起這新修葺的園子，說到這園子的好處，琳芳是妙語連珠，長房老太太笑著聽完，將三太太蕭氏叫過來。「妳養了個好女兒，要不是她，今日我就要葬身火海，哪裡還有這個福氣遊園。」

三太太蕭氏突然聽得這話，心裡一驚，轉頭去看琳怡。「這……怎麼會這樣？」蕭氏的憨厚這時候徹底表露無遺。長房老太太默默在心裡嘆口氣，好在老三媳婦身邊有六丫頭這樣聰慧的女兒。

二老太太董氏也詫異道：「嫂子這話是從何而來？」

長房老太太就將今日遇險的事說了，眾人都向琳怡投去讚許的目光。

「都說我們陳氏女孝賢，」長房老太太拉起琳芳。「有這樣的妹妹是妳們的福氣。」

三太太蕭氏被說紅了臉。「琳怡也是正好在場。」

聽了別人誇獎辛辛苦苦養大的孩子，蕭氏感動之餘還不忘了謙虛。長房老太太又嘆了口氣。恐怕這屋子裡的人都明白了她的用心，只有作為六丫頭繼母的蕭氏不明白。她本來還指望蕭氏順水推舟，誰知道蕭氏是這樣心眼實誠的人。

長房老太太將琳芳和琳怡都叫到身邊。「女孩子家名聲重要，妳們是姊妹要互相幫扶，」說著笑道。「琳怡今日就做得好，幫扶姊姊，沒有被旁人欺侮了去，要知道我們陳家女兒也是有骨氣的。」

琳芳的表情徹底僵硬，連忙去看田氏。

長房老太太卻沒給琳芳思量的時間。「四丫頭，海御史家的小姐是不是對妳惡語相向？硬說妳酒後失禮？海家將過錯全都推在我們家孩子身上，我如何能饒了她們？若是外面有了半點不好的傳言，妳們放心，有我老婆子在，必定替妳們撐腰。」

海家居然將過錯推給了她？琳芳頓時激憤。「是海七小姐對詩輸給我惱羞成怒，才污言穢語地罵我，說我喝醉了酒……」

長房老太太輕巧地幾句話，就讓琳芳不知不覺將當時的情形說了出來。

這下田氏再厲害也不會黑白顛倒。

長房老太太將琳芳拉進懷裡。「可憐的孩子，讓妳受委屈了。」

長房老太太平日裡病懨懨地不願意說話，到了關鍵時刻也是不含糊。

大家又聚在一起說了會兒話，長房老太太便覺得疲累了要回長房去，二老太太董氏忙讓人抬了軟轎來。

琳芳、琳怡將長房老太太扶到軟轎上，又一路跟著送出垂花門。

送走了長房老太太，蕭氏將琳怡叫去屋子裡仔細看了一遍。「還好沒受傷，出去宴會倒發生了許多讓人害怕的事。」

琳怡讓蕭氏擺弄著轉了一圈，笑著道：「我這不是好好的？母親就安心吧！」

蕭氏板起臉來。「下次宴會，說什麼我也要跟著妳一起去。」

「母親，」琳怡笑著想起來。「聽說東街葫蘆胡同口有家芙蓉閣的胭脂極好，明日母親能不能帶著我去買盒回來，我也想看看京都夫人、小姐用的香膏。」

蕭氏聽得琳怡這話，眼睛頓時一紅。「好，明日吃過飯我就帶妳出去。今天看到琳芳的打扮我才知道，這些年真是委屈了妳。」

沒想到一句話倒引出蕭氏的傷感。

琳怡安慰蕭氏兩句，說起兩位御史家小姐的事。「母親，那兩位御史看起來是真的要彈劾父親了。」

蕭氏臉上的表情立即變作驚愕和懼怕。「這……這……是真的？」

母女倆正說著話，陳允遠從衙門裡回來，進屋便看到蕭氏紅通通的眼睛，皺起眉頭。

「這又怎麼了？」

陳允遠不問還好，這一問，蕭氏更忍不住。「老爺，真的有御史要彈劾你？」

陳允遠一怔，他也是打聽到的消息，怎麼家裡先知曉了？今天回來晚也是同僚給他出主意，看看求誰幫忙才好。

蕭氏說明原委，陳允遠的表情越來越難看。「真是欺人太甚，別說現在奏摺還沒遞上，就算遞了奏摺朝廷真要查我，我也是一身清白。」

蕭氏聽說朝廷會查下來，更加膽顫心驚。「老爺，你要想想對策才是啊，琳怡說長房老太太已經求了鄭家，不如老爺親自登門再去求求鄭閣老。」

陳允遠負手在屋子裡踱步。他不是沒想過，只是鄭閣老年紀大了，在朝為官走中庸之道，誰也不願意開罪……

「倒是有人跟我提了康郡王……」

康郡王——琳怡眼睛重重一跳。拿父親邀功的康郡王。

她要避開林家，父親更要避開康郡王，否則一切就又回到從前。

第二十八章

蕭氏聽到康郡王的名字，立即想到宗親的權力，一臉期望地看陳允遠。「老爺，康郡王能幫忙嗎？」

陳允遠搖搖頭。「去年康郡王倒是去了次福寧，不過我也只是報過公務，沒有別的來往。」

陳允遠做人正派，從來不會官場變通，所以跟上峰關係實在尋常。

「那……」蕭氏不死心。「說不定康郡王知曉老爺清廉，就算御史彈劾，那也是被人陷害。」

蕭氏一條筋，從來沒有為陳允遠的官路擔憂過，她總覺得夫君一不貪財，二來任勞任怨，是本本分分的好官。「再說，福寧許多事都離不開老爺。」

陳允遠不知道是該因蕭氏這句話高興，還是斥責蕭氏婦人之見。為官無論好壞，都是上峰一句話一封奏摺的事，誰會真的去查個清楚？再說等著做官的人數也數不清，沒有張屠夫就吃帶毛豬？

這就是陳允遠不願意和蕭氏說政事的原因。

陳允遠扯開話題。「好了，去老太太房裡吃飯吧，別讓大家等急了。」

琳怡心裡也只能暗暗嘆氣。如果蕭氏有一點政治頭腦，她還能從父親嘴裡多聽些消息，不過實心眼也是蕭氏最大的優點，人不能要求太多。

陳家老小聚在和合堂，田氏過午不食從來都不露面，琳芳在惠和郡主府沒討到好處，顯得異常失落，陳大太太看到蔫了的琳芳倒是十分愉快，站在一旁煽風點火，不斷說琳怡的好處，讓琳芳看琳怡的目光從幽怨變成了憤恨。

一頓飯吃下來，氣氛異常詭異。

吃完飯，陳大太太還敲打女兒琳婉。「有空多與妳六妹妹學學。」

琳婉一臉羞臊地看琳怡。「六妹妹有膽子，換作我，我是不敢的。」

琳芳在旁邊聽著冷哼一聲。「有幾個像三姊這樣膽小？」

陳大太太聽了就笑起來。「妳們一個個經常出去自然有見識，下次定要將琳婉帶上，讓她也長長臉。」

陳大太太這話說得刺耳，這次連二老太太董氏也皺起眉頭，可是又沒什麼話可說，這次畢竟是琳芳吃了虧。下次多帶上琳婉，也不見準是壞事。雖然琳婉長相普通，也不通琴棋書畫，可畢竟是她的親孫女。從前有琳芳在，顯不出琳婉來，現在來了琳怡，多個人牽制總多一分把握。

二老太太董氏點點頭。「下次就讓琳婉也跟著。」

這樣一來，最終達到目的的倒是陳大太太了。陳大太太笑得眼睛都彎成一條線。

琳婉倒是有些驚訝，緊張地併了併腳尖。

琳婉確實長得有些平庸，皮膚不算白皙，下頜隨了陳大老爺的方正，人比黃花瘦卻沒有琳芳的嬌柔，雖然大戶人家選兒媳都要看女兒的德行，可是人群裡出挑也是關鍵，尤其是和琳芳一比……陳大太太因此吃了不少的虧，現在終於有機會扳回一城。

大家說了會兒話，就要各自回去，蕭氏倒是將琳怡要出去買香膏的話聽進去了，跟二老太太董氏要了馬車，準備明天吃過早飯就出去。

說完話，琳怡和衡哥先去蕭氏房裡，蕭氏讓丫鬟洗了果子上來。蕭氏怕琳怡被大火嚇著了，直讓人將側室收拾出來，留琳怡在屋裡住一晚，琳怡忙道：「我沒事，還好當時發現得早。」

蕭氏又反反覆覆問了琳怡幾次才放心，看著一雙兒女在旁邊說話，蕭氏拿起笸籮裡的針線來。

「母親，」琳怡抬起頭。「咱們陳家這樣的大族，哥哥和我到底有多少叔叔伯伯？」

說到這個，蕭氏想了想也遲疑起來。「咱們家直系的不多，如今在京的只有幾房，還有分出去的旁支，不過這樣林林總總算起來，大概也有十幾個算少的。」

琳怡道：「輩分都是各家論的？我們家除了長房過世的伯父，現在只有兩位伯父。」

蕭氏就著燈開始看描的花樣。「我們平日裡叫的不過是小排行，嚴格來說還有族裡的大排行，那可是長長的名目，別說你們，就算是我也記不來。」

這麼說，鄭七小姐叫的十九叔是鄭氏族裡的大排行。

鄭家在朝為官的不少，現在正逢考滿，知道父親名諱也不足為奇，只是他怎麼恰好就幫上了忙？

蕭氏道：「怎麼突然問起這個？」

琳怡笑道：「去了鄭家聽說鄭家有許多族人，我們陳家也算大族，我就想應該也不會少。」

正說著話，陳允遠從書房回來，蕭氏立即將琳怡的問題拋給陳允遠，陳允遠坐下來給衡哥和琳怡講了不少家族史，讓琳怡知道陳家比鄭家歷史更悠久。說完話，時辰也不早了，蕭氏讓人將衡哥和琳怡送回去歇著。

琳怡回到房裡立即叫來玲瓏。「怎麼樣？在鄭家打聽出什麼？」

玲瓏搖搖頭。「聽院子裡的婆子說，因郡主是要款待外客，鄭家的族人並沒來幾個，就算來的也不過是家裡的奶奶，幫襯郡主辦宴席的。」

能打聽到的就是這些，剩下的就靠她自己來想。

十九叔只告訴她芙蓉閣，又提到她和福寧官員的家眷是否相熟，也就是說她若是去了芙蓉閣那邊，應該會遇見福寧的熟人。

福寧的熟人和父親的案子又有什麼關聯？

既然御史要彈劾父親，朝廷勢必要去福寧查實，那麼從福寧來的人會不會就是因這件事？

想來想去沒有別的好法子，只能明日和母親一起去芙蓉閣，看看那邊是個什麼情形。

只是，什麼時候去才好？

總不能過去之後挨家挨戶地查問。

琳怡看向橘紅。「咱們帶來的婆子有沒有誰經常出去採買？」

橘紅道：「現下都是跟著家裡花銷，就算買些別的物件，也是三太太交代下來的。」

並不是每天都會特意交代出去買東西。

琳怡仔細想了想，在福寧的時候出去作客，蕭氏除了帶身邊的嬤嬤，還會帶跟車的戴婆子，她見過的家眷不少，戴婆子見過的下人就更多。

琳怡心裡一動，吩咐橘紅。「妳拿了二兩銀子去戴婆子那裡，就說明日我要去芙蓉閣買香膏，讓她府門一開就去芙蓉閣門前等。」

「這……若是戴婆子問起來，為什麼要那麼早過去……奴婢該怎麼說？」

不說出個理由來，戴婆子也不會聽她的過去等。

「就說我聽人議論，芙蓉閣每日都會有人送幾盒上品過去，不過不分什麼時辰，讓戴婆子過去盯著，萬一真像人說的有，就問問價目，十兩銀子內的都能買來，我好送給母親用。」

戴婆子只要接了差事，總會找藉口出府，跟車的婆子出府不算什麼大事。

「讓她安心，明日母親問起來，我自會去說。」

橘紅笑道：「小姐給二兩銀子要撐破她的肚皮，依我看這樣小的差事，有一兩足夠了。」

能省下銀子自然更好。

琳怡道：「那就給她十一兩，有好的香膏就買回來，沒有就讓她留下一兩。」

橘紅從腰間拿出鑰匙。「內院還沒落門，奴婢馬上過去。」

不一會兒工夫，橘紅回來道：「戴婆子歡歡喜喜地接了，說明日早早就去守著。只是一樣，明日三太太問跟車的不是她，還請小姐幫著說說。」

琳怡點點頭，放下手裡的書歇了。戴婆子是個有眼色的，若是有不尋常的事應該能發現，若是一次不行，她只能讓戴婆子多去守兩次。

第二天吃過早飯，蕭氏帶著琳怡出門，雖然時辰尚早，大街上到處都是喧鬧聲，各種吆喝聲音，琳怡覺得好奇，也勾起蕭氏許多美好的回憶，蕭氏一邊聽，一邊給琳怡講京城的小吃和名產，這一路時間過得飛快，馬車很快停到芙蓉閣前。

蕭氏還沒下車，早就在芙蓉閣門口守著的戴婆子迎上前來。

第二十九章

琳怡看向戴婆子，戴婆子臉上沒有異樣的神色。

戴婆子在這兒等了一早上，也沒有發現有什麼特別的地方。

琳怡戴了帷帽，由玲瓏扶著下了車。

戴婆子躬身在蕭氏身邊道：「奴婢等了一早晨，也沒見到有人往芙蓉閣送香膏，奴婢就進去問店家，店家說所有的香膏都在後院做好的，大概是小姐聽錯了。」

蕭氏嘆口氣看琳怡。「妳這孩子，為了給我買一盒香膏，這樣大費周章。」雖然這樣說著，卻是滿眼笑意。

琳怡轉頭向芙蓉閣旁邊的胡同看過去。莫不是她理解錯了？鄭十九不是這個意思？提到福寧的官員家眷只是個巧合？

她記得父親說過，外省的官員非傳不得入京，鄭十九的意思是福寧有官員偷偷入京，如果能抓住這個把柄，父親的事就有緩和的機會。

所以她才會讓戴婆子在芙蓉閣前等。

每家下人都會早早出去採買，說不定採買的人戴婆子會識得，這樣由戴婆子將整件事說給蕭氏聽更加順理成章。她總不能直接和父親說，在鄭家聽到一個不確定的消息，父親的性子定會讓她將整件事說清楚，她沒法解釋和鄭十九的往來。

至少要探聽虛實，才能將整件事做得穩妥。

琳怡隨著蕭氏正要進芙蓉閣，只聽身後傳來一陣馬蹄聲響，下人放了腳鐙，有人讓人攙扶著下車。「是不是陳三太太？」

蕭氏和琳怡這才轉過身，看見了一臉笑意的林大太太。

想到琳怡在林家被算計的事，蕭氏就沒法像林大太太一樣笑得那麼燦爛，從小要好的姊妹一下子變成了奸佞小人，蕭氏心裡實在不舒服，連口也懶得張。林大太太倒沒看出來，這樣巧合的相遇，彷彿喜不自勝似的，幫著蕭氏和琳怡挑起香膏。

「我知道妳喜歡梨花香。」林大太太拿起帕子捂嘴笑。「妳連喝茶都想放幾朵梨花嚐嚐。誰知道聞起來是一回事，吃起來又是一回事，不過現在京裡也有梨花的膏子了。」

店家忙讓人捧來上好的梨花膏，林大太太打開放在蕭氏鼻端。

淡淡的香氣慢慢飄到鼻端，蕭氏的表情舒暢起來。「這個味道是好。」

林大太太笑道：「我就知道妳會喜歡，」說著看向琳怡。「六小姐不喜歡香膏可以用蜜膏，我們家裡那幾個丫頭單挑這裡的蜜膏用。」

林大太太的表現赤誠又大方，若不是知道琳怡做事穩重，蕭氏都要懷疑琳怡是曲解了林家的意思。

挑完香膏大家一起出門，才走到院子裡，只聽到有人大聲斥罵。「我早說了這裡不是什麼文家，這宅子是我們老爺、夫人才買下的，之前的人家去了哪裡我們怎麼知道？你再賴在這裡不走，我們就要報官了！」

那人又哀求了兩聲，剛才高昂的聲音叫來兩個家人，抄起棍棒就追過來。

聽得胡同裡嘈雜一片，蕭氏嚇了一跳，只將琳怡往身後藏，旁邊的丫鬟、婆子也都圍上來服侍林大太太、蕭氏、琳怡上馬車。

蕭氏拉著琳怡才在馬車裡坐下，就聽得幾個家人將棍子敲在地上「砰砰」的聲音，那被追趕的人早嚇得魂飛魄散連連求饒，剛才指揮家人追趕的婆子走出來看了一眼，立即縮了回去。

林家、陳家的馬車相繼離開，剛才芙蓉閣前上演的風波也漸漸平息下來。

蕭氏剛要跟琳怡感慨人活在世實在不易，戴婆子湊上前隔著簾子輕聲道：「太太，奴婢剛才瞧見了崔守備家的下人。」

蕭氏聽得這話沒放在心上，可是轉念一想，如今是在京城。「這……怎麼可能……」

「奴婢看得真真的，崔守備家的太太和太太常來往，奴婢識得崔家的下人。」

蕭氏還沒摸透這裡的因果關係。

琳怡提醒道：「母親，崔守備一家也進京了嗎？」

「沒有啊。」之前大家在一起還說這件事。「崔守備是武官，武官要有朝廷的文書才能進京的吧？」蕭氏也含糊其辭。

「父親說過，外省官員非傳不得入京，從前咱們福建不是發落過擅自入京的官員嗎？母親忘了，一家老小都被牽連，家裡的小姐還做了官婢呢。」

那小姐生得極好，又會一手的好琴，蕭氏很是喜歡，後來聽說被官府押走做了官婢，蕭氏唏噓了好幾日。

蕭氏道：「這麼說是……私自入京……」說著臉色變得極難看。「這件事還是等妳父親晚上回來再說。」

這種事自然是越早下手越好，否則讓崔家人聽到消息連夜離京，他們就白忙活了一場。

「母親，」琳怡道。「萬一和父親的政事有關呢？等到晚上不是耽擱了？」

夫君這幾日為政事發愁，若是真的有轉機，她求之不得。蕭氏皺起眉頭。「若是我們弄錯了……」

琳怡道：「又不是什麼大事，頂多算是認錯人而已。」

蕭氏這才同意了，吩咐馬車外的戴婆子。「妳讓小廝去趟衙門，將這話告訴老爺。」

戴婆子自然高興。這件事證實了，她就是頭功一件，說不定就能進內院辦差，不必在外面風吹日曬，當下歡歡喜喜去報信了。

馬車裡的琳怡也鬆了口氣。

再想想，凡事不會這樣湊巧，她讓戴婆子候了一早晨都一無所獲，偏偏等她和母親從芙蓉閣出來，崔家的下人就露了面。

這是鄭家的意思，還是鄭十九在暗中幫忙？

林大太太今天也出現在芙蓉閣，目睹了這一切。

這裡面是有人精心安排，否則還真的是巧得不能再巧了。

真相說不定是林家和鄭家都被人算計了。

現在琳怡能確定的是，這件事對他們全家沒有任何損失。父親能乘機脫身，說不定還會記大功一件，他們沒有選擇，贏面也最大。至於林家和鄭家吃虧還是收益，就要看後效了。

蕭氏和琳怡回到陳家，將手裡新購的香膏分給府裡的女眷，然後進屋裡等消息，蕭氏整整一天都在忐忑中度過，幸虧旁邊有琳怡攔著，否則蕭氏就要打發下人去衙門探聽進展。

陳允遠沒有按時回府，蕭氏晚飯鬱鬱寡歡，還是琳怡提出要重新佈置閨房，蕭氏這才有了些精神。

琳怡從蕭氏房裡選了幾個丫鬟、婆子過去幫忙。

琳怡帶著一大串下人走了，盼星星盼月亮的蕭氏終於將陳允遠盼了回來。

陳允遠一進門，便遮掩不住臉上欣喜的表情，一雙眼睛明亮得讓蕭氏暈厥。這次沒等蕭氏問，陳允遠就主動道：「真的是崔守備帶著小妾進了京。」說著也不脫官袍，興奮地往大炕上一坐。「開始崔家還不承認，只說崔守備的小妾進京遊玩。誰不知道崔守備將小老婆寵上了天，會放任她自己來京裡？再說妾室哪有這種自由，讓人捉住必然扭送官裡處置，我不過大聲說要幫崔守備捉逃妾，崔程遠那廝就從地窖裡冒出來找我拚命。哈哈，虧那廝想得出來，唬我說他是奉了密旨進京，我讓他將密旨拿出來他又沒有，我只得公事公辦將他和他的妾室一起送去了刑部。」

陳允遠喝了口茶，咂咂嘴意猶未盡。「這些年，這廝沒少幹壞事，今天終於栽在我手裡。這次就算我被小人陷害，也算拉了一個墊背。」說著一拍大腿。「夠本了。」

蕭氏聽了詫異。「老爺和崔守備不是一直關係不錯嗎？」

陳允遠臉一黑，頓時沒了話說，回來的路上他還在後悔，這些年是不是該將政事講給蕭氏聽聽，這次能捉到崔程遠就是蕭氏的功勞，現下聽到蕭氏問這種問題，他只當剛才是一時腦熱。

蕭氏去套間裡給陳允遠換了衣服。「崔守備這次罪過大了吧？」

焉只是罪過大了，就算有成國公撐腰，這次也不能隨隨便便就矇混過關。武將非傳入京，視同謀反。

成國公還不敢讓這兩個字沾身。

於是趁著這個機會，他要將崔守備這些年的罪證立即收集起來，一本奏摺參到君前。陳允遠準備大幹一場，從套間裡出來，他立即叫蕭氏。「讓人去準備筆墨，晚上我就睡書房了。」

第三十章

陳允遠的奏摺遞上去，崔守備案的神秘面紗也被揭開，京裡好多大人立時後悔竟然沒有先知先覺，被福寧來的外官搶了功勞。

陳二老太太董氏也是大為驚訝，老三在她眼皮底下做出這麼大的事，她事先竟然沒察覺——

仔細查問起來才知道，多虧了那晚琳怡將房裡重新佈置了一番，丫鬟、婆子一大堆過去幫忙，三太太蕭氏和陳允遠的話才沒被人聽去。

佈置房間的原因是天氣越來越熱了，琳怡要從暖閣裡挪出來到外面的碧紗櫥，經過了連個時辰的折騰，屋子裡的幔帳換成碧水痕的輕紗，錦杌也換成方凳，將暫時落腳的院子徹底變成了閨房。琳芳聽說了，趕過來指手畫腳，非要琳怡將碧水痕的輕紗換成煙兒媚，最後又大方地將自己屋裡的得意畫作送了琳怡一幅。

說起那晚的事，琳芳還得意洋洋。若論誰有眼界，鄉下長大的琳怡怎麼敵得過她？琳芳的好心情沒有持續很久，在田氏的紫竹院聽說林家和三叔父聯手辦了件大事，琳芳狠狠地怔愣在那裡。難道林家真的要將琳怡那個鄉巴佬娶回去？於是哭喪著臉向田氏求救。「母親，這可不行啊！」

田氏只能安撫女兒。「到底是什麼情形現在還不知道，讓人出去打聽打聽再說。」

最終打聽出來的結果，林家和鄭家都像沒動過手的樣子。

可是卻也脫不開干係。

「林大太太和三太太一起去了趟芙蓉閣，恰好就發現了擅自進京的崔守備。」董嬤嬤將打聽來的事將給二老太太董氏聽。

二老太太董氏皺起眉頭。「林家怎麼會摻和進來？」

正說著話，大老爺陳允寧進了屋。

二老太太讓兒子在跟前坐下，董嬤嬤給大老爺端了茶，就到門外去守著。

陳允寧一臉深沈地垂下眼睛。「這次老三是立了大功。聽說崔程遠本來是來疏理京中關係、彈劾老三的，誰承想竟然被老三抓個正著。」他之前已經得到御史要彈劾陳允遠的消息，沒想到陳允遠一下子就扭轉了局面。

二老太太董氏看一眼兒子。「不是讓你注意老三，怎麼這樣的事都沒發現？」崔程遠也不是個無能之輩，既然敢帶家眷入京，就肯定上下打點好了，不應該這麼容易被人發現，老三能一下子抓住崔程遠，那是早就算計好了。

說到這個，陳允寧也無可奈何。「兒子已經讓人跟著三弟了，確實沒有發現三弟有什麼舉動，真像是外面說的那樣，是三弟妹的下人不小心發現的。」

不小心發現的？靠一個女眷？

二老太太董氏冷笑。「京裡的事都那麼容易發現，就沒有那麼多冤死鬼了。老三這是被人指點了，否則哪裡能走這麼高的棋。」

那會是誰呢？陳允寧目光閃爍。「真的是林家？」

林家雖然厲害，卻不一定能這樣不聲不響地安排一切。再往上想，之前長房老太太帶了六丫頭去鄭家，二老太太董氏道：「是不是老東西說服了鄭老夫人來幫忙？」

陳允寧道：「外面也有這樣的說法，是鄭閣老插手。」

真是怪了，這些人怎麼一下子都看上了老三？二老太太董氏頓時有些坐立難安。「那彈劾的事？」

「現在沒有人敢提。老三將崔程遠送去刑部不說，還參了崔程遠十大罪狀，現在無論誰參老三，都像是與崔程遠為伍。」

崔程遠的罪名視同謀反，這兩個字的威力非同尋常。

二老太太董氏看看陳允寧。「如果這件事能讓老三支持過考滿呢？你想過沒有要怎麼辦？」

讓老三一家全鬚全尾回福寧？

蕭氏也在冥思苦想，過了這幾個月是回福寧呢？還是按照夫君之前的想法留在京裡？現在的情形畢竟變了，沒有人彈劾、沒有人恐嚇，夫君每天回家都是一臉的笑容，讓她覺得這次考滿夫君一定會拿個優。

琳怡知道，父親的心事不外漏，崔程遠的事塵埃落定之後，又會回到從前的局面。如果鄭家和林家真的站在父親這邊，情況可能還會有些不同。

比起大人之間關係複雜，鄭七小姐和齊家姊妹都像往常一樣和琳怡通信。鄭七小姐信裡寫海御史家的小姐被禁足在家云云，卻沒提起整件事都是鄭十九想的法子。

鄭十九是外男，琳怡不可能會主動說起，於是就照鄭七小姐信裡的內容回了封信。信才讓丫鬟送出去，玲瓏捧了一罐子蜜餞匆匆忙忙走到琳怡身邊，低聲道：「小姐，長房那邊出事了，聽說是大姑爺被抓了，大小姐要死要活的，長房老太太急昏了過去。」

之前她還聽伯祖母說袁家可能會翻案，就看林家幫不幫忙，怎麼現在大姊夫反而被抓了？

琳怡看向玲瓏。「給我找件衣服。」

玲瓏忙放下手裡的東西，給琳怡換了身衣裙。換好衣服，主僕兩個一路去蕭氏房裡，蕭氏也才聽得消息，正想著要不要過去探病。

琳怡已經開口問：「母親，我們是不是要去長房看看伯祖母啊？」

「去，」蕭氏想到長房老太太的慈愛。「我們去跟老太太說一聲就過去。」說著吩咐丫鬟收拾些東西出來，蕭氏從福寧帶了一根野蔘，誰也沒捨得給，現在手頭上拿不出別的東西，就讓丫鬟將野蔘包了，不管能不能用得上，總是一份心意。

蕭氏和琳怡到了二老太太房裡，二老太太也準備去長房，大家正好一路坐了小車過去。

琳怡扶著二老太太董氏踏進長房老太太的念慈堂，就聽得琳嬌的哭聲。「祖母，您可別嚇孫女，都是孫女不對……」

第三十一章

琳嬌髮髻散亂，跪在地上痛哭出聲，炕上的長房老太太躺在雙色錦的褥子上半合著眼睛。

二老太太董氏帶著琳芳、琳怡走到床邊，低聲問長房老太太。「老嫂子，妳這是怎麼了？」

琳怡去扶地上的琳嬌，琳嬌已是滿腹傷悲，怎麼也不肯起來。旁邊的丫鬟、婆子見狀上前幫忙，這才將琳嬌安置在椅子上。

二老太太董氏問身邊的白嬤嬤。「這如何使得？有沒有請郎中？」

白嬤嬤道：「請了，就在外面候著，可是老太太不想看……」

「老嫂子，這怎麼行，」二老太太董氏一臉悲傷地勸慰。「妳如何也要看這些孩子的面上珍重身子，我們活了這般歲數，還有什麼是沒經過的？」

二老太太話音一落，琳嬌又放聲哭起來。

二老太太董氏看向琳芳、琳怡。「妳們兩個先扶妳們大姊姊去旁邊歇著。」

琳芳、琳怡兩個應了，將琳嬌帶去了東側室。

二老太太董氏和長房老太太說話，琳芳這邊也迫不及待地試探琳嬌。「大姊姊，聽說大姊夫被人抓了，是真的嗎？」

琳嬌心裡一顫，想起官兵闖進家門將夫君帶走，她就渾身冰涼。夫君彷彿是早有預料一般，回頭看她的眼神，萬念俱灰中帶著對她的不捨。她終於明白為什麼公公被帶走時，婆婆是那樣的神情，當聽說家眷一起流放，婆婆反而安寧下來。無論走到哪裡，夫君永遠是支柱，沒有了這根柱子，所有一切都會掉下來狠狠地砸在女眷身上，她情願夫君去哪裡她也去哪裡。

婆婆說得好，一家人就算死也要死在一處。

琳怡看琳嬌的神色就知道大姊夫情況不好。

琳芳沒有得到確切消息，還要再追問。「到底是——」

琳怡開口打斷琳芳的話。「大姊還是歇一歇，說不定一會兒又有消息傳回來。」

琳嬌抬起眼睛，看到琳怡滿眼關切。「大姊，家裡還有那麼多人指望妳呢。」

是啊，還沒有最終的結果，她如果亂了，夫君回來怎麼辦？可是轉念一想，袁家被人步步陷害，那些人顯然是不死不休，夫君這樣進去，哪裡還有命回來？琳嬌捂著臉，不停哽咽。

瞧著鼻涕眼淚一臉的琳嬌，琳芳少了從前的熱情。照父親、母親的說法，皇上新啟用一批文官，這些人許多都出自書香門第，當中不乏與袁家相識的，袁家這才四處活動，要為袁學士翻案。她本以為袁家能東山再起，誰知道會這樣不中用，連大姊夫都被牽連進去。看大姊這個樣子，袁家這次是徹底完了。

內室裡，長房老太太讓郎中看了脈，吃下一碗黑漆漆的湯藥。

看到長房老太太臉色好轉，二老太太董氏道：「是什麼罪名？」

長房老太太搖搖頭。「現在還不知道，我還想著讓允寧幾個想辦法打聽一下。」

二老太太董氏道：「有沒有查抄文書？」

長房老太太有氣無力。「聽琳嬌說官兵將家裡所有的書冊、信件都帶走了，細軟倒是沒有拿。」

二老太太董氏皺起眉頭。「大姑爺不在朝廷裡任職，為何會被查抄書信？」

長房老太太搖頭。「我也想不出個道理。」聽到噩耗，準備將琳嬌叫來問，誰知道卻聽說琳嬌在屋子裡吊了脖子，她當時眼前一陣發黑，只覺得天旋地轉……知道琳嬌沒事，她這才緩過些氣來，還沒等她仔細問琳嬌，董氏已經進了屋。「只能聽消息，再作打算。」

二老太太董氏點點頭。「我也讓允寧問問族裡，大家齊心協力怎麼也要將大姑爺保下來，否則琳嬌該怎麼辦才好。」

長房老太太只生了一個兒子，兒子身下只有一個女兒就是琳嬌。長房老太爺早就死了，緊接著長子也沒了，琳嬌就成了長房老太太的命根子，琳嬌出了事，長房老太太定是心急如焚，二老太太董氏一邊嘆氣，心裡卻沒忘了算計。她之前想著袁家起復，才主動和袁家來往，現在袁家雖是沒有希望了，可是眼下又有一個千載難逢的好機會，她若是能想到法子幫大姑爺，就可以拿住長房，除非長房老太太能過繼她的兒子，否則她就不會將大姑爺救出來。

長房老太太就算再喜歡琳怡，卻不能眼看著自己的親孫女成了寡婦。

二老太太董氏想著安慰長房老太太。「嫂子好好養病，這些事就交給我了，只要有了消息，我就讓允寧送信來。」過繼之前，她是真心盼著這個妯娌活得長久。

在內室說完話，琳嬌的眼淚也終於流乾了，琳芳閒得無聊，已經開始數紫檀炕桌上的花紋，琳怡開始聽琳嬌斷斷續續地講經過。

琳怡道：「這麼說，家裡已經不能住人了？」她是從心底希望琳嬌能暫時來長房住，這樣有事也能和長房老太太商量。

琳嬌抽噎道：「只是書房被封了。」

話說到這裡，蕭氏從外面進來，端了定神的藥給琳嬌。二老太太陪著長房老太太說話，蕭氏也沒有插嘴的地方，就跟著下人去給長房老太太和琳嬌煎藥。

琳嬌吃完藥，蕭氏又是心疼又是害怕。「妳這孩子怎麼那麼狠心，長房老太太就妳一個孫女，妳有了什麼事，老太太哪裡吃得消？」

琳嬌的眼淚又來了。「我……錯了……」

蕭氏上前安慰。「好了……好了……總會好的……」

蕭氏不擅言辭，說的話都是發自內心。

琳嬌重新梳了妝，蕭氏領著姊妹幾個又回到內室。

長房老太太和二老太太已經說完了話。

二老太太先轉頭看向琳嬌。「好孩子，袁家那邊妳先不要回去了，好歹留下來住一晚再作打算。」

看著床上被自己嚇病的祖母，琳嬌咬著嘴唇點頭。

二老太太將琳嬌叫過來。「真真可憐的孩子，妳放心，妳家裡的叔叔們不會不管，我一定盯著他們想辦法。」

琳嬌眼淚又滴滴答答流下來，此時此刻，她對二老太太只有感激。

這邊和琳嬌說完話，二老太太又看琳芳和琳怡。「妳們兩個就留下來陪著老太太和琳嬌。」

琳芳沒想到會是這樣，不禁睜大了眼睛，聽到琳怡應承了，這才跟著一起低頭稱是。說完話，琳芳、琳怡兩個人先出去，琳芳噘著嘴。「我那些鋪的蓋的怎麼辦？我的妝盒、胭脂、香粉、首飾、箱籠、鞋子，還有薰衣的香爐、香料……我每日都要沐浴的香油和花瓣呢……」

琳芳這邊喋喋不休，琳怡吩咐玲瓏回去拿些她每日常用的穿戴過來即可。長房這邊難道還欠她一床被褥不成？

琳芳、琳怡將二老太太董氏和三太太蕭氏送去垂花門。

琳怡刻意和蕭氏走在後面，讓二老太太和琳芳祖孫兩個說話。

「多注意著點這邊的動靜，」二老太太壓低聲音。「有什麼事就讓人回來稟告。」

琳芳點點頭。

二老太太怕琳芳不明白。「這日會有人來看望老太太，我不好每次得了消息都過來。」

原來是因為這個所以叫她留在長房。「可是為什麼還要留下琳怡……」

二老太太道：「那是長房老太太的意思。」

琳芳咬住嘴唇。自從這個琳怡進京，就處處和她爭。

二老太太看一眼琳芳。「現在妳該知道要長些心思了吧？琳嬌住在長房，凡是袁家的親戚都該過來探望，妳要時刻在長房老太太身邊孝順，將來才會有妳的好處。」

袁家的親戚？那林家是不是也會過來……

袁家不是還想靠著林家起復嗎？也許……琳芳眼睛亮了。「說不定林家能幫忙。」

總算是受教。二老太太欣慰地點頭。「我會讓妳父親問問林家。」說著頗有深意地瞧了琳芳一眼。

祖母和她說這個是什麼意思？琳芳的臉陡然紅了。

二老太太自然不會將話說得更透澈，林家這門親事她也打算了好久，現在就看林家是什麼意思。不結親，林家不可能出面幫袁家，若是借這件事又結親又捏住了長房咽喉，正是一舉兩得。

第三十二章

二老太太董氏回去不久，將琳芳和琳怡的東西用車拉了來。

琳怡的東西不過兩個箱籠，琳芳的就數也數不清，要不是田氏攔著，琳芳身邊的丫鬟真的將琳芳用的澡盆也拉了過來。

琳芳插著腰讓丫鬟將東西擺放好，琳怡已經收拾好了東西去長房老太太房裡。

長房老太太剛罵了琳嬌不懂事，動不動尋死覓活哪裡能掌起一個家，若是死就能將大姑爺還回來，她這個老不死的先去以命抵命，琳嬌這才知道自己的錯處，哭著保證下次再也不敢了。

琳嬌折騰了一天，昏昏沈沈在內廂裡睡了，長房老太太卻怎麼也睡不著，抬起頭看到琳怡來了，就將琳怡叫到炕前坐下。

琳怡先開口問長房老太太。「二老太太會幫忙嗎？」

真是水晶心肝的孩子，怎麼就沒生在她身邊……長房老太太嘆口氣。「看我拿什麼來換了。」

琳怡默然。她知道二老太太的打算，可是現在除了依靠二老太太董氏，父親也沒法幫到長房。

「妳親祖母性子極好的，為人坦誠，只是命不好。」長房老太太說著提起董氏。「董氏入京這麼多年，辛辛苦苦養大身下的幾個孩子，但凡心思擺得正些，我也不和她計較。長房的產業我給了他們便是，這些東西生不帶來死不帶去。」長房老太太說著冷笑。「誰知道她是等不及我死了，早早就玩出許多花樣來。別以為這樣我就怕了她，她越是算計，我越是不給。」

話是這樣說，董氏娘家畢竟得力，琳怡道：「伯祖母消消氣，想想下一步怎麼辦才好，我們不能眼睜睜看著大姊夫一家不管，姊姊只有伯祖母能依靠。」

「也不能就遂了她的意。二老太太娘家早就給她出主意，眼睛盯著我們陳家的爵位，到時候她養的兒子承了爵，妳知道妳父親要被擺在哪裡？」

她知道。她兩個伯父沒有承爵，就將父親從嫡出擠去了庶出。

琳怡目光波瀾不驚卻一片清明。「可是不救大姊夫一家，姊姊沒有依靠，這個家早晚還是要受別人擺布。」

這個局，進也難，退也難。

六丫頭都能看出來的事，她如何不明白？這件事說到底，糾葛在林家。長房老太太想著，看了一眼琳怡。

琳怡目光也不躲閃。「伯祖母是不是在想，林家沒有一層姻親關係是不會幫忙的？」

長房老太太驚訝。「妳連這個都知道？」

前世她死於林家，重活一次後，又看到琳芳對林正青的思慕之情，長房老太太和董氏都想拉攏林家，可見林家在這件事上確實有幾分把握。聯了姻，林家自然而然會幫親家。

長房老太太將胸口的不快說給琳怡聽，也是想讓琳怡對二老太太董氏有個思量，沒想到琳怡倒說出許多道理。「妳覺得這件事要怎麼辦？」

琳怡抬起頭低聲道：「孫女覺得不如一邊讓父親去打聽消息，一邊等等看……」林家和二老太太董氏一樣，眼睛裡只能看到利益二字。「就算林家能幫忙，也要來問伯祖母。大姊說官兵來了只查了書信，古往今來凡是查書信的案子都不會只牽連一家，林家和大姊夫家一樣是書香門第啊。」

林家和袁家有親，林家若是真的對袁家不管不問，就是要絕了這門親事，這樣的名聲，林家也是擔不起的。再說，林家和袁家相互扶持這麼多年，總不會這樣經不得風雨。

「大姊不如去袁氏族裡哭一哭。」放著自己夫家的族人不用，要去用誰呢？她怎麼沒想到這點？長房老太太眼睛亮了，一下子從炕上坐起來，轉頭吩咐白嬤嬤去將琳嬌叫來。

琳嬌以為有了消息，披了件外褂就趕到內室裡。

長房老太太將琳怡的話說了，琳嬌皺起了眉頭。「就算去求族裡，族裡也不會幫忙的。六妹妹不知曉，祖母難道忘了不成？當時公公的案子下來，袁氏族裡的人都躲得遠遠的，就連婆婆都無可奈何。現在夫君也被牽連了，族裡的人更會遠遠地站著，即便我厚著臉皮回去，人家連門也不會開的。」

之前袁氏族裡的態度也將她氣得說下狠話，只要她活著一天都不與袁氏族裡來往。可是如今是此一時彼一時，長房老太太目光深沈。「當時袁氏族裡不肯幫忙，我這才幫你們置了宅院和田產讓你們度過難關，可是現在我老婆子一病不起，妳也只能回袁氏族裡求救。」

琳嬌就要爭辯。

長房老太太道：「聽我說完。妳公公是被貪墨案牽連，讀書人重聲名，袁氏族裡人遠遠站開也情有可原。現在不同了，姑爺被帶走時，官府的人沒有拿半點細軟，而是封了書房帶走了你們家所有的書。要知道書可是讀書人的命根子，妳家裡的那些書，大部分都是袁氏一族分下來的。」

琳嬌仍舊不明白長房老太太的意思。

長房老太太看看旁邊的琳怡。

琳怡這才輕聲道：「姊姊記不記得大周建國初的《瑞陽集》一案牽連了許多人？」《瑞陽集》裡面有斥責本朝、弘揚前朝的文字，後來寫《瑞陽集》的譚瑞被滅了滿族，譚瑞的好友、學生也沒有倖免，後來凡校書、刻書、賣書的人也一律喪命。從此之後，讀書人就不敢隨意藏書，這些年來如《瑞陽集》這樣的重案雖然沒有，可是還有不少人因文字疏誤被定了謀反罪。

琳怡見琳嬌似是有所領悟。「姊姊，撇開袁學士的案子，妳覺得大姊夫最有可能是什麼罪名？」

琳嬌頓時一抖。「那……難道是……藏書……」

長房老太太道：「這就是袁氏一族最怕的，姑爺這些年只在家讀書，若是招上禍事，也是和那些書有關，袁氏一族再想袖手旁觀，恐怕朝廷不會答應。」

琳嬌還沒有從這件駭人的事中反應過來，長房老太太吩咐白嬤嬤。「現在就給大小姐收拾收拾，送去袁氏族裡。」

琳嬌整個人一抖，巴巴地看著長房老太太。「祖母讓我現在就去？」

長房老太太道：「上門求救自然越急越好。」見琳嬌一臉怯意，長房老太太嘆口氣。「妳成親有些年了，也該學會自立，祖母就算身子好，還能庇護妳多久？」

琳嬌目光觸及長房老太太蒼老的面容，咬咬牙。「孫女全聽祖母的。」

長房老太太看看佯裝鎮定的琳嬌，再看看目光如清風拂水氣度內斂的琳怡，心中暗暗嘆了兩口氣。

琳芳收拾完屋子裡的東西，才知道大姊去了袁氏族裡求救。袁氏一族要想幫忙，早就在袁學士入獄時就伸手了，哪裡會等到現在，大姊也是走投無路了。只要這樣想想，琳芳就格外開心，服侍長房老太太歇下之後，硬拉著琳怡去瞧她新佈置的臥房。琳怡看了一圈，覺得睏了要回去睡覺，琳芳直在背後跺腳，罵琳怡沒眼光。

琳怡一夜無夢，琳芳不忘在夢中命人拿鳳仙花給她重新染指甲。

這幾日，許多事都出乎大家意料。本以為琳嬌去袁家很快就會回來，誰知道卻似要長期住下來的意思，二老太太董氏下帖子請林大太太過來小坐，送帖子的下人回來說，林大太太一早去了袁家。

林大太太從袁家回來，將林正青叫來跟前說話。「袁家的事，我們家恐怕不能不管了。」

林正青是一副早已預料到的神情。這是小雞吃米的遊戲，他們林家和袁家早就在一只碗裡，成國公就是那隻小雞，吃完袁家就是林家。成國公一直打擊文官，所以本朝武官地位勝於文官，這兩年皇上又有重用文官的意思，行伍出身的成國公自然不願意見到這種情況。林正青不願意和林大太太老生常談，複習一遍書香門第之間複雜的關係，只等著林大太太說另一個問題。

「這樣一來，我們家就是明著和成國公對立。」

林家和成國公之間的恩怨老早就存在了。

林大太太道：「你祖母的意思是，對付成國公還是要從福建那邊的事入手。陳三老爺這次彈劾崔守備，外面人都說是我們家通風報信，依我看，陳家是受了鄭家點撥。如今陳家已經靠上了鄭家，對付成國公就更有了幾分把握，」林大太太頓了頓，看向林正青。「你怎麼想？」

林正青眼前浮起那個目光淡漠游離、如霧如煙般讓人捉摸不透的陳六小姐。

陳六小姐就像是一本書，正面和反面完全不一樣，雖然不如藏書精緻，可是大概拿在手上也滿有趣，林正青淡淡道：「母親是說要和陳家結親？我娶她就是。」

第三十三章

娶她？兒子這麼容易點頭，她心裡倒是不快起來。

林大太太皺起眉頭，除了聯姻就沒有了別的法子？以正青的條件，將來進了翰林院，娶個勛貴之家的嫡女那是綽綽有餘，這樣他們林家也多了靠山，林大太太道：「你的婚事還是等兩年最好，我是想和你商量看看有沒有別的法子。」

婚事是交換的籌碼，林正青反正不著急。「那母親準備怎麼和陳允遠拉近關係，讓陳允遠心甘情願將成國公勾結海盜、假扮倭寇搶劫的證據交給我們家？」

說到這個，林大太太的臉陰沈起來，半晌才道：「都怪你父親，讓他去和陳允遠結交，他卻沒能套出陳允遠半句實話。」

勾結海盜的罪名不小，陳允遠就算再沒腦子也不可能輕易說給旁人聽。

林大太太接著憤憤道：「陳二老爺家的四小姐，至少人長得漂亮也會討人喜歡，那個六小姐我實在沒看出她有什麼優點，倒是人長在鄉下為人凶悍，將來你娶回來，還不知道折騰出什麼事來。」陳六小姐第一次來別人家作客，就敢將別人家的小姐鎖在房裡，可見她不是什麼品性賢良的，再說，萬一陳家沒能幫上忙，他們不是白白賠上了正青的婚事？

這麼簡單的事居然還拿不定主意，林正青開始有些不耐煩，於是善意地提醒林大太太。

「和陳允遠結親無非有兩個結果，一是扳倒成國公，皇上嘉獎下來八成會將陳家爵位還給陳允遠，這樣陳家就做了勛貴。二是沒有扳倒成國公……」林正青眼睛一亮，嘴角輕誚笑意。這世上的事向來不是成功就是失敗。「我大不了就做個鰥夫，母親若是覺得能接受，就去讓人說親。」

鰥夫？鰥夫還怎麼說一門好親事？林大太太半晌才道：「你這孩子……」雖然話不好聽，可是說的的確是這麼回事。

成功了皆大歡喜，失敗了就讓陳允遠一家承受，這種解決之道看似殘忍，其實古往今來還不就是這樣算計，林正青向來覺得假道義不如真小人。

他小時候看到祖父被打了板子，傷口潰爛，活著受罪死了痛苦的模樣，他就知道現在的世道，不做小人就做死人。

林正青從林大太太房裡出來，在牆角拐彎處尋了一根嫩綠的草莖咬在嘴裡。唔……還有別的事沒有做，他要去書房再畫一張春江圖，看看會不會有人來求要。

林正青在書房裡才畫好了春江圖，就有小廝登門道：「老爺說了，還讓大爺畫幅春江圖，有一位相好的先生來要，老爺推不過，」說著看了一眼書案，上面正有一幅春江圖，那小廝就笑。「原來大爺正好畫了。」

林正青將畫交給小廝去晾乾，然後丟下手裡的筆。真是奇怪，他想畫就有人來要，是不是太巧了點？

長房這幾日也太熱鬧了點，琳芳和琳怡擠到長房老太太念慈堂旁邊的兩間主屋不說，第二天，琳婉也在陳大太太的陪同下來侍奉長房老太太。

陳大太太一走，琳芳就先站出來說：「我屋子裡的東西太多，三姊是搬不進來了，六妹屋裡倒是大炕，睡兩個人綽綽有餘。」

原來之前琳芳選小一點的房間是抱著這個心思，琳怡想著就覺得好笑。就算將她擠去小房間，琳婉該住進來還是要住進來。

二老太太董氏早就安排好的，豈容她有別的主意。

琳婉倒是為人小心，琳怡幫著收拾房裡的東西，琳婉連著謝了琳怡好幾次。屋子裡的被褥都準備妥當，琳婉又垂著臉輕聲道：「六妹妹妳人真好。」

琳婉雖然長得不好，聲音卻是極好聽，也生了個婀娜的身段，性子溫婉和順，坐在旁邊話不多，就是一味地做針線。一開始玲瓏、橘紅兩個說話都不敢大聲，一天過去之後，兩個丫頭聲量又回從前。

琳芳更是不將這個三姊放在眼裡，有什麼事寧願來叫琳怡一聲也不喊琳婉，琳婉倒也不生氣，彷彿是被忽略慣了。這樣一來，叫上琳婉的倒成了琳怡。

三個人平日裡陪著長房老太太說話，自然而然就聽到了袁家此時的情形。這些時日，袁家的耆老族人常常聚在一起，琳嬌讓人捎信回來讓長房老太太安心，她要在袁家住些日子。

琳嬌在袁家住的時間越長，長房老太太越開心。

又過了兩日，就有袁家的晚輩上門給長房老太太請安，長房老太太蒼白著臉、有氣無力地應對了一番，袁家老小都掉了眼淚。袁家二房的長孫媳提出要去琳嬌夫妻如今住的院子瞧瞧，那院子是長房老太太出資買的，袁家也是懂得禮儀，要先請示長房老太太。

長房老太太嘆口氣。「一家人不說兩家話，琳嬌年紀小，經了這樣的事……也是沒有主意……我年紀又大了……只能拖累你們，不能幫忙……」說著掉了眼淚。「延文年紀還小，就這樣被抓進去……有了閃失……可怎麼得了……」

袁大奶奶道：「親家老太太說得是，家裡長輩說了，無論如何也要將文二叔保回來。」

這樣的大事，袁家必然要自保。長房老太太裝作不明白這裡的要害，欣慰又安心地點頭，吩咐白嬤嬤將上了雙魚鎖的烏木海棠盒子拿來交給袁大奶奶。「這裡是那處院子的地契，還有一些銀票，大奶奶帶給琳嬌，若是有用處就讓琳嬌處置。」

琳怡在套間裡聽了這話，不禁要讚嘆長房老太太棋高一著。讀書人向來好面子，家裡出了事，為能讓外姓人拿銀子？這樣一來，救大姊夫所用的銀錢，袁家會盡數湊出來；而且就算大姊夫真的出了事，袁家也要善待大姊一生。

袁大奶奶看著那盒子不敢接，紅著臉訕訕道：「親家老太太這是要臊死我，延文媳婦在袁家一日，我們都必當仔細照顧。」

見好即收。長房老太太嘆氣。「大奶奶多心了，我一個老太太哪有許多心腸……就是……想要幫忙……罷了……可憐我兒去得早……琳嬌娘家已經無依無靠……我就多憐愛她幾分……」

娘家無依靠，夫家更不能眼看著不管，之前袁家上下為了避嫌，已經將事做絕了，而今不能再讓人戳脊梁骨。

袁大奶奶最終也沒有收那只盒子，倒是拿出了給琳婉、琳芳、琳怡的禮物。

長房老太太見狀，讓琳婉幾個出來見人。

琳婉、琳芳、琳怡三個上前行了禮，袁大奶奶仔細看過去，目光略過了琳婉，在琳芳身上停留片刻，最後仔仔細細將琳怡看了個遍，然後將琳怡拉過來。「長得漂亮又有福氣。」明亮的目光中帶著審視的意味，讓人覺得不舒服，尤其是說到福氣兩個字，彷彿琳怡真就有了好前程。

袁大奶奶身邊的婆子將三個盒子遞給三位小姐。

一樣的梨花木鑲如意紋薰香盒。

袁大奶奶笑著道：「林家大奶奶也說來看親家老太太，只是這幾日要幫忙打聽文二叔的事耽擱了。這幾日緩一緩，定會帶著正青一起過來。」

送完禮物又提起林家和林正青。

琳怡不動聲色，琳芳的眼睛霍然亮了，只是看到袁大奶奶拉著琳怡，不由得皺起眉頭。

袁大奶奶低頭看琳怡，目光中再次帶了深意。

琳怡心裡頓時一顫，敲響了警鐘。

是她算漏了什麼？二老太太董氏明明屬意林正青，林家那邊就算答應和陳家聯姻也應該先選琳芳，畢竟琳芳比她年長。上次林大太太在母親蕭氏那裡碰了軟釘子，如今怎麼還會讓袁大奶奶上門說項？

再說從前林家會看上她，是因為父親和康郡王交好，現在父親和康郡王沒有半點關係，林家怎麼就看好了這門親事……

第三十四章

屋子裡的人都極會察言觀色，很快就明白了袁大奶奶的意思。

第一次提起這樣的話題，點到為止，袁大奶奶坐了一會兒就告辭走了。琳婉、琳芳、琳怡也各自回了屋。

琳婉和琳怡剛坐在軟榻上，琳芳就拿著盒子闖進來，臉上的笑容有些陰陽怪氣。「三姊姊、六妹妹，妳們的禮物盒子怎麼不打開？」

哪有這樣理直氣壯要求看別人禮物的？

看到琳婉、琳怡沒動，琳芳乾脆自己走過去將盒子打開。

琳婉的是一支滿金牡丹插花髮簪，和她那支滿金蝴蝶瓔珞步搖做工上差不多，琳芳再打開琳怡的盒子，紅絨的內襯上躺著一支雲裡藏珠累絲鑲寶如意金簪，琳芳登時氣得手指發抖，袖子一揮，那只盒子就要掉在地上，幸虧橘紅手快上前接了。

琳芳胸口的悶氣未出，嘴角一抖冷笑道：「六妹妹才上京就這樣惹人憐愛，倒讓我這個做姊姊的成了踏腳的石頭，妹妹快跟我說說，妳這心機從哪兒長出來的，不禍害別人如何偏來禍害我？」

玲瓏、橘紅兩個聽了也蹙起眉頭，琳怡倒是依舊波瀾不驚。「四姊是弄錯了，這話從何而來？」

琳芳冷笑道：「這時候還裝傻，袁大奶奶已經說得再清楚不過，妹妹去趟林家就引來了好姻緣。」

琳怡垂下眼睛。「四姊姊不要亂猜測。」

「亂猜？」琳芳揚聲。「怎麼就妳的是如意簪，是因如了妳的意，妳早就看上了林家大郎，說不得和人有了首——」

琳怡霍然抬起眼睛，目光亮得如同出鞘的劍鋒。「四姊是大家閨秀懂得禮儀，知曉這種話說出來就算我萬死，四姊也逃不脫，何必污了我，也害了妳自己？」

「妳——」琳芳被這話堵住了嘴。「妳當我是要和妳爭？我是看不慣妳這樣沒規矩。」

現在忍了她，說不得她就要出去胡亂說，琳怡道：「四姊說說我哪點沒規矩，我向四姊學就是。」

琳芳也只會張牙舞爪嚇唬人，真讓她說個一二三，她又說不出來，只能站在一旁瞪著眼睛。

「好了，」琳婉起身勸慰。「都是自家姊妹，有什麼話不好說，六妹妹才來京裡，祖母都說我們該護著她，怎麼倒與她為難起來了，要說年紀大，我不是比妳們都要——」

就連琳婉都向著她，琳芳怒氣又高漲幾分，瞅準了矮桌上的熱茶吊，手掌一翻，「不小心」將茶吊推去琳怡懷裡。

琳怡早已經看到起身閃躲，倒是琳婉撲過去扶茶吊，被滾熱的水燙了正著，驚叫出聲。

屋子裡的下人登時被嚇了一跳，琳怡忙去看琳婉的傷勢，琳婉的手背已經紅了一片，丫鬟取來涼水，琳怡拉著琳婉的手泡進去，又抬起頭吩咐玲瓏。「快去拿薄荷膏。」

琳芳不知所措地立在一旁，哪裡還有半點威風。

聽到屋子裡的騷動，白嬤嬤挑簾來看，只見三小姐將手泡在水盆裡，幾個小丫鬟嚇得臉色蒼白，便知道出了大事，忙走上前去低頭看了一眼水盆，臉色也變了。「這可怎麼得了——」

還好茶吊裡的水不熱，琳婉才沒什麼事。

白嬤嬤回去將她看到的和長房老太太說了。二老太太董氏想給琳芳說的親事，沒想到卻落在琳怡身上。

白嬤嬤笑道：「怪不得袁家人不去二房那邊說，反而來了咱們這裡。」袁家人去二老太太董氏面前說六小姐，倒像給了二老太太一巴掌。

長房老太太輕笑一聲。「二老太太將林家當寶，只怕六丫頭還未必看上眼。」

白嬤嬤收起笑容。「您是說……」

長房老太太道：「別忘了六丫頭在林家出過什麼事？」

白嬤嬤一下子沈默了。

按理說，林家是世家名門應該不會，可是人心隔肚皮，誰又敢打這個包票？就像四小姐看著是個大方得體的閨秀，卻轉臉做出這種事。

晚上琳芳回房裡睡覺，琳怡屋子又安靜下來，琳婉手上重新換了藥，然後抱膝和琳怡縮在炕上說話。

「怪不得四妹會生氣，」琳婉笑一聲，抬起頭來看琳怡。「這些年家裡都是她的天下，六妹妹來了才將她比下去。」

琳怡搖搖頭。她可沒有比人的心，她只想一家人幸福美滿地過日子，琳芳只要不來害她，她也是井水不犯河水。

琳婉垂下頭，軟軟的鬢角服貼著臉頰。「六妹妹才進京就有林家這樣的大戶上門提親，不管成與不成，妹妹都該高興。」

琳婉是看出了什麼？否則怎麼會說這樣的話。

琳怡垂下頭。「婚事應該是父母之命媒妁之言，其他的我都沒想過。」

琳婉似是很為琳怡高興。「那妳也應該開心，人人總有個比較，同樣都是陳家的小姐，妳們個個出挑，我這樣的只能排在家裡最末。」說著噗哧笑起來。「四妹妹一口一個長幼，卻忘了我比她還年長呢。」

兩個人又說了會兒針線上的話，琳婉先躺下睡了，琳怡去套間裡換件衣服。橘紅取來綾衣給琳怡換了。

「小姐，」橘紅低聲道。「三太太看了袁家送給小姐的禮物，只是有些驚訝。」

她打發橘紅回二房拿東西，其實是讓她將袁家的禮物拿給三太太蕭氏。

琳怡微微思量。「見到父親了嗎？」

橘紅點頭。「見到了。太太將盒子遞給老爺看，老爺倒是緊鎖眉頭，問了我一句袁家還說了些什麼。奴婢照實說了，老爺又看了看盒子裡的金釵，轉身去了書房。」

軟軟的綾衣貼著她的肩膀，單薄、又帶著一絲細密的涼意。父親知道了林家的意思，卻沒有馬上表態而是去了書房。

是不是說明父親也在考慮這門親事？

橘紅看著六小姐深沈的表情，終於忍不住開口。「小姐是不是……不想……嫁去林家？」

她貼身的丫鬟總是能看出她心裡所想。

琳怡沒有說話，橘紅卻由此證實了猜測，立時著急起來。「既然這樣，小姐就回去求老爺、太太，萬一等親事定下來可怎麼辦？」

琳怡緩緩一笑。「大戶人家定親不會那麼草率，而且林大太太不是還沒有來嗎？」再說那麼好的一塊肉，就算她不招惹誰，也會有人來搶。

琳怡這邊進屋睡覺，琳芳那邊徹夜難眠。田氏讓人給琳芳帶話，讓她不要著急，林家會看上琳怡讓人詫異，可是這件事畢竟還沒有定下來。

琳芳雖然想要骨氣，狠狠放下一句既然林家不識貨，她也不必上趕著強求的話來，可是話到嘴邊卻又張不開口，只要想想林大郎俊朗的面容、淵博的學識，就癟了茄子。「林家不是有個庶子嗎？將琳怡嫁給庶子好了。」

銘嬰緊張地四處瞧瞧。「好小姐，小點聲，讓人聽去了不好。」

琳芳冷笑道：「怕什麼，她祖母本來就是不明不白的賤貨，祖父才回京幾日她就珠胎暗結？生下來的東西指不定不是陳家的，讓她頂著陳家女的名頭嫁出去已經是便宜她了，還想跟我搶？我呸，給她臉，她就敢在太歲爺頭上動土，也不看看自己是什麼破落戶。」

琳芳罵了一通，覺得心裡舒坦多了。

第二天，田氏一身輕裝來看長房老太太。「家裡的親眷都要來看老太太呢，問我能不能在老太太這邊講次經。」

琳怡看看旁邊一臉笑容的琳芳，怪不得琳芳早晨起來就特別高興，原來是田氏已經讓人提前知會要來長房講經。長房老太太屋子裡供著佛祖，就算生病，也要日日去佛前唸經禱告，如今袁家的事，人力已經去爭取，要想再求，只有這悲天憫人的佛祖。田氏這樣一說，正好中了長房老太太的心思。

長房老太太果然高興道：「只是麻煩了妳。」

田氏謙恭一笑。「能孝敬老太太是我的福氣，只怕到時候園子裡要亂些。」

長房老太太笑道：「那不打緊，有下人伺候呢，只是你們年輕人要被我這個老太太拖累，玩是玩不起來了。」

田氏想到袁家的事只是嘆氣。「老太太病了，袁家出了事，我們哪有心思，就是陪老太太解解悶。」

長房老太太頷首。「我知道妳的苦心，講經那日就讓人在南街設粥棚，救濟窮苦。」

田氏經常拉攏身邊的親友做善舉，每年要開幾次粥鋪，大雪天的時候，田氏還抱病四處奔走，為災民籌備銀子，京裡人都知道陳家有這樣一位女菩薩。

不知道這位女菩薩又要渡誰出苦海。

第三十五章

二太太田氏講經在京裡已是尋常，這樣一來由田氏牽頭，大家聚起來倒是好事。

送走田氏，長房老太太笑得眼睛瞇起來。「讓廚房給六丫頭幾個多加些菜，正是長身體的時候，不能跟著我老婆子虧欠了。」

白嬤嬤看到長房老太太開心，心裡也跟著痛快。「您是心心念念想著六小姐啊，奴婢還是去將六小姐叫來跟您說話。」

長房老太太沒有阻止，白嬤嬤笑著退了下去，不一會兒工夫，琳怡捧著一只花斛進了屋。花斛中秀麗的枝葉伸出來，卻遮擋不住琳怡臉上的明豔，面容不如琳芳妖嬈，卻是比琳芳細緻耐看。

女子荳蔻年華時都生得玉蔥似的，打扮起來個個漂亮，就像花圃裡的百花，可要是讓花迷了眼睛便辨不出哪朵有真的芳香，所以大戶人家選媳就是要細細端看，美色能騙人，風骨和氣質才是最穩妥的。

不知道林家看上六丫頭是誤打誤撞，還是真的有好眼光。

琳怡將花斛擺在臨窗矮桌上，然後坐到長房老太太身邊，長房老太太這幾日病好多了，臉上都有了光澤。

長房老太太道：「讓妳說對了，妳二伯母果然要來我這裡講經。」

琳怡低頭笑了。「誤打誤撞，沒想到就猜準了。」

琳芳故意將水打翻誤傷琳婉，白嬤嬤出主意，正好借這件事將琳芳送回二房去。琳怡就說緩一緩，琳芳這樣回去定要跟二房老太太董氏哭訴，說不定髒水污水都要潑在她身上，免不了要讓她一通辯解，而且長房老太太正好不知道身邊的親朋還有哪家願意幫袁家度過難關，琳芳向田氏求助，以田氏一貫寵溺女兒的做法，說不定正好是個機會。「這下老太太能借著這次講經，發宴請的帖子，願意來的肯定會到，想躲的就會找藉口避開。」

袁家出了事，大家不好明著去袁家打聽消息，倒可以通過陳家瞭解一下整件事始末。

長房老太太笑道：「等妳大姊回來了，讓她好好謝妳。」

琳怡不好意思地低頭。「就算我不說，也會是現在的情形。」再說長房老太太也會想到這一節。

長房老太太看著低頭含笑的琳怡，不知道怎麼地心裡就霍然暢快起來。自從允禮去世，她心裡好久好久都沒有這樣舒坦了。「我們才從鄭家回來，自然要先請鄭家老夫人。」

長房老太太的帖子很快發下去，鄭老夫人身子不便，就讓鄭二太太過來，鄭家人還帶來了鄭七小姐給琳怡的信。鄭七小姐也要過來湊熱鬧。

琳婉傷了手，不能拿針繡花，乾脆就跟丫鬟一起打絡子。琳怡自去案上回信。琳芳讓人仔細去長房老太太房外盯著，看看林大太太和林正青會不會來，得知林家說要過來，琳芳的心頓時撲騰個不停，連忙回去讓人準備衣衫和首飾。

一時之間，大家都各自忙碌，等到正式擺宴那日，琳芳一身蜀錦踩著玉底的繡鞋跟在田氏身後在垂花門迎客，陳二老爺陳允周在前院照應男客，長房裡裡外外都是陳二老爺一家幫襯。

琳婉、琳怡就陪在長房老太太身邊，看著晚輩給長房老太太請安，她們兩個規規矩矩回過去。女客坐滿了花房，大家開始喝茶聊天，只要誰說到袁家，屋子裡就立刻靜謐無聲。

下人絡繹不絕地將茶點奉上來，屋子裡的小姐們吃了些茶點，太太、夫人們終於發話讓她們去園子裡轉轉。大家巴不得如此，尤其是齊家兩位小姐，自從落了坐就不停地向琳怡使眼色。

小姐們出了門，就像出籠的鳥兒，大家都長長地呼一口氣。

齊三小姐將琳怡拉到一旁。「妳大姊一家沒事吧？聽著讓人心驚肉跳，我和妹妹還向母親打聽。」

說起這個，琳怡也沈悶起來。袁家能不能順利脫身誰也不知道。

這畢竟是長輩操心的事，幾位小姐好不容易湊在一起，就想多說些知己話，袁家的話題很快被岔過去。

齊三小姐道：「今兒我哥哥也來了，要去給長房老太太請安呢。」

齊家、袁家、林家、陳家有幾代的情分在裡面，平日都是常來常往的。

齊五小姐和齊三小姐對視一眼，拿起帕子捂嘴笑了。「妳繫得一個小小的結，就難住了哥哥，哥哥哪裡吃過這種虧，妳若是男子，他只怕早就生了結交之意，如今八成已經拜了把子。」

這樣的調笑，就算誰臉皮再厚也要紅起來。

三個人剛說到這裡，看到田氏領了一個穿著青衣褙子的婦人進園子。

齊三小姐「咦」了一聲。「二太太將宋太太也請了過來？」

琳怡看過去，並不知道這其中的內情。

齊五小姐就將琳怡拉去一邊。「那是二太太娘家遠房親戚，最近才進京裡來的，聽說是家裡的公子生了病，進京討藥。」

看來這藥討得不順利，不然也不會對田氏這般應和奉承，人到了無路可走的時候才會病急亂投醫。

齊三小姐看左右沒人，嬉笑道：「妳還不知道吧，如果提起宋家，妳四姊就會立即變臉。」

這個她倒是不知道。

齊五小姐道：「宋家原來可是金陵的大戶，宋陳兩家早就有結親的意思，加之有陳二太太這層關係在，四小姐三、四歲的時候，彷彿就口頭許給宋家了，誰知道宋家的少爺得了痘疹，一場大病之後腦子就壞了，這門親事自然就不再提了。」

齊三小姐故意嘟著嘴學琳芳的樣子。「親事雖然作罷，可是誰要是說起來，陳四小姐就十分不樂意。」

琳芳向來眼高於頂，就算親事沒成也會覺得晦氣，說出去更是有損她的名聲。

不過既然是這樣，田氏怎麼會主動請宋太太過來？

第三十六章

宋太太進了屋，琳芳也歡快地從花房走出來，看到琳怡和齊家兩位小姐，琳芳笑著主動上前打招呼。「原來妳們在這裡。」說著看向琳怡。「剛才有位我們家的故交來晚了，一會兒薦妳認識。」

齊三小姐、五小姐目光閃爍，陳四小姐怎麼自己主動提起來了？

齊三小姐用扇子掩住嘴道：「妳那位表哥的病怎麼樣了？」

琳芳也不惱。「這幾日好多了，聽說也在前院呢。」說著去看琳怡。「今天女客多，妳要多在意著。」

在人前，琳芳是姊姊，說出一番大道理來，妹妹只有聽的分兒。雖然園子裡的女眷都是琳怡幫忙照應，琳芳只是選幾個高門大戶家的小姐上去攀談。這一會兒工夫，琳芳就找到了林三小姐，不知道兩個人說到了什麼有趣，琳芳笑得花枝亂顫。

齊五小姐開始數落姊姊。「妳啊，就是話多。」

齊三小姐冷笑一聲。「妳瞧陳四小姐今天的模樣，就知道她沒安好心，」說著去看琳怡。「妳可要小心著些，妳那位四姊八成以為妳要和她爭林家的好親事。」

齊五小姐臉色大變，恨不得去捂姊姊的嘴。

齊三小姐道：「左右也沒人，妳怕什麼，我們都喜歡六小姐，有什麼話自然和她提個醒。」

齊五小姐嘆口氣，表情終究不自在。「我們畢竟是閨閣的小姐，這些話也是渾說的。」

齊三小姐悵然一笑。「妳總是怕東怕西的。」說著將琳怡領開了些。

三個人坐在翠竹林裡的石凳上。齊三小姐將周圍的竹子看了一遍。「這些竹子種得講究，比我們家的紫竹要漂亮得多。」

琳怡笑道：「這是萬壽竹，妳若是喜歡，走時讓人挖些母竹帶走就是。」

齊三小姐撫手。「那最好不過。」

話題扯開了一會兒，三個人之間又親密了許多，齊三小姐就將剛才想說的話一併說出來。「林家大郎是不錯，只是林大太太卻不是好相與的，咱們巴不得離林家遠遠的，誰願意嫁過去就讓誰去，用不著每日擺宴拿我們姊妹過去遮掩。」

齊三小姐說的是實話，大家族裡挑選媳婦，總是將親朋好友家的小姐聚在一起，真正留意的只是那一、兩個，旁人全是陪著走過場。

「我知道妹妹是玲瓏心肝，有些話我也不瞞妹妹。林大太太向來一人獨大，眼裡容不下旁人，我只說一件事妹妹就明白，林老爺年輕的時候也想搞些風花雪月，結果被林大太太抱著兒子自縊一次，就偃旗息鼓了。」

抱著兒子自縊？琳怡詫異，林大太太也真能想得出來。「妳說的是林家大爺？」

齊三小姐道：「就是林大郎。」

連親生兒子都能利用，可想而知林大太太的手段，真是無所不用其極。琳怡繼而想到新婚之夜林正青的模樣，從小耳濡目染，比他母親更勝一籌，林家那個地方真是狼窩虎穴，偏還有那麼多大家閨秀想要嫁進去。

清閒的時間只消片刻就過去了，玲瓏笑著來尋琳怡。「鄭七小姐正滿園子找小姐呢。」

這麼多女孩子聚在一起，要想大家都滿意也不那麼容易，辦詩會、跳格子、鬥蛐兒……林林總總，琳婉、琳芳、琳怡穿梭著忙乎。

琳芳打發小丫鬟去端攢盒，小丫鬟走遠了，琳芳帶著銘嬰出了月亮門，躲去旁邊的假山石後。

琳芳迫不及待地問：「準備好了沒有？」

銘嬰有些懼怕地點頭。「這樣行不行？」

琳芳皺起眉頭。「有什麼不行？長房的下人少行事才方便，妳囑咐他躲好沒有？」

銘嬰仍舊忍不住手指顫抖。「奴婢好不容易才打發了宋家的兩個婆子，急急忙忙告訴宋家大爺要玩捉人的遊戲。」兩個婆子整日裡伺候宋家的傻大爺，其實心裡早就厭煩了，好不容易輕鬆一下，自然不會錯過。再說長房請來的女先生實在技高，大家都自然而然圍著去聽曲兒了。支走了婆子，只剩下身邊的小丫鬟就好對付得多，銘嬰讓人端了茶點過去，吸引了小丫鬟過去吃，然後她乘機和宋大爺說捉人的遊戲。

宋家人說過，宋大爺最喜歡讓下人陪著這樣玩。

「將六丫頭衣服的顏色說清楚了？」

銘嬰點頭。「雖然府裡也有別家的小姐穿天碧色的衣裙，腰間卻沒有配紅粉的流蘇，況且早上小姐還送了一串銀鈴給六小姐。」

琳芳掩嘴笑。走起路來「叮噹」作響，所以吸引了宋家大爺來捉。

被陌生男子摟抱丟盡了臉，看林家還要不要她。

最重要的是那邊一鬧開，她這邊才好做她的事。琳芳整理好自己的衣裙，又轉了一圈讓銘嬰看看有沒有不妥當的地方。

銘嬰不敢怠慢，仔仔細細地幫琳芳打理了一番，主僕兩個這才分頭行事。

琳芳一路奔向南院的荷花池。長房的園子很大，北邊的小園種植奇花異草，兼有群芳亭，適合女眷旁邊玩耍，南院修了白堰池堤遍種蓮花，盛夏時搖船採蓮好不愜意，也許男子會閒步過來瞧瞧。琳芳讓人盯著外院的林大郎，只要他來南院，就是她上好的時機。

她就不相信，只要見了自己，林大郎還會要六丫頭那個鄉巴佬。

果然讓她猜準了。林大郎落了單，她就讓小丫鬟前去引人。「南院那邊有歇息處。」只是提點一句，讓人知曉也沒什麼。

琳芳心情越來越歡快，小心翼翼踏上白玉石階，一步步向前，翹著手指輕輕勾起裙角，搖擺著身姿瞧著景致，瞇著半明半寐的眼睛地過了橋，到了對岸，仰頭看岸邊垂柳，心中詩興如同剛剛吐蕊的新嫩。腳尖跟著腳跟，腳跟跟著腳尖，腳弓彎起落地極輕，玉底的繡鞋卻又發出清脆的聲響，她不知道該怎麼形容自己的優雅動人。若是在這時候那人出現，她慌張如小鹿般不知所措……

正在盤算間，一抹寶藍色的人影出現在她眼前。如星辰般明亮的眼睛，好整以暇的神情，薄薄的嘴唇上揚，有些奇怪又有些驚訝地望著她。

第一次獨自見外男，免不了會驚慌，琳芳心跳如鼓正不知道如何是好，彷彿園子裡傳來一陣嘈雜的聲音。「大爺……大爺……」琳芳這才想起來要轉身落荒而逃。

琳芳本來離池邊就近，腳下輕輕一滑，眼見就要跌落池塘裡，卻覺得手腕一緊，被人拽去了旁邊。

琳芳不由得嬌喊一聲，緊緊閉上眼睛。母親想要攀上惠和郡主，給她選一門更高的親事，可是她就看好了林大郎。等她的身子被扶正了，她就該斂衽謝林大郎，琳芳正想著，感覺到額頭一陣痲癢。

難不成林大郎這樣大膽，竟然……琳芳睜開眼睛，眼睛向上翻。在看清楚是什麼東西在額頭上之後，她立即後悔。

林正青嘴角彎起的笑容漂亮又乾淨，他低著頭，看半條蚯蚓在琳芳的額頭上爬啊爬。

「以後不要在我面前裝落水，我最討厭別人算計我。」

琳芳腦子早已經一片空白，只是慌亂地點頭。

林正青笑容大了些，眼睛如黑珍珠般熠熠發光。「不准說在這裡看見我，否則，下次見到妳就拿蟲子咬死妳。」

琳芳眼淚流下來，她想伸出手來將蟲子弄掉，手卻被人控制著不能動彈，只能眼巴巴求著林正青將蚯蚓拿起來。那蚯蚓在林正青手裡掙扎幾下，突然之間掉下來，落在琳芳嘴唇上，琳芳只覺得眼前一黑，頓時喘不過氣來。

林正青不由得嘆息一聲。能跑來與外男相會的人卻怕一條蚯蚓……想到這裡他忍不住冷笑，他的親事若是這樣被婦孺算計，他就覺得像一腳踩進了糞坑，說不出的噁心。

林正青用腳尖踢了地上的女子一腳，女子沒有動彈，顯然已經昏死過去。好在陳家奴婢盡職盡責，路邊沒有多少塵土，不會有人發現異常的腳印。不過陳家若是知趣的話，也會盤問他們家的小姐何以就這樣跑來南院。不知羞恥的行為，通常都會怪罪女人，鬧出去之後，這女子也不要嫁人了。

小丫鬟來傳達相會的消息，他還以為是陳六小姐想要見見未來的夫婿，卻沒想到看到的是另一張面孔。一不小心被人算計了，聲張出去，他的確落不得什麼好處，除了恐嚇沒有更簡單、便捷的法子。

小姐們在院子裡玩夠了，一起回到花廳去，花廳裡大人們的話正好也說到點上。

一通家常過後，大家都挺擔心長房老太太的身體。

二太太田氏恰時捧了黑漆漆的藥進屋，服侍長房老太太喝了。

林大太太道：「還好有二太太在跟前。」

長房老太太漱了口，繼續轉動掌心的手串。「人老了就是拖累晚輩。」

眾位夫人、太太都笑了，宋太太會說話。「老太太是哪裡的話，人都說家有一老如有一寶呢。」

長房老太太笑道：「妳們就會說好話哄老婆子。」

二太太田氏笑著，不知不覺就紅了眼睛，連忙用帕子掩飾去。「好久沒見過老太太這樣高興了。」

長房老太太笑而不語。

林大太太道：「老人家就是喜歡熱鬧……」說到這裡，林大太太意識到自己口誤，頓時訕訕紅了臉。長房子嗣凋零，唯一一根苗已經死了好久了，長房現在哪裡還有熱鬧可言。

眾人想及這一點，臉上均有黯然的神情。

二太太田氏眉毛一低，臉上有了慈悲的笑容。「我想要搬過來住，就怕老太太不願意日日見我。」

第三十七章

二太太田氏想要搬過來住。這話不是隨便說說算的，二太太田氏搬過來，二老爺要不要搬過來？四小姐自然也要過來，總不能眼看著一家分離。二太太田氏這話聽起來是一心想要服侍長輩，其實細想想，二老爺一家搬進來容易，搬出去就不可能了。到時候成全了孝名，老太太還能不將二老爺過繼到身下？

旁邊的白嬤嬤臉色難看起來。她知道二太太厲害，卻不知道能這樣悄無聲息地算計。長房老太太似是沒聽出田氏的弦外之音。「那怎麼行，二弟妹年紀也大了，身邊也是離不開兒女的。」自己的親婆婆還沒有服侍，怎麼能來長房服侍她？

二太太田氏聽得這話，倒不好意思地低下頭來。「婆婆現在有長嫂服侍，倒是用不上我。我雖然要研習佛法，首先卻要做好子女、妻母。婆婆要孝順，長房老太太也是長輩，如何能分得這樣清楚，哪怕等到長房老太太身子將養好了，我再回去侍奉婆婆。」

這樣冠冕堂皇的話說出來，又要在外面博得好名聲。長房老太太笑得眼睛周圍皺紋深刻。「這樣說，哪日用上你們，我便不客氣了。現在倒是有三個丫頭在身邊，這院子又熱鬧起來，我心裡十分高興，病也好了許多，你們也不用惦念。」

長房老太太裝瘋賣傻地拿琳婉幾個做幌子。

二太太田氏並沒有受挫，反而柔順地點頭。「長房老太太身子不舒服，媳婦以後定會來侍奉。」

這是趕也趕不走的孝順。長房老太太想起來，前朝有位孝子，因父親去世母親悲痛不肯吃飯，他就跪在院子裡，母親不吃飯他也不肯起來。田氏這一招和那位孝子也差不多了，二老太太董氏真是積了德，娶了這樣一個媳婦回來。

林大太太不好意思地低頭。「這樣一比，我們都要臊死了。怪不得二太太能做居士，我們就不能。」

「是啊，」旁邊的郎中太太都隨聲附和。「二太太是天生的菩薩臉。」

滿屋子的女眷提起田氏多年的善舉都津津樂道。

大家正說到去年辦粥廠，田氏摔了一跤的事，門口的小丫鬟就匆匆忙忙跑進屋。「不好了，宋大爺他……正追趕小姐們呢……」

什麼?!宋太太先站起身，臉色變得十分難看。「輝哥又惹什麼禍事了？」

那小丫鬟道：「也不知道，幾位小姐玩得正高興，宋大爺就突然闖了過來。」

幾位小姐……眾人眼睛在花廳裡一掃，除了陳家的小姐，客人裡有四、五位小姐在外面，宋太太頓時覺得頭皮發麻。真的出了事衝撞了哪位千金，她可是擔當不起。

二太太田氏、宋太太、齊二太太和白嬤嬤忙出去瞧，四個人才出了花廳，遠遠地看到幾個人影匆匆忙忙往這邊跑。

齊二太太迎上前一瞧，果然有自家女兒。

小姐們回來，後面的一堆丫鬟、婆子也陸續聚過來。

「怎麼回事？」宋太太最焦急，伸長脖子找自家兒子。輝哥病了之後心性不全，不好放他單獨去與前院男人們說話，只得帶在身邊，她原本想說完話早些告辭出去，誰知道這麼一會兒，輝哥就惹了禍。

齊三小姐道：「我們在踢鈴鐺球，誰知道突然有人從假山石後面摸過來，多虧丫鬟、婆子先看到，卻也嚇了我們一跳。」

琳婉氣喘吁吁，身邊還有驚魂未定的琳怡。

齊三小姐接著道：「宋大爺好像嘴裡一直說，聽到鈴鐺聲就出來抓。」說著去看齊五小姐和董家小姐。「是不是？」

董家小姐忙點頭。「就是，我也聽到是這麼句話。」

聽到鈴鐺聲就出來抓？這是什麼意思？

身後又是一陣騷動聲，琳婉和琳怡忙躲到田氏身後。

琳怡這樣一動，大家都聽到鈴鐺聲響，再低下頭來找，原來陳六小姐腰間綁了串鈴鐺。

白嬤嬤一怔忙問琳怡。「六小姐怎麼會戴了串鈴鐺？」

琳怡抬起頭。「是四姊今天早晨——」說到這裡，猛然感覺到有道凌厲的目光落在她身上，琳怡轉頭看到了二太太田氏，剩下的話立時嚥了下去。

白嬤嬤似是聽出了些什麼，目光閃爍地接口。「小姐們沒事就好，」說著看向宋太太。「宋大爺是小孩子的心性，大家都曉得的，太太也不要太著急。」

這句話正說到她心坎裡，宋太太吁了口氣，對白嬤嬤露出感激的目光。

田氏和齊二太太護著幾位小姐。「妳們先回花廳坐著。」

幾位小姐忙點頭，一邊小聲說話一邊往回走。

就在這時，田氏忽然發現。「琳芳哪裡去了？」

走在前面的琳婉幾個停下腳步，互相看看。

琳婉輕聲道：「四妹妹沒和我們在一起。」

琳芳也沒在花廳。

田氏臉色變了，宋太太的表情也奇怪起來，院子裡的氣氛頓時讓人覺得詭異。

「奴婢讓人去找四小姐。」

白嬤嬤交代完身邊的下人，陪著宋太太、田氏一起去看宋家大爺。

琳怡伸手摸向腰間的鈴鐺。琳芳能做出這樣惡毒的事，她自然也該當著大家的面揭開。若是提前發覺了卻不聲不響地將這頁翻過去，下次琳芳指不定還會用出什麼手段來。她從不會有害人的心腸，卻也要保護自己。

尤其是對琳芳，頻於應付琳芳製造出來的麻煩，不如找機會回過去，讓琳芳嚐嚐自己釀的苦果，以後的日子也就不會過得那麼舒坦。

第三十八章

琳芳不在屋裡，長房老太太身邊的位置就輪到琳婉和琳怡了。

幾位小姐都被嚇了一跳，大家順理成章站在長輩面前撒嬌。

長房老太太安慰琳婉和琳怡。「好了、好了，宋大爺也不是壞人。」

琳婉道：「我們也不是被宋大爺的聲音嚇到了，就是……也沒看清楚……」

整件事總不能都推在宋大爺身上，歸根結柢宋大爺還是被人利用，宋家人品如何她不知曉，但是她不準備給宋大爺添堵。琳怡也點頭。「是沒看清楚人，我倒是被丫鬟、婆子一鬧嚇到了。」

鄭七小姐也拿著帕子掩嘴。「我也是被下人蜂擁地過來嚇著了。」

幾句話遮掩過去，大家也都釋然了。眾位太太都知道，就算是有內情，陳家人也不會現在說出來，只有回去慢慢打聽。

這時候，琳怡已經將腰間的鈴鐺拽下來，特意讓鈴鐺上的繐子散了一地。

大家喝茶的工夫，白嬤嬤和宋太太進了屋。

長房老太太忙直起身子關切地問宋太太。「大爺怎麼樣？有沒有嚇到？」

長房老太太沒問她錯，倒是關切輝哥。宋太太眼睛一紅。「真是沒想到，帶他來惹出這麼大的事。」

長房老太太伸手道：「好孩子，這邊來坐。」

白嬤嬤忙將宋太太讓到椅子上。

「我們都是為人母的，都知曉妳不容易，孩子病了妳也沒法子，這不是妳的過錯。再說大爺也是身不由己，要怪就怪下人們一通蝎虎嚇著了女娃娃們。」

長房老太太這樣溫聲一勸，宋太太的眼淚忍不住地往下淌，花廳裡的女眷忙勸慰。

過了一盞茶時間，二太太田氏也從外面回來坐下。

長房老太太立即問：「琳芳呢？找到沒有？」

田氏還像往常一樣安寧、溫和地笑著。「找到了，在園子裡摔了一跤，正在房裡換衣服呢。」

長房老太太皺起眉頭。「這孩子怎麼這樣不小心？下人也是不來回一聲。」

田氏笑道：「幫我去廚房張羅茶點時摔了，丫鬟是想來稟告，琳芳不肯，怕嚇到老太太又驚了客人。」

田氏話說得不留痕跡，琳芳一下子成了賢良淑德的好女兒。

不一會兒工夫，摔跤的琳芳端著糕點進了屋。「宴席已經擺好了。」

長房老太太笑著起身。「走吧，別讓孩子們餓著了。」

一屋子人不留痕跡地去了宴席處，大家的目光仍舊在琳芳身上徘徊，琳芳的髮髻被重新梳過，衣服換了一套嶄新的，面上用了厚厚的脂粉，眼睛有些紅腫，緊緊攥著帕子，彷彿生怕身上有什麼不乾淨的東西冒出來，讓大家看出端倪，於是舉止都帶著怯意。

齊三小姐先忍不住和妹妹咬耳朵。「怎麼看也不像是摔了一跤。」摔跤哪裡用得著從上到下的打扮。「莫不是，被宋大爺捉到了？」

齊五小姐臉色難看，這話好在沒有別人能聽見，否則陳家人一定恨死她們姊妹了。不過，琳芳的事也是明眼人一看就知曉。

鄭七小姐就向琳怡眨了眨眼睛。

大家吃過了素齋，聽了田氏唸佛經，時辰已經不早了，前院的男客都來陸續拜見長房老太太，眾位小姐就坐在長輩身後拉了竹簾。鄭七小姐用紅繩子在手上打了個花樣，得意洋洋地傳給琳婉、琳怡和齊家姊妹看。

齊三小姐先試了試，無論扯哪根繩子都不能將繩子解開，齊五小姐看著有趣，也伸手扯了幾次，直到琳婉幾個都試過了，鄭七小姐才得意洋洋地擺在琳怡眼皮底下。「上次看了妳的魯班鎖，我才想起這個，這是我小時候母親哄著我玩的，母親說是真太妃教的呢，」話音剛落，「哎呦」一聲，看到琳怡拿著的繩子另一端，線花已經從鄭七小姐手裡散開。

鄭七小姐得意的笑容頓時僵在臉上。「妳怎麼就解開了？」

琳怡拿著紅繩笑道：「剛才看著妳繫了，就想著從妳最開始繞的地方扯，說不定能扯開。」

鄭七小姐覺得陳六小姐這話聽起來耳熟，剛要想到出自何處，就被齊三小姐「咦」一聲打斷了思緒。

齊三小姐道：「剛才我明明都將繩子扯過了。」

琳怡看著鄭七小姐的胖手笑著指點。「要挑著她小手指上的線扯才行。」

齊三小姐這才明白過來。「原來如此。」

鄭七小姐伸出手在琳怡腰間重重地撓了一下，琳怡最是怕癢，被撓得連連閃躲，鄭七小姐道：「教妳欺負我、教妳欺負我——」

不知道被欺負的是誰。

「對了，」鄭七小姐忽然想到。「母親說妳繡的扇面真好，」說到這裡，鄭七小姐扭捏起來，附在琳怡耳邊壓低聲音。「太后要過壽辰了，我還沒有東西能拿出來，妳和三小姐能不能幫幫忙繡塊流蘇？」

琳怡看向旁邊的琳婉，琳婉正和董家小姐說話。

鄭七小姐紅著臉。「是我看三小姐的針線好，又想到妳更勝一籌，才想出這樣的主意。我也能請繡工幫忙，只是她們畫的樣子都極難看，拿出這樣的壽禮，我肯定要被那些人嘲笑。」

那些人……是說宗親、貴女們吧！

鄭七小姐悄悄道：「這幾天母親都拘著我，讓我在房裡學女紅，說我要是在壽禮上讓她丟臉，以後就別想出來了。」

看著鄭七小姐紅撲撲的小臉上滿是懇切的表情，琳怡也不忍拒絕。「好。」

鄭七小姐才要高興，琳怡立即提條件。「不過有一條，若是我做得不好妳被人笑話了，可不要怨我。」

鄭七小姐笑嘻嘻地道：「那是自然。」

鄭七小姐話音一落，琳怡只覺得屋子裡一下子靜寂下來，聽得外面清朗的聲音，原來是林正青拜見長房老太太。

大家開始隔著竹簾張望。雖然視線被遮擋，卻能看到翩翩少年郎英俊的臉孔，角落裡的琳芳手不受控制地顫抖。她不想去看林大郎，卻不受控制地抬起頭緊盯著那個身影，他剛才在耳邊的呢喃也重新回到她的耳朵。

「咬死妳。」說得那麼孩子氣、那麼可怕。那雙黑眸子閃耀著微笑，就像深深的潭底，她從中看不到自己的影子，渾身一絲也不能動彈，只能任他擺弄。想到這裡，琳芳覺得脊背上的汗毛都豎立起來，心不受約束慌亂個不停，最重要的是，她汗透衣襟卻不想逃。

琳怡剛剛不留痕跡地看了一眼琳芳，手就被齊三小姐拽了一下。「我哥哥。」

琳怡抬起頭來，看到長房老太太跟前站了個穿著寶藍直裰，目朗眉秀、行止端正的齊二爺。齊二爺話不多，看起來和兩個妹妹的性子不大一樣，是個萬事規矩，肩頭沾不得半點塵土的人。琳怡立即想到父親口中在翰林院出入的那些文官，不論什麼時候都是指甲整潔，領口嚴緊，不苟言笑，出口成章。齊二爺在國子監進讀，等到入了場必定博個功名，靠著齊家的聲名也能進翰林院。

表面上看來，林正青做事輕巧圓滑，齊二爺刻板正直，怪不得在女眷裡聽到提起林正青的時候更多些。

鄭十九呢？琳怡突然想起那個鳳儀出眾的男子，彷彿無論頭頂如何風雲翻滾，他都能似閒看落花般泰然。

行過禮之後，大家又留下來說了會兒話，然後才陸續離開。

送走客人，陳家自己關上大門，長房老太太還是問琳芳。「到底去哪裡了？」

琳芳畏縮著看了一眼田氏。「真的……是摔了……」

長房老太太抬起眼睛仔細地盯著琳芳看，直將琳芳盯得低下了頭。

「孫女不敢胡說。」

長房老太太冷笑。「讓我去請廚娘來對證不成？看看妳是不是去廚房幫手了？這多虧是在自己家，隨妳怎麼說都行，要是去了外面還不丟了整個陳氏一族的臉面。」長房老太太說著將手裡的一串鈴鐺拍在矮桌上。

田氏看到鈴鐺，再看看琳芳的表情也不禁動容。「這是……」

琳芳抬起頭，惡毒地瞧了琳怡一眼。

長房老太太像揮蒼蠅似地擺手。「不用在我這裡分辯，我這關好過，別的太太、小姐可都瞧著呢。六丫頭不敢聲張，偷偷將鈴鐺取下了，剛剛是我跟她要來的。」說著看向田氏。

「妳侍奉佛祖這麼多年了，有些話比我說的好，相夫教子哪樣都不能懈怠，妳今日就將琳芳領回去問個清楚。」

白嬤嬤站在一旁差點笑出來。二太太剛才還說凡事要先做好子女、妻母，現在老太太將這句話不軟不硬地回給她，看她還有什麼臉面打著孝順的旗號住進來。

第三十九章

田氏也是個聰明人，知道再爭辯下去沒有她的好結果，乾脆上前認錯。「老太太別生氣，都是我平日裡管教不嚴。琳芳玩心大了，想去看看南院能不能划船，結果卻腳下一滑摔在岸邊，其他的就真的沒有了。那鈴鐺許是湊巧了，琳芳怎麼會害她妹妹？哪家女眷不玩丟鈴鐺球？我聽說宋家下人常陪著宋大爺玩的，所以聽到鈴鐺聲響才會追出來，琳芳一個小姐如何能和一個心智不全的人……有什麼……老太太真是冤了琳芳。這話若是傳出去，琳芳真的不要做人了。」

「我冤枉她？」長房老太太看一眼白嬤嬤。「去將仇大媳婦叫來和四小姐的丫鬟銘嬰對質，看看是誰在說謊話。」

銘嬰聽得這話，腿一軟，頓時跪下來。「老太太，奴婢錯了，是奴婢出的主意，和四小姐無關……四小姐也沒有要害六小姐，只是讓奴婢到時候拿了鈴鐺將大爺引出來，在女眷面前丟了臉面，這樣宋家就不會總提起小姐的婚事。」說著，從袖子裡拿出一串鈴鐺。「奴婢準備的鈴鐺在這裡，奴婢說的話也是千真萬確。」

一直坐在旁邊沒有任何表示的琳怡抬起了眼睛。田氏好厲害，這麼快就安排好了讓丫鬟頂包，而且還用了冠冕堂皇的理由。

楚。

就算仇大媳婦一口咬定是琳芳要害人，田氏也可以說仇大媳婦站得遠，不能將話聽得清楚。

長房老太太冷笑著看地上的銘嬰。「倒是一個護主的奴婢。不過有這種骯髒的心思，沒得教壞了好好的小姐，我看這樣的人就算賣去妓坊也不算冤了她。」

賣去妓坊？丫鬟犯了大錯，一是拉出去配了小廝，二是賣給牙婆子，如果在牙婆子手裡打點，興許還能去個好一點的人家做下人，可是直接賣去妓坊就再沒有了指望……銘嬰又急又怕，頓時啞了嗓子。「長房老太太饒命啊！長房老太太饒命，奴婢下次再也不敢了！」說著不停地磕頭。

長房老太太垂著眼睛看地上的銘嬰。她已經這般說了，這丫頭還是不肯改口，可見被人拿捏得死死的。

旁邊的玲瓏可憐起地上的銘嬰來，主子交代下來的事就必須去做，萬一東窗事發，只能拿來被犧牲，這就是做奴婢的命。玲瓏想著，側頭看一眼琳怡。多虧她的主子是從來不會做錯事的六小姐。

一通審訊下來，銘嬰一口咬定是要讓宋大爺出醜，琳芳事先並不知曉，琳芳的錯處只是不該去南院。田氏讓人將銘嬰押了下去，對長房老太太又是一頓哭訴，一場戲演得淋漓盡致，琳芳也流下了悔恨的眼淚，跪在長房老太太腳下懇求原諒。

到了這個分上，對方打死不認，還真的能對簿公堂不成？

長房老太太意味深長地看著田氏。「妳也該好好教琳芳了，過幾年就到了出閣的年齡，名聲放出去還怎麼嫁人？」話已經說得再清楚不過，無論將來琳芳許給哪家，必定來問長輩，長輩若是說出個不字，加上今天這麼多人親眼目睹，就算沒事也能傳得滿城風雨，好人家就別想再去了。

這一次，田氏乾脆裝作聽不懂，任琳芳哭了好一陣子。

琳芳開始還哭得作假，可是想及今天所受的委屈，傷心難過得一發不可收拾。

大約過了一個時辰，二太太田氏才帶了琳芳回二房歇息兩日，養好精神再來侍奉長房老太太。

田氏和琳芳上了馬車。琳芳聞著田氏身上檀香的味道，渾身脫力般靠在田氏身上。田氏捏著手裡的佛珠，看著各家夫人送她的佛經，垂下眼睛一動不動似佛龕裡的泥胎，半天才輕輕敲了敲車廂的門板。

馬車慢下來，立即有婆子靠上前聽吩咐。

「銘嬰呢？」

鄒婆子道：「在外面跟著呢。」

田氏露出慈悲的表情。「從小在小姐身邊長大，細皮嫩肉的，送去妓坊也是被糟蹋。」

琳芳聽得這話，心中燃起一線希望。母親慈悲，銘嬰是她身邊最得力的丫鬟，她實在捨不得將她放出去。

田氏淡淡道：「扔去城外的亂葬崗，給她老子娘一百兩銀子，就說讓外地的牙婆買走了，斷了他們的念想。」

鄒婆子早已經習以為常，平靜地應下來。

車廂裡的琳芳卻睜大了眼睛。「母親……母親，不能讓銘嬰死啊……」

田氏嘆口氣，溫軟的目光看向琳芳。「我也不想，銘嬰那孩子我也很喜歡。只是……我要保護妳啊，我做了那麼多善事，說到底都是為妳和妳父親積福，為的是你們能平平安安，可是到了要護著你們的時候，我又要做個壞人。銘嬰不死，長房老太太就會揪著這件事不放，將來哪個人家肯要妳？萬一將來銘嬰說漏了嘴，妳今日的所作所為只能剪了頭髮做姑子，或是在毒酒和白綾裡選上一樣，到時候族裡壓下來，我和妳父親就真真的沒了法子。」

琳芳嘴唇顫抖著，眼淚掉個不停。都是長房和琳怡做的事，若不是她們，銘嬰也不用死了……

田氏用手摩挲著膝頭的佛經。「我只有多抄幾份經書為她超渡，盼她下輩子能做個富貴人家的好小姐。」

琳芳想再求田氏卻不知道該怎麼說好。田氏伸出手，輕輕拍打琳芳的肩膀。「母親總不會害妳，好了，這回能告訴我在南院出了什麼事？妳怎麼就暈倒了？」

第四十章

到底要不要跟母親說？

將林大郎捉弄她的事全盤托出，讓父親、母親為她作主，可她私自與林大郎相會在前，林大郎若不娶她，她日後要怎麼見人？她獨自一個人躺在南園那麼長時間，臉上、身上又如此狼狽，會不會有人質疑她的清白？母親還會不會像從前一樣待她？

林家大郎說出那樣狠心的話，一定不會顧她生死。

她不能說，對誰也不能提起，否則不但她在家抬不起頭來，出去了更會被人笑話。琳芳終於發現，有些秘密連父母都要瞞著。

琳芳搖頭。「都是我笨手笨腳不小心。」

田氏仍舊不動聲色。「妳是不是要去見林家大郎？」

琳芳一驚，抬起頭來，臉上所有的表情落入田氏眼睛裡。已經瞞不下去。「我是想去見，」琳芳熱滾滾的眼淚又淌成河。「可是我沒見到人，卻摔在地上暈了過去，多虧銘嬰及時趕到，否則真的要出醜了。」

田氏拿出帕子給琳芳擦眼淚，換了一種試探方法。「那林家這門親事，妳還要不要？」

琳芳眼前立即浮起那個可怕的身影，脊背上一陣酥麻，彷彿有千萬條蟲子在上面扭曲，她蒼白著臉，剛要說話遮掩，只聽外面傳來婆子的聲音。「快將車靠邊。」

然後是一陣嘈雜的腳步聲，待那些聲音漸遠。

田氏敲敲車廂，婆子來回話。「是一隊官老爺，衝著長房方向去了。」

田氏目光一沈，吩咐婆子。「讓人去悄悄打聽。」

琳芳聽得有官兵去了長房。心裡一輕。「這麼說，我跟母親還回來對了。」

長房老太太喝著茶。白嬤嬤笑著道：「現在可是好了，要不是四小姐出了事，還不知道怎麼將二太太一家送回去。」二老爺送走客人就向老太太行禮走了。最能糾纏的就是二太太，二太太平日裡一副好性子，做起事來到底不含糊。

長房老太太看一眼在內室軟榻上休息的琳怡。

要不是六丫頭，她恐怕會睜一隻眼閉一隻眼讓田氏進門，畢竟在外面，田氏還算為人和善，她也想看看田氏到底抱著什麼心思。長房這家業，允禮走之前和她說過，等她百年後就交給二房。她何嘗不知道允禮的意思，夫君在外征戰那麼多年，還不就是想給陳氏祖宗添光，卻沒承想就丟了爵位，夫君自覺得對不起老太爺，死不瞑目。允禮那時就發誓要拿回廣平侯的爵位，也年紀輕輕就走了……允禮唯一能做的，就是請她照顧陳家手足。

長房老太太不露痕跡地吞掉上湧的淚水。她想幫襯趙氏生的孩子，可陳允遠是個硬骨頭，早早就離京去福建，剩下董氏生的兩個孩子，她是眼看著董氏心思不正，怎麼也不想將陳家祖宅交付給董氏。

現在允遠一家回來了，終於有機會讓她改弦易轍。

長房老太太看向白嬤嬤。「琳芳到底去哪裡了？」

白嬤嬤道：「只知道去了南園，別的也沒人看見。」

長房老太太嘆口氣。「園子裡該添人手了。」

聽得這話，白嬤嬤頓時高興起來。「那奴婢託相熟的人牙子買來幾個伶俐的。」

長房老太太道：「先不急。我們這邊有所動作，二老太太董氏就會發覺，我想要幫襯允遠一家，弄不好反而害了他們。」

白嬤嬤道：「還是老太太想得周全。要依奴婢就直接讓三老爺和三太太住進來就是。」

長房老太太譏誚道：「董氏哪會干休，一定會使出許多么蛾子，還是等一等……袁家若是能度過難關，將來也能幫襯允遠。」

白嬤嬤笑著上前揉捏長房老太太的肩膀。「既然袁氏一族插手了，就該沒有大事，您沒看這次來訪的女眷都十分上心大姑爺的案子，大家都是常來常往的，實在怕被牽連。林大太太兩次提起六小姐，老太太沒作聲，林大太太不是也沒說別的嗎？」

長房老太太失笑。「那是因為有人趕著要跟她結親，就連金陵最有錢的宋家都請了來，妳可知道林大太太的父親官途不順，致仕後就帶著兒孫回金陵老家去了。」

林家這幾年運勢不濟，怎麼能顧得上岳家？宋家卻不一樣，伸伸手指就能讓林大太太的娘家獲利，這是林大太太平日裡想方設法都結交不到的人，二太太田氏這次偏將人送到林大太太眼前，林大太太的心情可想而知，長房老太太想到這裡。「都說十分心眼用三分，留下七分給兒孫。琳芳不受教是因為她母親太會算計，否則今天沒有琳芳的攪局，田氏可是大贏家。」

躺在軟榻上的琳怡睜開眼睛。原來是這麼回事。她還在猜田氏帶宋太太過來是為了什麼，原來是志在林家。利用宋大爺害她，這樣拙劣的伎倆只有琳芳能想得出來，田氏算計人向來手段高絕。琳怡睡不著，正要起身，就聽得聽竹進了屋急聲道：「老太太，不好了！門外忽然來了不少官兵把守，也不知道是因為什麼?!」

琳怡忙穿上鞋，快步從內室裡出來，長房老太太已經聞聲色變。「我們家無人在朝為官，有的就只幾個婦孺，官府怎麼會派兵過來？妳可看清楚了？」

聽竹道：「前院的管事和門上的婆子都來報了，說是那些官兵已經將大門關好，不准再有人進出。」

長房老太太胸口一緊，琳怡忙上前輕輕給長房老太太順背。

白嬤嬤也聽得手腳發涼。「這是為什麼？咱們家又有什麼違反法紀的？莫不是家裡有下人在外面做了傷天害理的事？」

白嬤嬤也慌了神。下人做了傷天害理的事，恐怕衙門的人已經進府拜見了，哪裡用得著將整個陳家圍成鐵桶？

屋子裡正說著話，門口傳來婆子的呼喊聲。「老太太，這可怎麼辦才好？奴婢的男人出去採買回來就被扣在外面了！」

話音剛落，又有婆子道：「送客的車、跟車的小廝和婆子還沒回來呢！」

陳家長房人口凋零，多少年都沒有經過風浪，突如其來的變故一下子便將不少人打垮了。

長房老太太半天才緩過神來。「只是門外來了官兵就將你們嚇成這般，國有國法，沒有罪過還會強加過來不成？」說著，看一眼白嬤嬤。

白嬤嬤也如夢方醒，忙出去打發那些嚇破膽的下人。

白嬤嬤雖然將聚在老太太門前的下人遣散了，屋子裡仍舊是一片愁雲慘霧。「六丫頭，妳說說，外面這樣的陣仗是因為什麼？」

琳怡仔細思量。「孫女想應該有兩種可能，一是陳家出了事，老太太只是被牽連，只要打聽出二房是不是也去了官兵就能知曉。二是因袁家的事，可是如今大姊已經回到袁氏族裡，就算大姊被大姊夫牽連，官府應該去袁家捉人，怎麼會圍了我們家？」所以想來想去，還是陳家出事的可能性最大。

琳怡不禁擔心起父兄來，難道是父親在衙門出了事，所以官府派兵來……如果是父親的事，依這個陣仗，罪名肯定不會小了。

長房老太太聽得這話，伸手將琳怡抱在懷裡。「怕不怕？」

琳怡靠在長房老太太膝頭。「怕，也不怕。因為怕也沒有用，該來的還是要來。」琳怡說完話，頭頂傳來一聲長長的嘆息。

「如果真是妳父親出了事，牽連到妳，我真是悔之不及，早知道應該將妳許了人，至少妳就能置身事外。」

琳怡切實感覺到了長房老太太對她的擔憂，緊緊地摟著她，生怕外面的官兵闖進來將她帶走，琳怡鼻子一酸，嘴邊綻露笑容。「祖母，我年紀尚小，就算是早早議親，也不會這麼快就嫁了。」

六丫頭是怕她擔心，才變著法地逗她。

琳怡想及前世，她眼睜睜地看著父親被官兵帶走，父親轉過頭，似是想給妻兒個安慰、歉意的目光，卻終究被人推搡著離開。所以重活一世，她才千方百計地改變全家的處境，盼著不要舊事重演。

「伯祖母，」琳怡從長房老太太懷中起身。「我們不能就這樣等著，要想方設法打聽些消息才是，這樣也好想辦法爭取。」

長房老太太看著眼睛中滿是期望的琳怡。人垂垂老矣，胸中殘存的鬥志竟然不如一個十三歲的小丫頭。「妳說的對，我們不能這樣任人擺布。」

陳氏畢竟是大族，陳家先輩一代又一代在戰場上拋頭顱灑熱血，就算現在沒落了，究竟是瘦死的駱駝比馬大。長房老太太將白嬤嬤叫來。「想辦法跟外面的兵士說上話，問問帶隊的人是誰？」

如果能跟帶隊的人攀上交情那是最好了。

「伯祖母，」琳怡忽然道。「恐怕是不行，既然能帶隊來我們家，必然已經經過朝廷細選，不大可能和我們家有交情。」

也就是說，這條路可能沒走就被封死了。

長房老太太看向琳怡。「妳有什麼辦法？」

第四十一章

琳怡的法子很簡單，去賄賂守小門的官兵試試，如今只要打聽出來，陳家二房的情形是否也和長房一樣。

如果守門的官兵肯收銀錢，說明陳家的事還有緩和的餘地，若是官兵見到金銀不動心，就是出了大事。

小小的金瓜子從門縫塞出去，擺了十幾枚，終於有人回應了。

白嬤嬤臉色發白地道：「金瓜子全都被退了回來。」

屋子裡其他人聽了不禁洩氣，這個法子不行。

琳怡抬起頭，看到長房老太太表情陰沈不定。「祖母，守門的官兵性子也太好了些。」只是將東西退了進來，呼喝打罵一樣也沒有。

雖然只是小小的差別卻讓人很奇怪，官兵的態度至少和琳怡前世經歷過的不一樣。

長房老太太點點頭，仔細吩咐白嬤嬤。「妳親自過去說，就說我病了需要請郎中，煩請官爺通融，看看那邊怎麼說。」

白嬤嬤年輕的時候跟長房老太太見過一些場面，關鍵時刻也能壓得住心神。

不一會兒工夫，白芍一路跑回來。「不好了，白嬤嬤帶著人一起去叫門，讓門口的官兵給打了。」

長房老太太皺起眉頭，讓琳怡扶著站起身來。剛才還說得好好的，怎麼轉眼就被打了，莫不是之前的猜測有誤？

祖孫倆對視一眼，琳怡正要問白嬤嬤被打得重不重，外面就又有婆子來傳話。「外面的官兵進來了，說是要看老太太。」

不管怎麼樣，總算是有轉機。

長房老太太眼睛裡也難掩驚喜，拉著琳怡進到內室裡，讓人拉了幔帳、點了開竅的藥香，勉強算是佈置妥當。

第一次有官兵上門，主屋裡的丫鬟、婆子都嚇得手腳冰涼，膽大點的媳婦子就伸出頭去張望，看到海棠色的官服忙低聲通稟。「來了。」

白嬤嬤捂住肚子、趺趺撞撞地跟在一旁，顯然剛才被打得不輕。年輕的丫鬟看到這種陣仗，哆嗦成一團。尤其是來人臉色鐵青、目光冰冷，讓人看之膽寒。那人行公事，站在幔帳、屏風後低聲問：「陳老太太身子如何？」

幔帳後傳來長房老太太一陣咳嗽聲，喘息急促，話也說不出來。

白嬤嬤這時躬身道：「煩勞軍爺……讓人請個郎中……我們陳家……隔壁二房就有……家中先生……」

領頭的軍爺濃黑的眉毛皺起來，五官更加陰沈可怕。「上面嚴令，不見公文，陳公家不得有人進出，下官也是聽命上峰。」

這人像是在故意透露消息。否則只需拒絕何必講這麼多。琳怡看向長房老太太。只需再稍作試探……只是等了一會兒，遲遲聽不到白嬤嬤說話，琳怡皺起眉頭來。不能錯過這個機會。

那軍爺剛要轉身出門。只聽幔帳內傳來一陣哭聲。「伯祖母……伯祖母，您這是怎麼了……快……快來人啊……」

一時之間，屋子裡亂成一團，取藥的小丫鬟和倒水的小丫鬟撞在一起，滾熱的水潑下來頓時一聲慘叫，角落裡的小丫鬟也哭喊起來，整個陳家頓時一片愁雲慘霧。

「快救救伯祖母啊……」幔帳內的哭聲真切。「不是只隔了一條胡同，怎麼就不能請過來……這可怎麼辦……」

幔帳那邊話音剛落，白嬤嬤撩開幔帳出來，站在外面的軍爺隱約看到躺在床上努力喘息的長房老太太，還有一抹碧色身影依偎在身邊。

那軍爺不留痕跡地收回目光，原本以為在眾目睽睽之下提醒陳家實在不容易，沒想到有人倒是很快明白了他的意思，這樣他也能順利回去交差。想到這一點，他心裡倒是輕鬆了許多。

白嬤嬤見到軍爺就跪下。「老太太年紀大了……拖不得啊……求求您了……」

那位軍爺似是被磨得沒了耐心，咬咬牙根，臉上頓時青筋暴起。「就算陳家來了人，我們也不能將他們放進來，老太太還是自己想想辦法。」說完話頭也不回地出了門。

屋子裡頓時又傳來一陣哭聲。

幔帳裡的琳怡假意用帕子擦眼睛，拉著長房老太太的手一緊。「伯祖母，不是我們陳家出了事。」

長房老太太頷首，悠悠地嘆口氣，拉緊琳怡。「還是妳機靈。」

雖然不是陳家出了事，也不能就放鬆。那人說，讓她們自己想辦法……這話的意思是，是長房這邊自己出了差錯。琳怡道：「伯祖母想想家裡還有沒有別的事引來官府的人。」長房老太太皺起眉頭想了片刻。「沒有，這些年我很少和外面人來往，也就是袁二小子和琳嬌兩個。」

還是袁家的事，大姊夫被官府捉了，他們想的是有人又要陷害大姊夫，和袁學士之前的貪墨案無關，可如果這件事就是和袁學士有關呢？

「袁家有沒有東西託付伯祖母保管？特別是書信。」官兵將大姊夫家裡的書房封了，顯然是在找什麼東西。

長房老太太仔細思量，突然之間汗透重襟。難不成是因為那兩大箱東西？袁二小子搬家的時候，暫時將東西寄放在她這裡，最後搬遷的時候只拿了那些日常用的物件兒。袁二小子說那兩大箱東西都是不值錢的舊物，她就讓人隨意放在庫裡，時間久了，竟然就忘記了。

看到長房老太太的神色，琳怡就知道猜準了。「事不宜遲，祖母趕緊將箱子找出來看看，有不妥當的東西也好趕緊銷毀，免得落到官府手裡。」

長房老太太將白嬤嬤叫來。「妳帶小姐去庫裡將袁家留下來的東西找出來，瞧瞧怎麼處置妥當。」

白嬤嬤聽得這話，忘了肋下的疼痛，忙去取了鑰匙。「奴婢大約記得在什麼地方，六小姐快隨我去吧！」

琳怡起身跟在白嬤嬤身後。

「我也跟六妹妹一起去幫忙！」琳婉聽了消息帶著丫鬟趕過來。

白嬤嬤道：「奴婢們不識得幾個字，兩位小姐都跟著也能找得快些。」

長房老太太看看溫厚的琳婉。「那就快去吧！」

琳婉跟在琳怡身邊。「妹妹識的字多些，還是妹妹先過目，我和白嬤嬤旁邊打下手。」

白嬤嬤道：「這般也妥當。」

長房的庫房已經被雜物堆滿了，尤其是裝雜物的箱子，一眼望去簡直一模一樣，幸而白嬤嬤是個精明能幹的，很快就讓人找到了幾只紋理不大一樣的箱子。

琳婉開了個裝滿金器的箱子，嚇了一大跳急忙合上。白嬤嬤和琳怡倒是打開了兩個套箱。白嬤嬤鬆口氣。「就是裡面兩只小箱了。」

外面的大箱子是陳家上的鎖，裡面的小一點的箱子鑰匙卻在袁家人手裡，眼下也顧不得許多，白嬤嬤喊來粗使婆子將箱子撬開。箱子一打開，幾個人看到了文房四寶和壓在下面的書籍。

琳怡隨手拿出一本書來看，是袁學士自己的詩集。看到這些東西，琳怡可以確定，官府找的就是這些書。對於袁家來說，沒有比提反詩更大的罪名了。

白嬤嬤看著空著急。「這要怎麼辦？」

這些書藏在哪裡都不穩妥，萬一被官府發現，陳家也會被牽連其中。最好的法子就是將這些詩集燒成灰，這樣就算官府找到灰燼也沒有確實的證據。

琳怡低頭看兩個箱子，袁學士實在沒少寫詩，這些詩集就算燒也要燒上一會兒，就怕沒燒完讓官兵捉個正著。

琳婉道：「要不然讓人將箱子埋在院子裡。」

不好，抬箱子出去說不得會被府裡的下人看到，到時候下人被盤問起來，保不齊誰會說漏了嘴，否則沈在湖底比埋起來更穩妥。

琳怡思量了片刻，還是決定燒，必須要燒。官府既然能圍了陳家，就是志在必得，沒有查出來是不會罷休的。弄不好還有知情人告密，大姊和大姊夫身邊不一定全是護主的忠僕。

琳婉道：「嬤嬤，就聽了六妹妹的，快找幾個人來燒詩集吧！」

白嬤嬤道：「我立即讓人去生火盆。」

琳婉道：「還生什麼火盆，直接倒出來一起燒就是。」

琳怡一把拉住琳婉，看著白嬤嬤。「嬤嬤在這裡燒這些詩集，我和三姊去前面安排。」

白嬤嬤如今也只能都聽琳怡的。

不是做飯的時辰，陳家卻冒起了濃煙。官兵正好取了文書，打開了陳家的大門，官兵長驅直入四處搜找，陳家女眷都縮在內院不敢出來，官兵循著濃煙走到後宅主屋，立即瞧見陳老太太的院子裡燃起一堆火焰，旁邊還有丫鬟、婆子不斷地向火裡扔書籍。

領頭的官員頓時嚇了一跳，若是證據就這樣讓陳家燒了，他要怎麼回去覆命？於是扯開嗓子大聲呼喊。「來人、來人！快、快將火撲滅！」

聽說陳家的大火，坐在紫檀椅子裡的人不由得一笑。難為陳家想到這個法子。不過是幾個女眷就將一隊官兵騙得團團轉。陳小姐表面上對什麼都不在意，其實心裡比誰都清楚。

他正想著，身邊的下屬已經焦急。「會不會被搜到的那些書裡就有袁學士的詩集？」

他眼睛裡的神采慢慢舒卷。鬧出這麼大的動靜，怎麼還會有證據落在官府手裡？早已經化成灰了吧！

第四十二章

一番抄檢過後，陳家長房一片狼藉，陳家凡是土地鬆軟的地方必被掘地三尺，南園的大湖也被搜索了一遍，陳家長房連一片紙都沒留下，抄檢時還帶了袁二爺的小廝進府辨認，結果沒有翻到任何和袁家有關的物件。

硬說有，只是雙袁二奶奶沒縫補好的靴子。

至於陳家上下如喪考妣般聚在長房老太太院子裡燒的東西，竟然是手抄的佛經，還有陳家長子曾讀過的幾本書，《大學》、《中庸》、《論語》、《孟子》等凡識字的男人閉著眼睛都會背一些。

經過再三確認，官兵才退出陳家。陳家長房亂成一團，下人忙著收拾，長房老太太先帶著兩個孫女去了陳家二房休息。

長房老太太躺在蔥綠的大迎枕上抹眼淚。「我還以為撐不過去……就要去見老爺和允禮了，所以就將這些年攢下來的東西一併燒去……」

分明像是臨終前的遺言，燒些佛經也是要給自己超渡，最後還要將兒子用過的書一併帶走。

屋子裡的女眷都跟著抹眼淚。

琳怡一閉眼睛，也忍不住流淚。凡是被煙燻過，大抵都是這個模樣，長房老太太站在火堆前那麼長時間自然也是如此，只是可憐了一屋子女人都要陪著擦眼角。

「到底是因為什麼？」二老太太董氏嘆口氣。「怎麼就忽然進了官兵，連個消息都沒有。」

長房老太太搖搖頭。「帶頭的倒是說要查袁家的物件，」說到這裡，長房老太太冷笑一聲。「就是欺侮我們一家婦孺老小，要查袁家的東西，竟然將陳家翻過來。」

這話說得刺耳。

官府目中無人，陳氏族裡又有誰照顧過這個孤老太太，這下輪到陳家男人低下頭。

長房老太太道：「若是我還有誥命在身，必定上個手札給皇后娘娘，請她主持公道。」

說完話不停地咳嗽起來。

陳允遠先站起身。「伯祖母放心，這件事我一定寫了摺子遞上去，倒要看看刑部給個什麼解釋。」

長房老太太直擺手。「算了，咳咳……你一個外官……上摺子只會被人欺負……京裡的風雲你哪裡懂……還是聽你兩個大哥的。」

被點到名字的陳允寧和陳允周再也裝不下去，尤其是長房老太太一雙眼睛落在陳允寧身上。

陳允寧不得已開口。「伯老太太說得是，這件事還是仔細打聽清楚再遞摺子。」說著頓了頓。「怎麼也不能就這樣算了，否則我們陳家的顏面何在？」

「好孩子，有骨氣。」長房老太太臉上總算有了絲笑容。

長房老太太第一次稱讚自己的兒子，二老太太董氏卻高興不起來，這分明是利用允寧為長房和袁家說話，得罪人的是允寧，得利的卻是長房。可是現在面對孤苦無依的老太婆，誰也說不出個「不」字。

陳家眾人聚到很晚才各自回去歇著。

眼看著琳怡睡下，蕭氏又一通長吁短嘆之後才回去屋裡。陳允遠那邊已經摩拳擦掌要寫彈劾的帖子。

蕭氏被今天的事嚇得不輕。「長房老太太不是說了，讓大哥先出去打聽，老爺就再等等。」

陳允遠坐在炕上，抬起腳來讓蕭氏幫著脫靴子。「靠他？等到我們離了京，他也不會有什麼消息帶回來。」

蕭氏手上停頓了一下。「那……老爺在京裡誰都不認識，真像長房老太太說的那樣，出了差錯那可怎麼是好。」

陳允遠冷笑一聲。「前怕狼後怕虎就不要當官了。就算是種地的農夫，不小心還會被鋤頭砸了腳，再說官府將陳家翻了個天也什麼都沒查出來，怎麼說那從前也是廣平侯府。我雖然在京裡不認識誰，袁氏一族卻識得，到這個地步袁氏一族再冷眼旁觀，別怪我筆下無情。」

夫君決定的事，誰也無法改變，蕭氏說兩句不疼不癢的話，也只能眼看著陳允遠揮揮衣袖去了書房。

琳怡在長房受了驚嚇，才過了兩日舒心日子，橘紅嘴快提了句鄭七小姐，琳怡立即想起鄭七小姐要送出去的壽禮。琳婉倒是閒來無事從旁出了幾個主意，不過都是要琳怡描樣子她從旁佐助。

「送進宮中的禮物花樣就不要太新奇，不如選個常用的吉祥圖案，只要用妹妹的雙面繡，都是很漂亮的。」琳婉在旁邊淺淺地笑。「外面的花邊就交給我，還有上面一層淺繡我都能幫忙。」說著別過臉咳嗽了幾聲。

琳怡忙問：「這是怎麼了？」

琳婉搖搖頭。「上次嗆了煙就覺得有些不舒服，廚房已經煮了藥茶，過兩日就能好了。」

琳婉身邊的冬和就噘起了嘴。「小姐病了，廚房還要緊著四小姐補身子，廚娘說四小姐在長房摔了一跤，現在身體還虛弱呢，小姐聽了這話就信以為真，其實誰不知道那點事。」

琳芳說是病了，其實是不敢出來見長房老太太。於是這病養得也是有模有樣，每日都要藥膳進補。

「不要胡說。」琳婉看了一眼身邊的冬和。

上次柳姨娘出了事，雖然大廚房還是由大太太管著，可是二老太太已經不信任大太太，若是大太太再出差錯，恐怕大廚房裡就要上下調換人手。琳婉在大太太面前不挑起琳芳的事，是極為聰明的做法。

為了一杯藥茶，多一事不如少一事。換了她也是這樣做。

琳婉岔開話題接著說壽禮。邊邊角角的針線，琳怡本是要交給玲瓏和橘紅的，琳婉現在全部擔下來。

「三姊還病著，不能太勞累，交給丫鬟們也是一樣的。」

琳婉搖搖頭。「鄭七小姐喜歡我荷包上的針腳，才央求我幫著妹妹做壽禮，我既然答應了就不能不做，再說……」琳婉微微一笑。「我也沒別的事。」

琳婉很少跟著大太太出去參加宴席，平日裡都是躲在屋子裡做針線。

鄭七小姐那邊已經說好了，她也不能再說別的，琳怡點頭。「那就辛苦三姊了。」

琳婉、琳怡剛描了壽禮的花樣，橘紅就進門道：「長房老太太要回去了。」

長房那邊終於收拾妥當，通算下來，抄檢時打碎的家什就有不少，更有丟的金銀細軟，多虧長房老太太這些年日子過得清簡，擺放的器物不算太名貴，否則損失就更大了。二老太太董氏親自將長房老太太送回去，不一會兒工夫，袁家人就到了。大家又將那日的事重溫了一遍，袁家就拿出了要彈劾刑部的奏摺，朝堂上一場唇槍舌戰，終於拉開了序幕。

琳婉邊做針線邊和琳怡提起。「聽說是袁學士在尚陽堡辦學，教了不少的學生，還在給書籍編什麼目錄。」

袁學士雖然被流放，卻沒有從此沒落，這才讓陷害袁家的人擔憂。於是藉著袁學士編書，又要進一步置袁學士於死地，奈何袁學士雖然也愛題詩，卻從來不外傳，只是私下自己編集成冊，供家裡人學習、欣賞，所以要找出真憑實據就難上加難。現在看來，謙虛謹慎的性子救了袁學士一命。

琳婉平日裡沒有姊妹說話，這些天在琳怡屋裡倒是開了話匣子，整個人開朗了許多。

「人也不能名氣太大。」

兩個人正說著話，只聽外面道：「白嬤嬤來了。」

琳婉、琳怡放下手裡的針線，站起身來去迎白嬤嬤。

白嬤嬤一臉笑容，給琳婉、琳怡請了安，就將手裡食盒放在桌子上。「袁家送來一塊新鮮鹿肉，老太太這些日子也沒有胃口，就吩咐廚房炒了拿來給二老太太和小姐們。」

琳怡將白嬤嬤讓到炕上坐了，白嬤嬤笑吟吟地道：「大小姐有喜了，已經出了三個月，老太太知曉，別提多高興了。」

琳嬌懷孕了，除了欣喜，琳怡聽得心驚肉跳。這樣算來，琳嬌投繯自盡的時候，肚子裡就已經懷了孩子。

幸虧人救了回來，否則就是一屍兩命。

琳怡道：「大姊從袁家回來了嗎？」

「回來了，」白嬤嬤笑道。「大小姐回來照顧老太太。」

「那正好，」琳婉笑著插嘴。「我早就給大姊的孩子做了肚兜，嬤嬤正好帶回去，聽說這時候送寓意是好的。」

白嬤嬤立即笑彎了眼睛。「三小姐有心了。」

琳婉低下頭笑了。「我也就會做這些。」

幾句話過後，白嬤嬤又說起一件喜事。「大姑爺要被放出來了，說不得親家老爺也要被召回京。」

袁家徹徹底底扳回一局。

臨走之前，白嬤嬤又悄悄拉起琳怡的手。「老太太每日都要跟奴婢提起六小姐，」說著，白嬤嬤眼睛閃爍。「老太太說等到大小姐和大姑爺回去袁家，就將六小姐接過去住一陣子。」

長房老太太身邊沒有了旁人，就可以讓她去床前服侍。

琳怡將白嬤嬤送出門，這才從袖子裡拿出一只香包。「裡面是醒神的藥材，嬤嬤帶回去給伯祖母。」

白嬤嬤笑著接了。最近雖然有波折，可也是好事一連串，大小姐有了身孕，老太太身邊也有了六小姐，長房的日子會越來越好過。

第四十三章

晚上陳允遠高高興興地和妻兒坐在一起盤腿話家常，先是關切琳怡的身體，不忘了囑咐琳怡多出門轉轉，不要總關在房裡。陳允遠總覺得就算身為女子也不能像蕭氏一樣，為人太規矩太溫婉太呆板。然後三兩句就說到衡哥的課業上，乾脆藉著興致，仔仔細細地將衡哥考問了一番，衡哥這幾日只顧得學騎術，課業倒退了不少，很快就被問得滿頭大汗。

陳允遠不由得皺起眉頭。這幾日因為袁家的事，陳允遠沒少去袁家、林家作客，親自領教了書香門第子弟的博學，這才知道自家哥兒和人家差距有多大。

陳允遠道：「林家推薦衡哥上香山書院，林家許多子弟都在那邊進學。」

香山書院，雖然稍微遠了一些，可是名氣大，沒有名士的推薦信是別想進的。

琳怡看到衡哥臉上欣喜的表情。

又是林家，什麼時候能擺脫這兩個字。陳允遠的目光看過來，琳怡很黯然地低下了頭。父親顧及她的想法，她自然不能掩飾她對林家的厭惡。

陳允遠果然想及琳怡去林家作客發生的事，皺起眉頭沈吟了片刻，看向蕭氏。「妳識得國子監司業齊老大人的家眷？」

夫君突然提起這個，蕭氏微微一愣。「在林家見過，」說著看向琳怡。「琳怡倒是和齊家兩位小姐通信。」

沒想到女兒和齊家女眷有來往，陳允遠神秘地一笑。「今天遇見齊老大人，老大人誇我有風骨。」說到這裡，陳允遠臉頰發紅，呵呵乾笑兩聲。頗有些得意。

蕭氏聽得這話十分驚喜。

第一次在妻兒面前炫耀，陳允遠有些不大老道，很快被妻兒盯得不好意思，咳嗽一聲，撿起桌上的茶來喝，將話題遮掩過去。

蕭氏有些不上道。「那就是齊大人看過夫君的摺子了，知曉夫君文采不尋常。」

陳允遠差點將嘴裡的茶噴出來。齊老大人能看上他，是因為他揭發了崔守備，又為了長房彈劾了刑部，跟他的文采沒有半點關係。他當年雖說是通過科舉，卻因是武將之家出身格外照顧了個官職，他自鳴得意的奏摺在林家、袁家面前根本拿不出手。

蕭氏這樣的表現，讓她去齊家遊說託齊家幫襯衡哥找書院，他實在不放心。陳允遠看向旁邊的琳怡。

父親面子上薄，琳怡裝作自己想到。「不然女兒託齊家小姐問問。齊家出過不少的博士，說不得有更好的書院推薦給哥哥。」

陳允遠道：「也好，妳就側面問問。若是齊家有意思幫忙，我們就準備厚禮上門。」

琳怡只是寫信給齊三小姐，說清楚衡哥的情況，婉轉地說衡哥在京裡這段日子想找個好一點的書院。結果沒有等陳家送去禮物，齊家就寫了推薦信，讓衡哥去白鹭書院進學，還說如果將來離開京城，齊家還會幫忙推薦個好一點的西席。

衡哥送去了白壑書院。接著蕭氏帶著禮物去齊家，回來的時候，齊家又著實準備了一份回禮。蕭氏來京裡之後還從來沒受過這種待遇，等到陳允遠下了衙，蕭氏就說個不停。「齊家的二爺聽說在國子監進學，將來勢必是進士出身了。」

陳允遠聽了點頭。「那是自然，就算不取一甲，也在二甲之內。」

蕭氏笑著抿嘴。「我瞧著齊二太太很喜歡我們琳怡呢，若是能和齊家定親，琳怡將來也能有個好前程。」

陳允遠揚起眉毛，仔細地看笑容滿面的蕭氏。「我不過是從五品的知州，還是外官，妳看女婿就看上了同進士出身，妳可知道同進士出身必定要進翰林院，翰林院是文官最高的起點，哪一天這裡面就會出個大學士。以齊家的條件，大可以和勛貴之家結親。」

蕭氏還是不死心。「我們陳家原來也是勛貴啊，再說林家還不是上趕著要琳怡，這次老爺若是考了個優，說不得就有了五品的正職。齊家是書香門第，相媳婦還不是看才德，這一點我們琳怡可是沒得挑了。」

蕭氏才說完話，就聽外面的譚嬤嬤道：「六小姐讓人送香包來了。」

譚嬤嬤領了橘紅進屋，橘紅上前給陳允遠和蕭氏行禮。「六小姐說太太這幾日沒歇好，就讓奴婢送安神的藥包給太太掛在床頭。」

蕭氏笑著道：「回去跟小姐說，讓她少些做針線，免得傷了眼睛。」

橘紅應了一聲，慢慢從蕭氏房裡退出來，走出院子，便控制不住一路小跑回去了琳怡的香葉居，進了屋，手還不受控制地發抖。

「怎麼了？」琳怡看到橘紅的臉色嚇了一跳。

橘紅讓屋子裡的丫鬟退下去，當著玲瓏的面，壓低聲音。「小姐，奴婢聽太太說，想要將小姐說給齊二爺。」

琳怡聽得這話手一顫，手裡的繡花針結結實實扎在指尖上。

婚事是父母之命、媒妁之言，她只是千方百計不想嫁進林家。明知道早晚是要出嫁的，卻沒想過要嫁去哪裡。

將她嫁去齊家，應該只是母親一廂情願的想法，現在她想太多也是沒用，可是仍舊不免要思量。齊二爺從小就被嚴加管教，行止也正派，齊家小姐和她又性子相投，齊二太太雖然有些小算計，比之林大太太也是天上地下。

琳怡不知不覺看向窗外，緩緩嘆了口氣。說不定對她來說是個好歸宿。

第二天，琳怡去看長房老太太。

長房又恢復了原狀，想及讓白嬤嬤在後院燒詩集，她們在老太太院子裡燒佛經一節仍舊有些心驚肉跳。她是用前面的火吸引住官兵的注意，給白嬤嬤那邊多爭取些時間，等到官兵到後院的時候，白嬤嬤已經在燒長房大伯的舊物。

「伯祖母有沒有打聽出來，上次來屋子裡的官員是誰？」要不是他透露口風，她們也不會想起這一節。

長房老太太道：「是山西王家的兒子。妳大概不知道，王家在太祖時是守山西的名將，不過這些年子孫很少入仕，王家人傲氣得很，進京了也不與旁人結交，我託了人好不容易才打聽清楚。」

既然都是武將出身，難不成是伯祖父相識的？

琳怡道：「咱們陳家和王家是不是有過交情？」

長房老太太很肯定地搖頭。「妳伯祖父去世的時候，給過我一張單子，上面都是與我們家有過來往的，山西王家不在其中。」

那會是誰幫忙？

「說不定是跟袁家有往來的，卻不願意明說。」長房老太太讓琳怡扶著站起身去看窗臺上的薔薇花。「不管怎麼說，那人可算是神通廣大，這麼多人都沒有打聽到的消息，他偏能知曉。據我所知，刑部只是派兵圍了我們家，到底是要做什麼，公文沒下之前，誰也不清楚。」

琳怡看著那剛剛要綻放的粉色花朵。「早晚會知道。」

長房老太太側頭看琳怡一眼。

琳怡道：「既然幫忙將袁學士返京，就一定是對袁家有所求。」涉及到政事，沒有白白幫忙的，到了必要的時候，肯定要戳破這層窗戶紙。

有了琳婉幫忙，琳怡很快將鄭七小姐要送的壽禮做了出來，是一塊萬壽菊的流蘇繡，加了暗繡部分，金黃色的壽菊遠遠看去就像真的一樣。

長房老太太正好去跟鄭老夫人說話，琳怡順便跟著去送流蘇繡。鄭七小姐看了繡品愛不釋手。「真是漂亮，這樣送出去是不是有點可惜？」

送給太后的壽禮……人人都會揀最好的送，鄭七小姐卻還捨不得。

鄭七小姐遠遠近近地瞧著，跳著回來拉起琳怡的手。「妳太好了，這次看她們拿什麼跟我比？」說著鄭七小姐吐吐舌頭。「妳可算救了我，我母親這幾日心情不好，我就怕她將怒氣發在我身上。」

琳怡下意識地問。「怎麼了？」

鄭七小姐道：「還不是十九叔的事……母親張羅十九叔的親事，十九叔也不上心，母親氣得不行。」

女人在一起除了說家常，最熱衷的就是做媒人。

鄭十九看起來也有二十來歲，竟然還沒有成親，凡是達官顯貴家的男子就算沒辦親事，也早早就議好了。

鄭七小姐道：「十九叔去年親事才有了眉目，母親的意思是趁早將親事辦了。」

難道是家裡長輩不作主？所以才會輪到惠和郡主操心。

琳怡和鄭七小姐說了會兒話，下人來道：「前面的雜耍開始了，小姐們過去瞧吧。」

鄭七小姐拉起琳怡的手。「上次雜耍在前院，我們沒瞧著，這次請的都是女藝人，我聽說又會頂缸又會甩碗的有趣極了，我們快過去。」

琳怡被鄭七小姐拉去西邊的戲臺子。鄭老夫人和陳老太太早就坐在了那裡，大家看了會兒雜耍，鄭七小姐要回房換身衣服和琳怡遊湖，就讓琳怡在湖邊的亭子裡等一會兒。

下人們去泊船，琳怡就站在亭子裡看邊上的花草，剛想要吩咐玲瓏去問問那些奇花異草的名字，就聽湖邊有下人道：「您在這裡……奴婢們沒有瞧見……七小姐要用船遊湖……奴婢們去將另一隻划來。」

琳怡轉過頭，看到那蕭疏淡遠、湛然清儀的身影彎腰從船上走下來，鬆綰的髮髻、掛在臉上的笑容，如同化在青花筆洗中的一滴水墨。

第四十四章

既然已經見到了，又是長輩，不好不上前行禮。

從亭子到湖邊還有一段距離，如果鄭十九想要避開，在她沒走到之前就該轉身，不過，鄭十九大大方方站在那裡，一直等到她這個晚輩斂衽低聲道：「十九叔。」

一開始，她還怕這樣稱呼有什麼不妥，不過看到鄭十九坦然接受了，料想他是經常做長輩的人，受禮的事稀鬆平常。

婆子帶著丫鬟去收拾船艙，小姐們要用船，自然要薰香換紗簾，放八寶攢盒，捧點心茶吊。

寶藍直裰上散著翠色的流蘇，在身側隨風飄蕩。「陳老太太身子可好了？」

那聲音總是清澈得讓人讚嘆。

琳怡又行禮。「勞十九叔惦記，已經好了，」說著微微一頓。「上次的事，謝十九叔幫忙。」

她的話裡滿是試探，半點謝意也被遮掩了過去，他焉能聽不出來？

他臉上仍舊掛著清淺的笑容。「有什麼話就說吧。」

抓住這個機會，有些她想要問的話，也就該問出口。琳怡看一眼橘紅，橘紅和玲瓏退開兩步。這下她就能放心問了。「十九叔告訴我芙蓉閣……是不是想通過我父親拉上鄭家和林家。」父親抓住了崔守備，外面就傳言四起，有人說是鄭家幫忙，有人又直指林家。

雖然問出口，卻不指望鄭十九回答是與不是。

「是。」

沒想到他倒是坦然，又或者一老早就備好了答案，讓她詢問。

既然開始大家都沒有互相隱瞞的意思，接下來就容易多了。「十九叔認識山西王家的人？」

鄭十九肯定地道：「認識。」烏黑的眼眸發光，又如璞玉般通透坦誠。

「那謝十九叔了。」琳怡再次蹲身。「我並不知曉十九叔是否要成就大事，然有句話身為人子不得不說。家父在福建任職，福建的事父親雖難逃干係，可父親在福寧也算恪守盡職，若是哪日城門失火殃及池魚，還盼十九叔警示我父兄。」

她緊板著臉，表情再鄭重不過。繞了一大圈子，只想告訴他，他利用了她父親，她無法改變，只是盼著他大事得成之日不要卸磨殺驢。

這才幾日之間就想得這樣透澈，他要說她聰明狡黠，還是誠實坦率？

他目光流轉，嘴邊的笑容更深了些。「好。讓妳父親在京任職，不要再回福寧。」

琳怡不由得錯愕，她剛解開兩個結，他又扔來第三個。這下她的表情變成了哭笑不得，卻又不得不鄭重地思量鄭十九的提議。

從前她心心念念要回福寧，而今看清楚眼前的形勢越發明白，逃開京城卻逃不開二老太太一家的算計，雖然在二老太太眼皮底下要小心謹慎，卻也能看透她們的伎倆，不至於疏於防範。

想到這裡，琳怡不由得嘆氣。還好她不是男子，光是內宅的事就已經讓人眼花撩亂，朝堂上更是風雲變幻。

這會兒工夫，鄭七小姐換了件肩袖小衣，讓丫鬟提著木桶、魚竿、小網歡快地跑過來，眼見是要去撈魚。

好久沒有釣魚玩，再說上次來作客提起釣魚一節，鄭七小姐很有心地吩咐下人將池塘裡的魚兒們活活餓了好幾日，不過去玩也對不起受虐的魚兒。琳怡剛想著換換心情也算不錯，耳邊就傳來鄭十九的聲音。「剛才看到池裡有水蛇，改日讓下人將蛇捕了再去吧，免得嚇著了。」

有蛇？琳怡縮回腳。

鄭七小姐爽快地道：「之前我已經讓人打死了一條，沒事的。」

鄭十九掃了一眼琳怡，笑容更深些。「妳不怕，客人也不怕？」

鄭七小姐的目光也跟了過來。

琳怡蒼白著臉擺手。「我怕蛇，我還是不去了。」她是真的怕，那些明明沒有腳卻聰明地會扭曲爬行的動物，萬一狹路相逢，通常無處可逃。

琳怡想著看向旁邊的草叢。

「要不然，我自己去撈，我都想好了，捕條大魚送給妳的。」鄭七小姐玩心正重。

「那妳自己去吧，」琳怡道。「我去前面等。」她指指剛才的亭子。

鄭十九踱步走了，鄭七小姐坐船去捕魚，不一會兒就帶了一條大魚上來，不過那條大魚上岸之後就溜走了，琳怡也背過身假裝沒看到。

「多虧妳沒去，」鄭七小姐想想就覺得晦氣。「我四姊不知道什麼時候也去釣魚了，結果不小心被困在湖那邊，她還濕了繡鞋，剛好我坐船路過。」

濕了繡鞋等人去救，莫不是……為了自家的十九叔？想起來總覺得有些不對。

不過，她因為怕蛇沒去，還真的免了這場尷尬，否則下次見面不知道要怎麼相處。

鄭老夫人一再挽留陳老太太多住兩日，陳老太太笑著拒絕了。「如今不是小時候了，各自帶著一大家子人，怎好湊在一起熱鬧？」

鄭老夫人笑著看了琳怡一眼。「我們是老了，年輕人恐怕還沒玩夠呢。」是有將琳怡留下的意思。

鄭七小姐在一旁噘嘴，眼巴巴地看著陳老太太。

「皇太后千秋要到了吧？府裡正忙著。等閒下來再讓六丫頭過來就是。」

鄭老夫人笑看了鄭七小姐一眼。「聽到沒有？還不謝謝老太太？」

鄭七小姐這才露出笑容。「謝謝陳祖母。那等過陣子，我去接姊姊。」

從鄭家回來，可謂滿載而歸，鄭七小姐送了兩條大肥魚，一條給琳怡，一條給琳婉，還說下次要將琳婉一起叫來玩。琳芳也不至於沒有禮物，惠和郡主倒是想著田氏母女。

馬車裡，琳怡問長房老太太。「祖母去了鄭家，鄭家晚輩是不是都該去給祖母行禮？」

長房老太太半合著眼睛養神。「鄭家重禮數，該是這樣。不過若是遠房親戚不見也是常理，」說著狐疑地看著琳怡。「妳是在園子裡遇見了誰？」

琳怡點點頭。「是一位長輩，鄭七小姐叫他十九叔。不過看著年紀不大，只有二十上下。」

長房老太太仔細想了想。「輩分大又年輕的親戚，我在鄭家沒遇到過，難道是旁支的子弟？」

一開始她也是這樣想，不過，鄭十九的樣子又不像；再說若是旁支，鄭四小姐為什麼又有那般舉動？

琳怡搖頭。「我也不知曉。」

長房老太太皺起眉頭來。以她和鄭老夫人的關係，鄭家就算不幫她，也不會使出壞心來，怎麼也不能故意將旁支、輩分又高的子弟引給六丫頭認識。「下次去鄭家的時候在意著些，若是再遇見了就跟我說，我去問老傢伙到底是什麼意思。」

她只是隨便問問，沒想到長房老太太還上心了，琳怡解釋。「鄭七小姐帶著我遊園，不小心遇見的。」

長房老太太這才放心。「鄭七小姐心思擺得正，妳與她交往是好的，有了知心的手帕交，將來也能幫襯妳。」

琳怡想到車上拉著的兩條大魚，鄭七小姐這樣率直的性子，讓人不喜歡都難。琳怡想著笑起來。

鄭十九將鄭四小姐說成水蛇。

琳怡看著車廂頂芙蓉花雕欄，漸漸收起笑容。當時照鄭十九的話去芙蓉閣時，她就已經有準備。她很清楚，沒有利益關係，誰也不可能隨便幫忙，尤其是涉及政事。

若不是身在其中，她也不會猜到這些。

鄭十九為人真是深秀，旁人難及。下一次，但願不要再請他幫忙。

第四十五章

陳允遠忙著考績，蕭氏安排衡哥去書院讀書，左右家裡沒有什麼事，琳怡就樂得在長房陪著長房老太太。

琳怡在長房這幾日，漸漸發現長房老太太有些壞習慣，晚上定要開著窗子睡覺，吃東西也貪涼，每日要熱幾次湯藥才肯吃下去。

她乾脆就睡在長房老太太內室的碧紗櫥裡，每晚吩咐丫鬟關窗，涼食一概攔下來。有孫女在身邊巴巴地看著，長房老太太也只能狠下心將藥趁熱喝下肚，白嬤嬤在旁邊看著直笑。「還是六小姐有法子，這樣下去，老太太的病說不得就好了。」

長房老太太得的是心病，長年身邊冷清，也難怪越熬心越冷。

吃過了藥，長房老太太靠在軟墊上看琳怡做針線。「妳父親辦了這麼兩件事，考滿八成會得優，妳回去之後讓他過來一趟，我問問他願不願意留在京裡，妳伯祖父還有些老關係，我出去走動走動，說不得就能幫上忙。」

到了要決定去留的時候。長房老太太也希望他們全家能留在京裡，不過別人的思量都是小事，主要還是要看父親的。

父親有些倔脾氣，就像當年離京，陳氏族裡的長輩不是沒攔過，卻怎麼也沒攔住父親的雄心壯志。

再說他們一家人的去留，恐怕二老太太董氏和兩個伯父另有思量。

琳怡這句話很快得到證實。

第二天，琳怡才收拾好東西正準備回二房，譚嬤嬤打發賴大媳婦過來道：「長房老太太，我們三太太請六小姐回去呢。」

賴大媳婦表情緊張，琳怡看得心裡一悶。「怎麼了？」

賴大媳婦看了眼長房老太太，吞吞吐吐。「是老爺有些事……太太慌了神。」

父親出了什麼事要避開長房老太太？

長房老太太也不追問，吩咐白嬤嬤讓門房備好青油小車，將琳怡送回二房。

琳怡上了車，賴大媳婦一路跟著。

從長房到二房不過經過一條胡同，琳怡也不忙著問賴大媳婦因果，直到進了二房垂花門，她才問起來。「到底怎麼了？」

賴大媳婦道：「老爺昨晚一夜沒回來，太太讓人出去找也沒找到，今天早晨卻被林老爺送了回來。」

父親一晚未歸？從前在福寧也有過這樣的時候，不過都是因為公事，這次又是因為什麼？

「老爺才回來不久，就有人找上門，」賴大媳婦話才說到這裡，琳怡只看到月亮門外有人跪在那裡，嬌滴滴地哭個不停。那人穿著半新的藍緞牡丹花褙子，梳著朝月髻，上面插著鏤空銀枝花葉和一支瓔珞步搖，拿著鮫紗帕子遮住臉面，聽到腳步聲，轉頭看琳怡。

琳怡看到一驚。那人額頭畫著花蕊裝，眉眼上挑不笑而媚，臉頰雖然蒼白，緊咬的櫻唇卻似滴血般嫣紅，看人的目光大膽放肆，不像她平日裡看到的內宅女眷。

琳怡收回目光，突然明白了賴大媳婦話裡的意思。

父親是去眠花宿柳？還是包了戲子粉頭？

無論是哪一種，都不大可能。

福寧家裡，只有父親上峰送的一個姨娘，家裡也不乏有相貌姣好的丫鬟，父親卻沒有向蕭氏討要一個，都是到了年齡就配了出去。母親蕭氏經常回來講哪家太太被傳善妒、哪家姨娘大著肚子說被主母陷害要死要活、哪家老爺又宿戲子被女眷笑話、哪家不開胡的主母忽然發現府外有許多庶兒庶女……

這些事從來沒有發生在他們家。

蕭氏雖然沒有生育兒女，父親也沒有另抬姨娘開枝散葉的意思。

十年如一日的人，怎麼可能在考滿這樣的時期鬧出這種事來，就算不小心犯了錯，也不至於弄得連林家就知曉了。

除非是被人陷害。

琳怡想到這裡轉頭去看玲瓏。「想辦法遣人去將長房老太太請來。」蕭氏是覺得父親做了不光彩的事，所以不在長房提起，可若是被人陷害，就要有長輩在一旁作主。

琳怡話音剛落。只看有媳婦子從內院出來，邊走邊吩咐門房。「老太太吩咐看好了門，不准任何人進出。」

這是準備封鎖消息，還是就讓父親將錯坐實。

跪在地上的女人頓時哭得更大聲了。

琳怡走進月亮門，遠遠就看到蕭氏讓陳大太太陪著過來，蕭氏眼睛紅紅的，顯然剛哭過，陳大太太在一旁不停地勸慰。「好了、好了，瞧瞧眼下怎麼解決，日後妳再怪三叔也不遲。」

琳怡上前行禮。

蕭氏見到女兒，眼淚掉得更甚，在大太太的攙扶下如此驚訝、無助。

琳怡上前低聲道：「母親，這是怎麼了？」

蕭氏搖頭。「妳父親……」後面的話不知道怎麼說才好。

大太太倒是善解人意。「六丫頭一個閨閣的小姐……快先回去歇著。」

真是不湊巧。琳怡看到大太太說這些話的時候，嘴角還微微上揚。出了這種事，大家都等著看她全家的笑話，譚嬤嬤讓她回來，就是盼著她能幫蕭氏出主意，大太太卻三言兩語將她打發了。

蕭氏也覺得大嫂的話有道理，琳怡畢竟是個女兒家，哪裡能管這些事。

琳怡搶先道：「母親，剛剛女兒已經聽說了。」

蕭氏眼淚又掉下來。

「母親難不成不信任父親？」琳怡臉上滿是驚詫的表情。

面對女兒詢問，蕭氏一驚，再看琳怡鄭重其事的表情。「這……」她從來沒想過這一點。她怎麼就沒質疑過，就因為門房慌張地來報，說二老太太得了消息已經氣得昏死過去，接著大嫂趕來勸慰她，陪著她一起去二老太太房裡。

二老太太的院子裡死般地沈靜，老爺在二老太太房裡說話，好久都沒有出來。她的心就越來越涼，大嫂本要陪著她散散心好想對策，沒想到出了院子就聽到有人說，那女人在月亮門哀戚地哭個不停，請她過去看看，她這才迷迷糊糊地走到這裡。

「母親，這是有人害長房不成，又來害父親了啊！」

蕭氏聽得這話睜大了眼睛，半晌才道：「那……那……怎麼辦才好？」

琳怡道：「綁起來，扭送官府，天子腳下自然有王法。」就算不扭送去官府，也要將人綁了，就這樣聽她在府裡哭，只怕不消一個時辰就要傳遍整個京城。

蕭氏嘴唇翕動，側頭看譚嬤嬤。

譚嬤嬤眼看蕭氏失了分寸，沒有別的法子，就自作主張讓人將六小姐請回來，現下聽了六小姐這話，從心裡覺得該是這樣，不等蕭氏吩咐就道：「奴婢去辦就是。」說著叫來門房的粗使婆子，就地將那女人捆綁了，那女人開始還掙扎，嘴裡被塞了臭布條，頓時沒了氣力。

「母親怎麼不將父親身邊的小廝叫來問問？」

蕭氏道：「問了，那小廝也吃了酒，沒有跟在妳父親身邊。」

琳怡看蕭氏表情已經開始鬆動，之前的失望變成了如今的猜疑。「這就是了，哪會一個、兩個都醉倒？」若是父親考滿期間，被人參奏失德，不但任上三年的辛苦付諸東流，官聲也會受損，那些御史就又有了理由參奏父親。

旁邊的大太太看著為陳允遠辯駁的琳怡皺起眉頭。「三弟妹，這件事妳可不能行錯，真的鬧出去滿城風雨，日後三叔要怎麼在官場立足？小孩子哪裡懂這裡面的厲害，還是大事化小小事化了，給戲班子些銀錢遮掩過去就是了。」

第四十六章

蕭氏從來沒處理過這種事，大太太在旁邊說得頭頭是道。「好歹是個戲子，萬一真是粉頭，鬧將起來，三弟這個官就不要做了。」

可是在大周朝，哪個官員敢明著包養戲子？

大太太故意避重就輕，拿妓坊裡的粉頭說事，就是要蕭氏點頭認下來。只要銀子拿了出去，雖然暫時將事穩下來，日後也就沒有了反口的餘地。沒有養戲子，憑什麼要給戲班子銀錢？

蕭氏左右拿不定主意。

蕭氏這樣優柔寡斷，很容易就被人利用，琳怡輕輕拉蕭氏的手。「母親還是要聽父親的意思。」大太太的勸說雖然奏效，但是她在父母身邊這麼多年卻再清楚不過，蕭氏在福寧這些年，凡事都是和父親商量，只要將父親抬出來，蕭氏就會遲疑。

蕭氏想了想，終於蒼白著臉道：「還是等老爺出來再說，也不差這一時半刻。」

本來十拿九穩的事，卻被六丫頭回來攪和了。大太太心中不快，卻不好再說什麼。「既然如此，就等著三叔好了。」反正這件事鬧了出來，早晚要見血。

琳怡陪著蕭氏先回去屋子裡等消息。

蕭氏這才一把鼻涕一把眼淚將整件事說給琳怡聽了。「我也不願意相信，只是妳父親走的時候確實就只帶了一個小廝，若不是去那種地方，為何要瞞著家人？」

琳怡道：「那小廝呢？」

譚嬤嬤道：「外院跪著呢。」

琳怡又轉頭去看蕭氏。「母親可問清楚了？萬一是父親的同僚拉著父親去的，沒想到父親不勝酒力反而著了旁人的道。」

蕭氏哭道：「我何嘗沒想到這一點，咱們在福寧的時候，那位周州同不就是被人陷害了？說他嫖娼宿妓，打了板子將官職也丟了。」她緊緊拉著琳怡的手腕。「否則我怎麼敢相信這個？妳父親……父親是自己去的呀，妳說好端端的人為什麼要到那種地方去？」

陳允遠向來正直，絕對不可能做出這樣的事。琳怡仍舊不肯相信。

蕭氏哭得久了，泣聲漸止住。「榮福說，妳父親去那裡已經不是第一次，我們才來京裡不久，他就去過一次了。怪不得這幾日他支了銀子，只說外面有應酬，原來是做了這些事。」

榮福整日跟著父親，他說的話應該是沒錯。就算外面人陷害也不能買通父親身邊的小廝。

蕭氏想到陳允遠被林老爺送回來時，垂頭喪氣不敢看人的模樣。這些日子老爺睡書房的日子多，來她房裡即便三、五日，也不過只有一次……眼前自然而然又浮起那戲子妖妖嬈嬈的身子。

人都說戲子粉頭最是能捏住男人的心思，身段好又口齒伶俐，內宅的女人不能比，男人一旦迷上了就會神魂顛倒，妻兒全都不顧了。

福寧勾欄院裡有個頭牌，被商賈贖了身養做外室，後來不知怎麼地便讓商賈家裡的兒子知曉了，父子兩個便一起與那戲子玩樂。商賈家裡的主母找上門去，沒想到卻被丈夫、兒子罵了回去，那主母羞愧難當，晚上就懸樑自盡了。商賈也就罷了，本來就行事放蕩不值一提，老爺是大周朝的官員啊，怎麼能讓這種不乾不淨的女人沾身？

若是老爺就這樣下去，她以後的日子該怎麼過，蕭氏想著又拉著琳怡哭起來。「妳父親這些日子春風得意，難免就一時失了分寸。」

父親這些日子是很高興，見到她和哥哥都笑容滿面，難不成真是這樣放縱失足？

「母親，」琳怡安慰蕭氏。「父親是在京裡長大的，許多事又不是沒見識過，定是還有原因。」

蕭氏想不出別的道理。

最奇怪的就是林家。京中那麼多人，父親偏偏就遇見了林家老爺。

琳怡道：「林家人走了沒有？」

蕭氏點頭。「坐了一會兒就走了。」

這不奇怪嗎？遇見這種事該是立即就告辭才對，怎麼還坐了一會兒？有個女人跪在內宅呼喊，林老爺竟然還能坐得住？

「母親，」琳怡轉頭看蕭氏。「您能不能去老太太房裡替父親說話。」夫君做出這種事，她反而要替他說話。

蕭氏怔愣住。難不成女兒是要她賢良淑德到底，不但求情，還要將那戲子養起來不成？

二老太太董氏房裡一陣靜寂。

一盞茶過後。

二老太太董氏坐在羅漢床上看著陳允遠，恨鐵不成鋼地開口。「你這些年在福寧受了多少苦，終於到了三年考滿的時候，怎麼就做出這種見不得人的事？」

陳允遠沈下了頭。

二老太太董氏想及從前，悲從心來。「當年離京我就不肯讓你走，你卻不聽我的，你以為我這個母親做得可容易？你兩個哥哥若是做了錯事，我便直接打罵他們。可是你，我想管束你，卻怕你心中不服我這個母親；我不管束你，又怕你不成才，外面的人說我故意縱出個紈袴子弟，等我死了也沒有顏面去見你父親。」

陳允遠嘴唇翕動，卻最終沒能說出話來。

二老太太董氏眼角如鍍了層冰霜。「當年，三媳婦蕭氏沒了，我要將董氏族裡的姪女說給你，你卻沒看上我們董家，非要續蕭氏的胞妹做繼室，」董氏從羅漢床上撐起身子。「你當我是要害你？那是因為你執意要帶上家眷出京任職，我看小蕭氏性子軟弱，恐她不能幫襯你支持家宅，又怕蕭氏的子女不好生養，免得你再承受一次苦痛，這才作主從娘家裡選了個品行上等的女子給你。」董氏說到這裡冷笑。「結果你怎麼說？你的婚事父母之命媒妁之言。你的意思我哪裡不知曉？你是從來沒將我看作母親。」

董氏要塞給他一個庶女，他自然不肯要，於是說下那樣的狠話，沒想到董氏會在這時候說出來，他不能辯駁，就只能聽訓斥。

二老太太董氏半合上眼睛，似是想到極為傷心的事，聲音也沈重起來。「從那以後，但凡你房裡的事我都不管。反正你也從來沒將我放在眼裡，我們母子只是空有名分罷了。可是自古有狠心的兒女，沒有狠心的父母，你雖然每年連消息也不曾捎幾個，我卻沒少讓你兩個大哥打聽你在福寧的情形。聽說你家宅和睦，兒女成人，我心裡也十分歡快，唯一讓我不能放心的是小蕭氏沒有再為你添子嗣，否則我也不會就將你們叫回來，為的是找幾個好先生給小蕭氏看看脈。」董氏說著微睜眼睛。「你們呢？又當作我用了什麼壞心？」

陳允遠急忙道：「兒子哪敢？」

尖牙利爪像是都被拔了一樣，話也說不出來，可見是做了下作的事。二老太太董氏接著道：「而今看來我的擔憂是對的，小蕭氏沒能管束住你，否則你哪有膽子這樣做？」說著看向門外。「你預備要怎麼辦？」

陳允遠臉上難看。「這件事確實是我有錯，只是我也沒想要包戲子養粉面，實在是事出有因。」

二老太太董氏目光一閃。「這都什麼時候了，你還不肯說實話，非要等到族裡長輩上門質問？你生母趙氏是生產時落下了病症，那時我還沒有進京，你要將這件事算在我頭上不成？寧可和陳家一族斷了往來，也不肯認我這個母親？」

二老太太董氏說著咳嗽兩聲，外間的董嬤嬤忙端著茶進屋裡來，看到椅子上坐著的三老爺，董嬤嬤道：「三老爺，您說清楚，咱們也好提早遮掩，您怎麼就不明白老太太的苦心？」

二老太太董氏喝了口茶，稍稍緩過一口氣。「說吧，我怎麼也不能眼見你丟了名聲，想盡辦法也會幫你遮掩，否則就不會將你獨自叫過來問話，早就將消息傳去陳氏族裡。這一點想必你比我想得清楚。」老三進京之後經常帶著一個小廝，偷偷摸摸地行事，要說單是為了一個戲子，她可不相信。

陳允遠看著慈眉善目的二老太太董氏，只覺得嘴唇乾燥，嗓子發緊，正想著要怎麼開口，外面傳來一陣哭泣聲。「這是做什麼？快讓我進去……」

二老太太董氏皺起眉頭看過去，只見三太太蕭氏帶著譚嬤嬤和六小姐將門口的丫頭推開，哭著進了門。

蕭氏二話不說進門就撲在二老太太腳下。

這樣的情形似曾相識。

哪家後宅出了事，當家主母有一半要哭著喊著讓長輩作主。

陳允遠不敢看地上的蕭氏。

二老太太董氏讓蕭氏哭了一會兒才開口斥責。「哭哭啼啼的成什麼樣子，不怕被人看了笑話?!」

蕭氏不管這些，只是在二老太太董氏腿上抹眼淚，一會兒工夫就將二老太太的馬面裙濡濕了。「老太太，您要為我們作主啊……」

董嬤嬤對這樣的話見怪不怪。大老爺．納妾室，大太太就要這樣鬧一回。

蕭氏接下來的話卻讓二老太太、陳允遠、董嬤嬤立時驚訝了。

「老爺絕不會做出這種事，一定是被人陷害，那戲子已經招認了！」

第四十七章

戲子招認了？什麼時候的事？二老太太董氏看向旁邊的董嬤嬤。

董嬤嬤也是一頭霧水。

蕭氏道：「我讓譚嬤嬤過去審的，只說要綁送官府，那戲子就都認了。那人說看老爺出手大方，又不是經常見到的官家老爺，就在酒裡下了猛藥，為的是今天上門討要些銀錢。」

旁邊的陳允遠又驚又喜，沒想到這麼容易就能將事說清楚。

二老太太董氏半信半疑。「戲班子怎麼說？」

蕭氏氣勢有些軟，琳怡忙上前去將蕭氏攙扶起來。

身邊有了人，蕭氏就又鼓起勇氣按部就班。「戲班子自然不肯認了，照媳婦的意思將戲子送官一審，不信班主不肯承認。要知道陷害官家可是大罪一條。」

什麼時候軟弱的蕭氏也會算計了……

二老太太董氏將目光掃向六丫頭，六丫頭正小心翼翼地看著椅子上的老三，彷彿對父親又是擔心又是期望。

二老太太皺起眉頭來，正要吩咐董嬤嬤將那戲子叫來問話。

門口傳來琳芳的聲音。「祖母……您瞧我帶什麼來了……」三步併作兩步走進屋子，手裡拿著萬壽菊。

看到屋子裡的情形琳芳張大了嘴，呆板地向陳允遠和蕭氏行了禮，然後如同乳燕般撲進二老太太懷裡。

琳怡看向琳芳。琳芳在屋子裡閉門思過好幾天，一聽說她家出了事，卻立即跑過來看笑話，之前的懲罰一點用也沒有。

「四姊姊，我們出去吧！」琳怡看向琳芳。

琳芳剛在二老太太身邊找了個舒適位置坐下，沒想到琳怡提議要走。

「走吧四姊，讓大人們說話。」

琳芳憤憤地看了琳怡一眼。

「小孩子家都出去。」二老太太董氏發話。琳芳只得從羅漢床上起身，和琳怡一起出了門。

兩個人才走到院子裡，身後的門就被丫鬟關上了。

琳芳的好心情一下子沒了乾乾淨淨，剛才聽聞林老爺來家裡，本想打扮一番出來拜見，卻沒想到林老爺坐了會兒就走了，之後她就聽說三叔父的事，收拾停當來湊熱鬧，誰知道話還沒聽到一句，就被琳怡叫了出來。

「六妹妹，」琳芳笑著向琳怡打聽。「三叔父到底怎麼了？」

琳怡皺起眉頭。「大人的事我們還是少問的好。」

琳芳冷笑，裝模作樣。「六妹妹剛才不是還陪著三嬸在屋子裡嗎？」

琳怡奇怪地看了琳芳一眼。「那是我父親，我才焦急之下失了分寸。四姊這是為了哪般？」

琳芳被琳怡這話說得臉色一陣紅一陣白，半晌才擠出幾個字。「六妹妹這話說的，我也是關切三叔父。」

琳怡和琳芳說話的工夫，譚嬤嬤已經按照琳怡的吩咐去提點那個戲子，給她指一條明路。

琳芳就和琳怡圍在二老太太院子外的石桌上喝茶，連問琳怡。「去鄭家有什麼好玩的？」

琳怡想到鄭七小姐，臉上有了些笑意。琳芳趕緊湊上前來問。

琳怡鼓了好半天勁兒才說：「也沒什麼，還是見那些人，吃了頓飯，看了場雜耍。」說了等於沒說。

琳怡笑了，琳芳想聽到的是哪裡有家世好有前程的公子哥兒。夫人們聚在一起經常說說這家公子、話話那家小姐，琳芳恐怕缺席錯過良緣。

「對了，妳不在家這兩日，妳的一個姨母過來了，帶來了妳的一個表兄。還說要請妳和三嬸去家裡作客呢。」

看看琳芳幸災樂禍的表情，就知道她那個表兄定是再普通不過。

「妳去妳姨母家，恐怕就趕不上寧平侯家給孫老夫人拜壽了。」琳芳眼睛閃亮嘴角噙著笑意。「祖母才收到的帖子，上面特意提了母親和我呢，邀我們一定要過去。妳不知道人家寧平侯家的小姐是京裡有名地漂亮，大小姐是宮裡的娘娘，三小姐嫁去了勛貴之家，五小姐也要嫁給宗親了。」

原來琳芳又能出入顯貴家了，怪不得這樣急吼吼地拉著她說話。

琳怡拿起茶來喝，反應就和聽到去姨母家作客一樣。

真是個木頭人。琳芳翹起染了鳳仙花的長指甲，甩甩鮫帕，正覺得沒意思想要起身離開，抬起頭不經意地瞧見兩個婆子押著個婦人推推搡搡地往這邊走來。

琳芳眼睛一亮，立時來了精神，眼看著那婦人被送進二老太太董氏房裡，旁邊的琳怡依舊不為所動，琳芳只得自己想法子。「妹妹坐著吧，我要回去了。」

其實是要急著去聽牆根吧！

琳怡像模像樣地挽留了琳芳一番，琳芳不大領情，大搖大擺地帶著丫鬟走了。

去聽吧，這時候也差不多了，許多新鮮的話等著她呢。

琳芳一走，玲瓏上前道：「聽說府外等著要錢的戲班子走了。」

琳怡點點頭，定是長房老太太安排妥當了。

二老太太董氏讓門房看住不准人進出，還好長房送她回來的青油小車卻剛要離開垂花門。玲瓏和門上的婆子嚷嚷說是有妝匣子落在長房老太太房裡，門上婆子不准玲瓏出去，兩個人不免爭執幾句，這些話正好就落入長房跟車下人的耳朵裡。

長房的下人定會回去和長房老太太稟告，長房老太太只要讓人稍作打聽，就能知曉二房這邊到底出了什麼事。況且賴大媳婦去長房找她的時候，已經說了父親出了事，長房老太太怎麼會不上心詢問？

長房老太太幫忙解決了大事，父親已經對長房老太太心懷感激，這樣正好就拉近了兩家的關係。

琳怡吁口氣。人貴在知足，這件事能如此解決，已經是她想到最好的結果。至於父親那兒不願意和她們提起的秘密，也不知道會不會和長房老太太說。

琳怡這邊想著，琳芳那邊已經斷斷續續聽到屋子裡女人的求饒聲。「聽聞……二太太是活菩薩……又到處布施給窮人……我也是被班主逼得走投無路……請可憐可憐我……給我一條活路吧！」

琳芳聽得眼睛漸漸睜大。

——未完・待續，請看文創風055《復貴盈門》2

步步謀略／攻心至上

重生＋宅鬥頂尖好手

雲霓

復貴盈門

文創風054 1

重生、宅鬥、權謀、婚姻經營之道的
磅礡大作！
除了鬥智鬥力，還要在婚姻中鬥心！
因為家宅平安，
才有將來的富貴幸福——

記得那晚，她的洞房花燭夜，本該是喜氣洋洋、一樁美事，
但揭了紅蓋頭之後，接下來的一切非她所想，而她，誤將小人當良人——
未婚夫婿為了私利，將她迷昏，一把火燒了新房，還有房裡的她，
可憐她至死才省悟，原來溫婉單純絕非優點，卻是令別人掐住自己的弱點！
許是命不該絕，她再次醒來竟是重回十三歲，
當時，日子還那麼美，父母恩愛幸福，她和哥哥無憂無慮，
但如今，她深知風平浪靜之下暗藏了驚濤駭浪，
既然讓她得了機會扭轉自己與家人的命運，怎能放手？
那些曾傷過害過她陳家的人們，她六小姐陳琳怡全都記下了，
該守護的，她定要護個周全；
該閃避的骯髒事，就去髒了別人吧！
這一世，她要心慈手不軟，絕不重蹈覆轍——

文創風055 2

這一生，她定要活得比害她的人更精采！
眼看該要的幾乎要握在手上了，
偏偏殺出了個康郡王，亂了她精心安排；
他，這前生的仇人，
究竟能助她一臂之力，
還是令她全盤皆輸……

此生再見那無緣的未婚夫林正青，她早沒了與他執手一生的心思，
那份放火燒了她以成全自己的陰狠心思，更令她只想離他遠遠的；
怎知，她不想見，他卻自己纏上來，還拿她的小字威脅她？!
她雖不明白他的用意，但如今見招拆招並還他一招已非難事，
他想捉她把柄，也要掂掂自己斤兩……
重生之後，鬥人心算計、使些手段把戲對她已不是難事，
怎奈她心思如何機敏剔透，仍有一個人教她看不清——康郡王；
這個曾令她陳家破敗、將父親當作棋子般玩弄的男人，
心思詭譎且深不可測，行事狠厲又無情，
此生再見，她只得謹慎再謹慎，步步退讓只為求全，
但他似乎不吃這一套，倒顯得她小心思太多；
既然如此，他要自己送上門，她怎能不「盛情款待」……

文創風056 3

婚事來得措手不及，
還讓人鬧得京裡沸沸揚揚，
這康郡王不在家，依然能讓她過得不安心；
他想用婚姻將她握在手心，
卻不代表她不能翻出他掌握……

鬼門關前走了一回，如今她只想護著家人平安順遂，
對自己的婚事，她也看得透澈，不求富貴榮華，只求平凡度日，
誰知康郡王非要橫插一手，竟然使計求得皇上賜婚！
這下她不想嫁也要嫁，同時還得應付其他姊妹、眾家女子的明槍暗箭；
她從未想過要當個郡王妃，但既然受了周十九「陷害」，
非得做王妃不可，她也絕不示弱——
王府一入深似海，他的日子比她在陳家的更是驚險，
雖然雙親早逝，可上有表面和藹、暗裡借刀殺人的姨母，
旁有對王位虎視眈眈的表兄弟，下有等著看他笑話的周家族人，
偏偏他又在成親之際得了戰功，這下他倆的婚事張揚無比，
怕是更刺了某些人的眼……
萬幸她在娘家受過諸多「訓練」，這成親後的日子，
無論會怎麼波濤洶湧，她也是要將它過得順風順水——

嫡女策

勾心之最高段，鬥角絕不服輸

宅門絕妙好手／西蘭

文創風 041 **1**

董家嫡出大小姐——董風荷，是董家這一輩唯一的嫡系，
卻不受祖母喜歡，不遭父親待見。
庶妹罵她是野種，姨娘跟祖母合謀，
將她許給京城出了名的——莊郡王府杭家的四少爺。
這一切，她從來都雲淡風輕，只想與母親平淡度日。
但她可不是那等任人欺凌的主子，犯著她，別怪她翻臉不認人。
嫁入王府，她才知道娘家的爭鬥跟這兒比只是小巫見大巫，
傳言她的夫君剋妻剋子、寵妾成群，惡名遠播，
這男人風流浪蕩似乎又城府很深，教她看不透澈；
而這座王府看似平靜卻暗潮洶湧，
看來她得仔細拿捏小心度日存活了……

文創風 043 **2**

自從風荷嫁入他們莊郡王杭家，
這從上到下、大大小小的，沒少給她添麻煩、使絆子，
但他的小妻子在如此暗潮洶湧的杭家竟能存活得這麼好，
不由地教他刮目相看起來……
她的心計，她的手腕，她的勇敢，她的羞怯，
都像為他挖了一個坑，一步一步引誘他往下跳。
試圖勾引他的女子很多，但沒人能像她輕易地探到了他的心，
她用一根無形的絲線在他心上繞了一圈又一圈，讓他痛卻舒服。
任憑他城府再深、心眼再多，仍控制不住地去靠近她……
他害怕了，因為他不知被征服的是她還是他？

文創風 044 **3**

風荷知道自己嫁的杭家四少，絕非等閒之輩，
更不是風流成性的紈袴子弟，他懷著莫大的秘密……
身為妻子的她不多問，配合著他作戲，
裝著跟他夫妻不睦，看著裝扮成他的假夫君在杭家出沒，
甚至看著「他」與妾室們調情、留宿其中。
她安分打理王府事務，偏偏「有心人」不放過她，下起狠招，
他的姨娘肚子裡的孩子留不住，連五少爺夫人肚裡的也出事了，
這一個個矛頭全指向她，終於盼到他回來了，
面對如此的百口莫辯、「證據確鑿」的險境，
她不怕，也不為自己多說一句，
她等著看，他是信她不信，對她有情或無情……

文創風 047 4

他們夫妻成親至今尚未圓房，王府裡從上到下，
這明裡不說，暗裡都是極關切的。
任是杭天曜再腹黑，也想不到他的妻子從新婚當日就給他設了一個局，
他卻一步步陷進去，化為她手心的繞指柔。
對風荷他並不是完全沒有私心的，但他亦想等待去感動風荷，
想看到她心甘情願在自己身下的魅惑風姿……
不然，以他一個成熟男子，夜夜對著喜愛的妻子早就忍不住了。
過去，為了自身安全他對所有女子都是避而遠之，
只有風荷讓他覺得安心，因此他不得不忍耐著，只為了得到更多……

文創風 048 5

風荷自從嫁了大家認定扶不起的杭家四少這位紈袴子弟後，
她還真是沒幾天風平浪靜的日子可過。
就連中秋佳節杭家團圓家宴上，還衝著她上演著一齣大戲——
她這四少夫人，不僅得了太妃疼寵，連風流浪蕩的夫君也改了性子，
這王府世子的位置眼看就快落入杭家四少身上，
看不過眼的居然拿風荷的身世作文章，把髒水往她身上潑，
污了她的身世，就等於絆了杭家四少成為世子的可能，
前兒那些算計使絆，比起這回僅能算是小奸小惡小伎倆了，
杭四與風荷這對小夫妻才剛剛恩愛好上，
卻要面對上自太妃王爺、下至奴僕們的懷疑，
還要想方設法阻斷杭、董兩府家醜外揚、聲譽大壞……

文創風 052 6

「董風荷，我這輩子就要妳一個了，
不管妳願不願意，都死死纏著妳，看妳能逃到哪兒去。」
他不得不對自己承認，自己是真心實意地愛著風荷，
顧不及男人的臉面，他再也不掙扎了，
甚至開口向她要求承諾，承諾她這一輩子都不會離開自己。
現在她有了身孕，懷著他期待已久的孩子，
王府裡裡外外的，不知有多少人盯著她，打著她的主意。
不把她身邊的危險一一去除了，他在外面是一刻不得安心。
明槍易躲暗箭難防，一想到這，他就徹夜難眠。
他決定要一一剔除府裡能近她身的一切危險，
就連不該他男人插手的內院之事，他也攬上身，
雷厲風行地從他的妾室開始「下手」「整頓」……
莫怪他狠，他的心、他的情只能給一個女人！

文創風 053 7

自從他當上了世子，風荷成了世子妃之後，王府裡的暗潮洶湧依舊沒個平息，
暗處的敵人手段愈漸奸險，簡直像豁出去了似的。真教人恨得咬牙！
那天要不是他正好趕到，他的妻子、未出世的孩子如何保得住？
失去風荷，過往所有的付出，辛苦熬過來的一切都失去意義。
如果之前他費了千萬的心力護她，往後他將加倍做到滴水不漏，
抵擋一切可能，保住他所愛的妻、所愛的孩子……

只要想起他救她那時，他驚惶萬分、心痛不已的神情，風荷又是難過又是心疼。
她所嫁的這個男人，愛她是不是勝過愛自己了呢，
所以他才願意那樣不顧自己的安危去救她……
她突然間覺得，心裡曾有的那個理想丈夫的男子，都在那一刻遠去了，
這個男人，才是她要一輩子相依相守的人。
只要他心裡一日有她，她都不會離開他……

古代談情不全然轟轟烈烈沈重無比，
細數宅門二三事，這次要笑著出嫁！
咱們大宅小媳婦的日子，
和夫婿恩恩愛愛、平平安安就是福……

富貴再三逼人，第一次當家就上手?!

笑傲宅門才女／**陶蘇**年終鉅獻

文創風 054

復貴盈門 1

國家圖書館出版品預行編目資料

復貴盈門 / 雲霓著. --
初版. -- 臺北市 : 狗屋, 民101.12-
冊 ; 公分. --（文創風）
ISBN 978-986-240-952-7（第1冊：平裝）. --

857.7　　101023145

著作者	雲霓
編輯	戴傳欣
校對	黃薇霓　林若馨
發行所	狗屋出版社有限公司
地址	台北市104中山區龍江路71巷15號1樓
電話	02-2776-5889～0
發行字號	局版台業字845號
法律顧問	蕭雄淋律師
總經銷	知遠文化事業有限公司
電話	02-2664-8800
初版	101年12月
國際書碼	ISBN-13　978-986-240-952-7

原著書名：《复贵盈门》，由起点中文网（http://www.qdmm.com/）授權出版。

定價250元
狗屋劃撥帳號：19001626
網址：love.doghouse.com.tw　E-mail：love@doghouse.com.tw